国家广电总局重点扶持剧目

山河锦绣
剧本版

上

由甲　韦言　吴海中　著

中国言实出版社

图书在版编目(CIP)数据

山河锦绣 / 由甲，韦言，吴海中著. -- 北京 : 中国言实出版社，2022.12
　ISBN 978-7-5171-4328-4

Ⅰ.①山… Ⅱ.①由… ②韦… ③吴… Ⅲ.①电视文学剧本 – 中国 – 当代 Ⅳ.①I235.2

中国版本图书馆 CIP 数据核字（2022）第 254156 号

山河锦绣

出 品 人：	冯文礼
出版统筹：	薛　磊
责任编辑：	李　岩　李　颖
责任校对：	果凤双

出版发行：中国言实出版社
　　地　　址：北京市朝阳区北苑路180号加利大厦5号楼105室
　　邮　　编：100101
　　编辑部：北京市海淀区花园路6号院B座6层
　　邮　　编：100088
　　电　　话：010-64924853（总编室）010-64924716（发行部）
　　网　　址：www.zgyscbs.cn 电子邮箱：zgyscbs@263.net

经　　销：	新华书店
印　　刷：	北京中科印刷有限公司
版　　次：	2023年2月第1版　　2023年2月第1次印刷
规　　格：	710毫米×1000毫米　1/16　45.5印张
字　　数：	761千字
定　　价：	149.00元
书　　号：	ISBN 978-7-5171-4328-4

山河锦绣
聚焦农业农村农民
再现脱贫决战画卷
苏青
姜冠南
王雷
李乃文
胡明
颜丙燕
独家电视首播平台
CCTV 1 综合
CMG
中央广播电视总台
中央广播电视总台 出品
总台影视剧纪录片中心 摄制
中国电视剧制作中心 承制
网络首播：iQIYI爱奇艺 腾讯视频 YOUKU 芒果tv
联合播出：广东卫视
特约播出：东方卫视 BRTV 北京卫视

第三集 兄弟三人畅谈理想

第六集 待嫁的赵细妹

第七集 赵书和与柳秋玲结婚后,生下女儿赵雅奇

第九集 田间休息的赵书和与乡亲们

第十集 柳秋玲安慰赵书和

第十集 赵书和带领村民种植优质小麦

第十集 优质小麦大丰收，赵书和脸上洋溢喜悦

第十集 赵书和带领留守村里的老汉修水坝

第十集 柳大满带领进城打工的村民回来修水坝

第十二集 村民目送高枫参军

第十二集 赵书和带领村民开垦金小麦试验田

第十四集 柳秋玲带领学生们欢迎支教老师

第十四集 柳满仓的懒惰气跑了媳妇,赵书和出面调解

第十五集 柳秋玲与赵书和吵架后,进城找女儿

第十七集 国扶办调研组走访石头村

第十九集 驻村工作队向村民宣讲精准扶贫政策

第二十三集 驻村工作队召开贫困户帮扶会

第二十三集 驻村工作队给贫困户分发帮扶的家禽家畜

第二十四集 高枫鼓励柳明、赵有庆种植木耳

第二十五集 喜极而泣的柳秋玲

第二十五集 赵雅奇以驻村第一书记的身份与父亲赵书和谈话,
提出建强柳家坪党支部

第二十五集 赵雅奇主持柳家坪党支部大会

第二十八集 旱改水稻试验田取得成功

第二十八集 柳家坪村主任换届选举大会,村民们在认真聆听候选人的参选感言

第二十八集 高枫列席柳家坪村主任换届选举大会

第二十九集 赵书和带领年轻村民开垦河滩地

第三十集 柳家坪木耳产业示范基地奠基仪式

第三十一集 国家第三方评估组考核评估柳家坪的扶贫工作

第三十二集 赵书和、国文到村委会寻找柳大满

第三十二集 柳秋玲退休前最后一次给孩子们上课

第三十二集 柳秋玲光荣退休

第三十二集 黄艳丽怒斥柳满仓、柳满囤游手好闲

第三十二集 叶英子的鹌鹑养殖场步入正轨，规模逐渐扩大

第三十三集 赵雅奇和大家一起割水稻

第三十三集 连片水稻大丰收

第三十三集 韩娜娜将扶贫工作的感悟写在日记中

第三十三集 赵书和一家关心高枫感情状况

第三十三集 赵刚子直播,向网友介绍柳家坪的土特产品

真实是脱贫题材剧创作的第一要义

余淳　吕紫伯

电视剧《山河锦绣》是我和吕紫伯两人共同执导的一部剧，是全景式反映脱贫攻坚伟大历程的现实题材作品。脱贫题材剧怎么拍才好看？如何让主旋律剧既有意义又有意思，真正走进观众的心？回顾《山河锦绣》这部全景式、立体化展现脱贫攻坚伟大历程的史诗大剧，我们最深的创作体会就是两个字——真实。

接到《山河锦绣》的拍摄任务，我们其实压力挺大。虽然我们都拍过扶贫剧，但《石头开花》是多位导演合作，每人各拍一个单元剧，也就是两集的体量，而《山河锦绣》是部连续剧，且时间跨度三十多年，跨度比较长。尽管难度成倍增加，但也给了我们更大的发挥空间。因为空间比较大，故事时间比较充裕，故而可以让我们尽量充分表达在中国这片土地上发生的故事，记录那些值得抒写的人物，这是《山河锦绣》在创作上带给我们的机遇和挑战。

总体来说，如何在短时间内高质量地完成拍摄，又要把脱贫攻坚这么宏大厚重的题材拍得接地气，深入人心，这是最难的，这也是很多主旋律剧创作面临的挑战。因为任何主题思想，如果没有扎实的故事和生动的人物去承载，一切都是零，所以拍摄《山河锦绣》，我们的目标就是突出精彩的故事性和鲜活饱满的人性，拍一部能让观众看进去、喜闻乐见的主旋律作品。《山河锦绣》更多是从鲜活生动的个体去着力，强调的是中国人的自强意识，所以我们的创作基调是平实、质朴、不悬浮，不刻意弄那些特别强烈的戏剧冲突，而是在生活化处理上下了很大功夫。比如对于灾难和贫困的展示，我们都是点到为止，没有刻意渲染，不去煽情。

　　而这一切创作的前提和底色就是真实。《山河锦绣》不应理解为传统的"农村剧"和简单的讴歌型主旋律剧。这个剧要将纪实和戏剧有机结合起来，真实地营造气氛、真实地塑造人物、真实地表达情感，所以这部剧的拍摄只有一条路可走，那就是真实，从剧本、人物、事件、制作等各个层面都要真实，按照真情实感、脚踏实地的创作理念，讲述脱贫攻坚过程中人的变化、生活的变化和社会的变迁。

　　波澜壮阔的脱贫攻坚战，是人类减贫史上的伟大壮举，是中华民族复兴征程上的重要里程碑。我们把这一段波澜壮阔的历史进程浓缩在剧中的柳家坪，从最真实的生活出发，走进生活深处，从平凡中发现伟大，把对"人"的塑造放在第一位，以多元视角讲述一个有温度、有深度、有高度的精彩故事。为此，《山河锦绣》的演员百分之九十是西北籍，外地演员也要求学说关中方言，我们想从语言环境上营造这个戏的氛围，让它尽量真实，充满泥土的气息。方言是土地里长出来的，自然、亲切、感染力强。所以这部剧播出后，很多观众对《山河锦绣》的陕西方言和土味质感印象深刻，一句"美得很"就能拉近我们的距离。

　　在制作上，我们也选择在原生态古村落里实景拍摄，注重年代感的真实还原。这部剧跨度有三十多年，环境场景数量非常多，变化也非常大。从贫困乡村的真实面貌到全面脱贫的新农村，从村委会办公地到省委书记办公室，从手扶拖拉机、二八自行车到墙壁上"家养一只兔，不愁油盐醋"的时代标语，我们都紧紧抓住剧情中的典型时代特征，"服化道"都要精准展现时代的变化。《山河锦绣》总场景将近500个，为体现同一地点的历史变迁，需要多次翻景，我们剧组人员5天完成了一个村的翻景。根据剧情需要，剧组硬化处理了10余条道路，种植了20亩旱改水稻，制作扶贫资料近2000份，全剧道具使用量高达几十万件。

　　作为全景展现脱贫攻坚伟大历程的电视剧，《山河锦绣》的影像表现也有变化。在剧情的前半段我们营造有历史感的光影，随着年代的变化，光影效果逐渐转向现代感。在摄影镜头运用上，根据情节叙事风格，既要保持对生活状态的冷静观察，也要有诗意和温情。人民是历史的创作者和推动者，《山河锦绣》是个群像剧，涉及各级党政领导干部、乡村第一书记、扶贫工作队、对口帮扶单位、基层党员、贫困户群众等多维度的人物群像。我们在各种细节中充分挖掘人物性格，不脸谱化，不刻意，不拔高。为了人物塑造的生动性和真实性，演员们都在短时间内发挥了巨大能量。就像世界杯上，教练再牛，没有好球员有什么用？所以剧本再好，导演再有想法，也都得通过一个个好演员去实现，这是最根本的东西。

《山河锦绣》演员对每一场戏、每个人物都贡献了他们的人生阅历，贡献了他们对人物的理解和认知，就算是群演，也拿出了最好的状态，所以这部剧的人物才能给观众留下深刻的印象。剧中有一场戏是两村合并后，赵书和当一把手，柳大满是二把手。回来后他们俩喝酒，赵书和要酒喝，柳大满说有酒没菜，得干喝，赵书和说干喝就干喝，谁怕谁。柳大满憋出一句有菜就不给你，能咋的？这种生活化的日常对话，对词时都没有，都是他们即兴创作的。《山河锦绣》之所以播得这么好，得到观众"真实、质朴、接地气"的好评，离不开全剧演员的精彩表演。

近年来，包括脱贫攻坚题材在内的主旋律创作渐渐成为主流，涌现出不少好作品，主旋律作品变得越来越好看。我们认为，这首先是多方重视、真抓实干，其次是创作者在努力实践，提升了主旋律作品的剧作水准。为国家述史，为时代立传，为人民抒怀，在中国这片土地上，有很多可歌可泣的人物或故事值得颂扬，这是我们作为影视文艺工作者的责任和使命。如何让创作更有力量？正如《山河锦绣》主题曲所唱，"我深深地爱着你，这片多情的土地"。唯有对土地爱得深沉，双脚踩到泥土里，才能让我们的作品迸发出真实的力量，真正走入观众心中。

（作者系电视剧《山河锦绣》导演）

赵书和的"坚持"最打动我

李乃文

近年来，我参演了很多影视剧，塑造了一系列丰富多样的角色。回顾这些作品，在央视一套播出的脱贫题材剧《山河锦绣》尤为特殊，让我印象深刻。因为这部戏时间紧，任务重，从拍摄到杀青，再到播出，一共只有四个月的时间，但这四个月里我学会了陕西话，认识了更多优秀的演员朋友，很开心。经历了那么多个紧张拍摄的日夜，《山河锦绣》是一部我会永远铭记在心的作品。

《山河锦绣》时间跨度30多年，讲述了二十世纪八九十年代的中西部地区，两个不同姓氏的村庄因为一场天灾合并成一个村子，村党支部书记赵书和一心想改变家乡贫困的面貌，同时，他还要处理好与以柳大满为代表的柳氏村民之间的关系。当年曾经跟随父亲下放到村子里的国文对这片土地有着深厚的感情，他与赵书和、柳大满在少年时就是好友，三个人在30多年间为了摆脱贫困做出各种努力和尝试，两代人前赴后继投身扶贫事业，最终使村庄彻底摆脱了贫困。

我在剧中扮演的赵书和，是一个热爱家乡，并为改变家乡贫困面貌奉献一生的好干部。我之所以接演《山河锦绣》，是因为这部剧题材非常好，很接地气，非常打动我。从类型上看，《山河锦绣》是部脱贫攻坚剧，故事的主体以村子的脱贫为主，但我认为它的故事并不悬浮，而是充满了浓郁的、令人亲切的泥土气息，很容易让观众对剧情理解并产生共情，钦佩这两代人为摆脱贫困所付出的巨大努力。

我喜欢赵书和这个人物，他坚持着自己对于土地的情感，也坚持着自己的信仰，这份坚持最打动我。正因如此，赵书和这个人其实很"轴"，没有他的"轴"就没有他的坚持。这个"轴"让赵书和的性格鲜活又饱满，也给了我表演上的空间。

为了扮演赵书和，我做了很多准备工作。前期我在网上找了很多这类脱贫村庄的新闻、故事、人物去做一些了解，有了一定的基础之后就要和自己，还有角色相融合。因为拍摄地在河南郏县，剧组会到村子里取景拍摄。每次到这些地方实地感受，我都会不自觉地观察这些村里的干部，再结合到角色中。

一个角色演得好不好，像不像，观众说了算。观众是否认可和喜爱我演的村干部赵书和，这是我作为演员最担心也最关注的。我的一位朋友，家里有一位钟点工阿姨，她老家就是农村的。她说看到赵书和真的和他们老家村里的一些扶贫干部特别像，我很感谢她的这种认可。

《山河锦绣》一路攻坚克难，讲的是打脱贫攻坚仗，它的创作历程同样如此，真的是关关难过关关过。没有什么事是容易的，创作是个充满艰辛、用心用情用功把自己投入进去的事。为了营造真实气氛，《山河锦绣》要求演员都说陕西话，这是我扮演赵书和最难的地方。现在我会觉得容易，因为我的陕西话说的已经很熟练了。但是最开始肯定是很难的，我是进组前三天才知道整部戏的台词都要用陕西话说，在这之前我几乎不会说陕西话，也没有接触过，只能在拍摄过程中一边拍一边学。不夸张地说，那段时间我睡觉做梦都是陕西话。

想短时间内快速把一个方言说得准确地道，这比说外语还难。每一个方言都有自己的重音点，刚开始不熟悉的时候很难找到陕西话的特点，慢慢熟练之后才会有那种自然的语感。好在组里有几位演员都是陕西人，就每天和我用陕西话交流，生生把我的陕西话练到现在这个程度，真的要感谢他们。

除了方言上要突出地方特色和乡土韵味，赵书和的人物设定也很特别，所以如何给这个角色找准定位，并在表演中凸显出来，也是比较难的一个点。赵书和从部队复员回乡担任村支书，他正直倔强，豪爽仗义，达观坚韧，心系家乡疾苦。一场灭村毁田的泥石流让赵书和笃信了人与自然和谐才能发展的理念；家乡的贫困落后是他个人感情、生活上刻骨铭心的隐痛；而大半辈子钟情于土地，矢志不移修建水坝、推广优质小麦种植、建立旱改水稻基地，让乡亲们脱贫致富过上好日子的愿望，则是他逆天改命的终极追求和最朴素的精神动力！他说"农民种地看天，做人看心"，"有地，饭碗就端得牢，地是咱的根"。赵书和秉承中国农民最朴实的信念，骨子里对土地的信仰、对土地的感情，让他一步一个脚印地勤劳实干，执着于实现土地和粮食的梦想，带领村民摆脱贫困，过上幸福的好日子。

在《山河锦绣》中，我要将赵书和从20多岁演至50多岁，如何跨越这30年，让观众感觉出人物的变化？我认为主要是靠心理状态。年轻时候，赵书和更多的是有一股子冲劲，有热情和激情，慢慢经历成长，他会变稳重，也会变得有所顾虑。但是，他想带着全村人脱贫的心始终没变过，这是他的坚持，也是他的信仰。

我和颜丙燕是非常好的朋友，在各类影视作品中搭档过很多次，也演过夫妻，这次在《山河锦绣》中，我们又扮演了夫妻，我们开玩笑说："怎么又是你。"虽然我们非常熟了，但是每次合作都有新意，因为每次演戏的剧本内容和背景环境都不一样，所以每一次的合作都有新鲜感。合作这么多次，颜丙燕对戏的认真一直都没有变过。每一次合作，只要一开始拍摄，我马上就能感受到颜丙燕的那股劲，就会觉得这就是她。

很多人问我，演了那么多戏，表演时在人物塑造上是否会使用技巧？我觉得每个角色人物的特点都不一样，即便是同一个人物，在每一场戏、每一个镜头所需要的东西也都不一样。无论使用什么样的演绎技巧，在根本上都需要演员用心去演。观众是公平的，你用心去演，他们才会用心去看。正如看了《山河锦绣》，走进赵书和这个村支书的人物世界，你用心地看剧，通过人物的奋斗历程真实地了解、感受了百姓疾苦，就会知道我们为什么要脱贫攻坚，脱贫工作如何艰辛，克服了多少困难，解决了多少问题，带来了什么样的变化，而这正是本部作品的艺术魅力所在，也是演员表演上的最大追求。

《山河锦绣》让我终于圆了想演老师的梦

颜丙燕

电视剧《山河锦绣》中,我扮演的是乡村教师柳秋玲。这个角色是不同于"扶贫三人组"的另一色块,是扎根于乡村教育、教育扶贫战线上的一个代表。我接拍这部剧的最主要原因就是可以扮演一位老师,让自己圆了梦。

《山河锦绣》时间跨度30多年,讲述了二十世纪九十年代初,中西部地区两个不同姓氏的村庄,因为一场天灾合并成一个村子,村党支部书记赵书和一心想改变家乡贫困的面貌,同时,他还要处理好与以柳大满为代表的柳氏村民之间的关系。当年曾经跟随父亲下放到村子里的国文对这片土地有着深厚的感情,他与赵书和、柳大满在少年时就是好友,三个人在30多年间为了摆脱贫困做出各种努力和尝试,两代人前赴后继投身扶贫事业,最终使村庄彻底摆脱了贫困。

剧中,我和李乃文饰演一对夫妻,我扮演赵书和的妻子柳秋玲。两人自由恋爱,但赵、柳两个宗族却因有世仇而不能通婚,两人冲破重重阻力最终结为夫妻。柳秋玲是一名扎根乡村教育事业的教师。我早年曾经客串过一次老师,戏不多,也就一两天的戏,但我心里已经种下了想演老师的种子,可是一直没有机会实现,直到这部《山河锦绣》,我才正儿八经地演一个老师,还是一个贫困山区的乡村教师,算是圆了我一个梦。

饰演乡村教师,很有挑战性,因为贫困乡村的老师有一些特别之处。比如柳秋玲要同时教很多年级的孩子,所有上学的孩子都在一个教室里学习,教了一二年级,教三四年级,她就这样上课,而且体育课、音乐课、数学课、语文课全是她教，我就很有兴趣，特别希望去深挖这个角色，想知道真正山里的乡村教师是怎样一个状况。我看了一些资料，教室破破烂烂，没有课桌，孩子就趴在地上写，老师在前面写字的板子也不一定是黑板，还会发生我们戏中出现的场景，上着上着课，村里的羊就跑进教室了。

柳秋玲是个很有主见的女性，她的教育观念和思想也随着时代的变化而变化，我在剧中想展现柳秋玲思想的转变。比如她一开始对孩子们说走出去，你们全都到城里去，城里才有更好的学习文化知识的机会，才有更好的工作机会，所以一定要出去。后来她说不光要走出去，如果能回来更好，不管你们学了多少，如果这些知识能够建设自己的家乡，为社会做贡献，为国家做贡献，哪怕只是能为你平常生活、工作、学习的小集体做些贡献，都是好的。这是这个人物最打动我的地方。

说到饰演柳秋玲，我最大的挑战就是减肥。因为我此前拍一部电影增肥了30斤，之后就到了《大考》剧组，《大考》拍完以后，我就进了《山河锦绣》剧组，中间也就十天左右时间，特别紧。因为《山河锦绣》是部脱贫剧，乡村教师柳秋玲怎么能胖呢？所以我得减肥，希望自己能瘦些。等到正式拍摄时我减了十几斤，之后就一边拍一边减，等到杀青时，我瘦了20多斤。

此外，拍《山河锦绣》最大的难点就是说方言。其实说方言对我来说也不是难事，我会说武汉话、四川话、唐山话，可是这次在《山河锦绣》里要说陕西话，这让我有点犯愁，因为时间太紧张了。根据以往的经验，我学方言起码得提前一个月，找一个当地的跟你同性别的人，把剧本上台词录一遍，你就慢慢听，最好生活当中能够有一个说方言的人，跟你老见面。但《山河锦绣》从找语言老师到现场拍戏只有五天时间，这五天我都是崩溃状态。没办法，只有抓紧时间使劲学，用心学，在度过了最难受的一个星期后，我发现说话突然就顺溜了。我们在剧组里平常说话都是陕西话，收工以后吃饭，大家都说陕西话，感觉越说越顺嘴，我就没什么压力了。

值得一提的是，《山河锦绣》是我和李乃文的又一次合作。当知道李乃文演赵书和后，我当时开玩笑说："怎么又是他。"我们两人合作了很多次，特别熟，两人演起来特别合拍，但是也有问题，比如我们刚进组拍定妆照，导演说你们俩在一块儿真像两口子，我到电脑旁边一看那个照片，开始还挺高兴，后来又觉得不对，提议和乃文重拍。我说："年轻的时候咱俩也就刚拉拉手，应该还很羞涩，现在照片里咱俩一看就是太熟了，你还搭着我肩膀，怎么可能？这个时候一定是有距离感、羞涩感，咱俩现在太像老夫老妻了。"演戏也是，因为我们俩平常是兄弟，哥们儿嘛，他经常"啪"地拍下我肩膀。我说你演戏的时候不许碰我，不许跟我这么亲密，你得想着我这刺猬扎手，演年轻时的戏就得注意不能演得太熟了。到后面当然是越熟越好，因为是老夫老妻了嘛。我和李乃文太熟了，所以在现场我们的即兴发挥会很多，彼此都知道对方想要的是什么。基本上每一场戏，我们都会有一点超出剧本或者是超出原来设计的东西。

《山河锦绣》对我而言，是一次特殊而难忘的拍摄经历，既有熟悉的合作，也有陌生的、新鲜的挑战。现在回想起来，我依然觉得很亲切、很感动。每一次经历都是值得留存、永远回望的珍贵财富。正如方言如果长时间不用，就会很快忘记。表演和学方言一样，不练不用就会退步。演技是永无止境的，社会是不断发展的，我们的生活每天都在不断变化，我们的意识、思想，对人生的认知，对爱情、对周围事物的感悟都会有所不同，所以我们去表现每一个角色的时候，都要不断学习。演技需要学习、需要进步、需要往前走，只有这样，你才能让所演角色一直打动观众，否则你就落在后面了。

第一集

　　莽莽苍苍、延绵起伏的大秦山，依山而居的半山村晨雾缭绕，百十来户土坯瓦顶的房屋散落在稀疏的绿树之间。

　　一条凹凸不平的"土路"通向山下、山外。

字幕：八十年代 秋 山南县泥河乡半山村

⊙ 山下土崖边 日 外

　　斑驳的土崖下，蜿蜒的土路，一辆手扶拖拉机"突突突"颠簸驶来。

　　车斗里并排放着两辆自行车，左右车沿上坐着两个神情凝重的警察。

⊙ 半山村村口 日 外

　　房屋低矮老旧，村街上一堵相对完整的院墙上斑斑驳驳可见"家养一只兔 不缺油盐醋"的大字标语。

　　两名警察吃力地蹬着自行车而来，在村口停下。

　　警察甲探问："乡党，咱村支书屋在哪呢？"

　　一个村妇手朝不远处一指："在那儿呢！"

　　警察甲与警察乙对视一眼，如释重负："唉呀，总算找到了！"

⊙ 半山村赵书和家里 日 内

　　屋里陈设极为简陋，破旧的七十年代的木桌前，赵书和面露疑惑，与两名警察相对而坐。

警察乙望着赵书和："你是半山村的支书？"

赵书和点头："哦。"

警察乙："赵来富跟你啥关系？"

赵书和："……他是我堂哥。"

警察乙："他人呢？"

赵书和皱眉："呀，他有两年半没回村咧。为这事情我还专门到乡上报了个案。"

俩警察对视。

警察甲从胸前口袋中掏出一张身份证。

警察甲递上："你看看，是不是这个人。"

赵书和接过，查看证件："就是他，人呢？"

警察甲："人找见了。"

赵书和兴奋地："找见了，咋没回来呢？"

警察乙："回不来了。"

赵书和一愣："咋咧，犯啥事了？"

警察甲："死咧。"

赵书和愕然吃惊："死咧！咋死的？"

警察甲悲凉叹气。

⊙ 破旧的土房，屋内 日 内

赵书和与堂婶坐在炕边。

堂婶神情悲苦："书和。"

赵书和："哦。"

堂婶："我实在是想不通呀，两年了，我以为来富到省城打工去了。谁知道他到省城要饭，得急病死了。饿死不要饭，这是咱半山村的规矩嘛！他死了，也把先人的脸都丢光了。"

赵书和凝重地："婶子，人都走了，死者为大，人还在省城那儿摆着呢。公安的意思，咱得去个人把后事一办。"

堂婶望着赵书和，神情犹豫："我不去，我丢不起这人！"

赵书和安抚堂婶："婶子，婶子，我没叫你去，我就是告诉你一下，我去。"

堂婶一怔："你去？"

赵书和:"我去。他是我哥,我又是支书,该我去。"

堂婶闻言惊愕,随后啜泣,从衣服内兜中掏出手绢,里面包着钱递给赵书和:"我知道,这不够。"

赵书和:"婶子,我不要你钱,我想办法,收下。"

堂婶哭泣:"婶子一辈子不忘你的恩德。"

赵书和:"呀,婶子,不说那话,不说那话。收好,收好。"

说罢沉默地起身走出土屋。

⊙ 赵书和家里屋内 夜 内

赵书和在收拾行李,父亲赵山杠走进里屋。

赵山杠:"书和。"

赵书和:"哦。"

赵山杠:"你当过兵,你到城里办事情,爸放心。"

停顿一下,叹气继续说:"不管咋说,你来富哥,也是咱村里的娃嘛,你到城里把这事情办好,把娃引回来,路上别耽搁。"

赵书和:"爸,你放心。"

赵山杠点头,走出屋外,碰见准备进屋的赵细妹。

赵细妹:"爸。"

赵细妹进屋。

赵细妹关切地望着赵书和:"哥,把红薯一拿,路上吃,可不敢饿着。"

赵书和接过红薯,低头不语。

⊙ 山野小道 日 外

赵书和一人行走在崎岖的山野小道。

画外音(赵雅奇):这个孤身去省城的人是我的父亲赵书和。那一年,我还没有出生。党的十一届三中全会以后,家庭联产承包责任制极大地激发了农民的积极性和农村的生产力,但依然有许多像我的家乡半山村这样自然环境恶劣、交通闭塞的农村,处于极度贫困状态。

(画面渐隐)

⊙ 山南县城街道及县政府门前 日 外

字幕：1992 年夏。

燥热正午，山南县街道，人流车流涌动，街边商铺兴旺。

广播里播放邓小平南方谈话相关内容。

广播 VO：邓小平强调，改革开放胆子要大一些，敢于试验……看准了的，就大胆地试，大胆地闯。他说，没有一点闯的精神，没有一点"冒"的精神，没有一股气呀、劲呀，就走不出一条好路，走不出一条新路，就干不出新的事业……

赵书和、柳大满一人一辆破旧的自行车，穿梭在人流车流里。二人此行的目的正是山南县政府。

"站住、站住。你俩站住。"一个身穿蓝色工作服、戴眼镜的中年大叔将两人拦下，看样子像是县政府的门卫人员。

赵书和讨好式的笑容："叔。"

门卫："这是县政府，不是菜市场。"

赵书和："叔，我俩找人呢。"

门卫："找人？你们是干啥的嘛？"

柳大满："我是柳家坪的村主任，我叫柳大满。"

赵书和："我是半山村的村支书，赵书和。"

门卫再次打量一遍二人："那你俩找谁呢？"

柳大满："国文县长！"

门卫沉思一下："国文县长？没有这个人！"

赵书和一脸肯定："有！刚来的，主管农业。"

门卫："新来的？我都不知道，你咋知道的？"

柳大满："我三个是兄弟，从小一起光屁股长大的，他小时候游泳差点淹死，还是我救的他的命呢，你问他！"

门卫思忖一下："是这的话，那我给你打个电话问一下。"

说罢转身进入门房。

赵书和："好嘛，辛苦。"

柳大满："书和，咱来看国文啥都没拿，不合适吧？"

赵书和："跟国文不用吧。"

柳大满："人家现在已经是县长了。"

赵书和："那，拿啥嘛？拿些馍？"

门卫这时走出来对二人说道："我刚打电话问过了，还真是有个新来的国副县长。"

赵书和："你看嘛。"

柳大满："那我们可以进去了吧。"

门卫："不巧得很、不巧得很。他一大早上市里开会去了。"

赵书和失望地："开会去了？"

门卫："开会去了。"

赵书和："那啥时候回来嘛？"

门卫："今天肯定回不来嘛，别等了、别等了。"

赵书和看着柳大满："开会去了，咋弄嘛。"

柳大满："回吧。"

赵书和不死心："我想再等一下。"

柳大满："你没听人家说开会去了，根本就没个点。我都饿了。"

赵书和无奈地看了一眼柳大满，没有说话。

⊙ 山南县城路边面馆外 日 外

两人推着车来到面馆，将车停在门口，随后走进面馆。

柳大满："老板，来两碗面。"

⊙ 半山村村街 日 外

村民赵大柱一脸焦灼地慌张跑来："哎呀！我的兔子。"

赵山迎面而来："咋了，着急忙慌，大柱，弄啥呢？"

赵大柱急问："书和呢？"

赵山："书和去县城了，你找他干啥？"

赵大柱："昨天晚上下雨，兔窝给下塌了，五只扶贫兔全跑了。"

赵山惊愕："五只全跑了？！跑哪儿了嘛？"

赵大柱："哎呀，能跑哪儿嘛，哪有草跑哪儿了嘛，肯定是跑后山了嘛。"

赵元宝一边比画一边埋怨："你说你能弄啥嘛，五只扶贫兔啊，都养这么肥了，说跑就跑了，吃了也比那强嘛。"

赵山："对着呢么，我惦记好几回了，舍不得吃。"

赵大柱："不要说了，赶紧找人跟我寻去嘛。"

赵元宝："走走走，能弄啥嘛，找不着你给我赔，我给你说。"

三人慌忙朝后山跑去。

⊙ 山南县城路边面馆内 日 外

很快面就端了上来。

饥肠辘辘的柳大满此时却细嚼慢咽了起来。

赵书和很快吃完了面，看柳大满一半都没有吃完，问："你咋吃这么慢呢？"

柳大满："谁吃的快谁结账么。"

赵书和一笑："凭啥，谁有钱谁掏啊。"

柳大满埋怨道："你进一趟城，一分钱都没拿？"

赵书和得意地起身，又要了一碗面汤。

柳大满试探地问："书和，你是听聂乡长说的国文回来了？"

赵书和："嗯。"

柳大满："他还给你说啥？"

赵书和："没有说啥。"

柳大满终于憋不住了："你不光是来看国文的吧，得是还有啥正事呢？"

赵书和："我们半山村现在这情况，多少年了，我得问问他有啥好办法。"

柳大满跟着附和："对，我也问问他，看下柳家坪有啥新发展。"

突然，一串刺耳的嘀嘀声响起。

赵书和疑惑地循声看去，原来是从面馆老板的腰带上发出的。老板拿起机器按了几下，又潇洒地放回腰间。

赵书和盯着，好奇地问："这啥嘛？"

柳大满看着赵书和，一脸炫耀和嫌弃："BP机，你连这都不知道？"

⊙ 半山村后山树林里 日 外

赵山、赵大柱、赵元宝、赵二梁气喘吁吁，弯腰在树林里四下探看寻找扶贫兔。

赵山不停唠叨着："好我的柱哥啊，你连个兔子都看不住，这么大地方到哪寻去嘛？"

不远处正在偷采木耳的柳满囤蹲在树林里，发现几人到来赶忙躲了起来。

赵大柱走来站住："二梁。"

赵二梁："啊。"

赵大柱:"你去那找找去。"

赵二梁:"好。"

⊙ 山南县城一面馆外 日 外

赵书和与柳大满吃完面从面馆里出来。

赵书和:"这面香得很。"

说罢呆若木鸡:"我车子呢?"

柳大满一愣,四下一看:"刚才就在这停着呢,我记着你停到旁边了,得是让人给偷了?"

赵书和顿时焦灼,恼火地:"偷了?这城里人咋是个这嘛!"

柳大满看着赵书和,一脸无奈。

赵书和:"咋不偷你的呢?"

柳大满:"我有锁呢,你咋不锁车呢。"

赵书和:"吃个面还用锁车嘛?"

柳大满:"那……你没车了,咋回呀。"

赵书和一脸发蒙。

⊙ 崎岖山路上 日 外

赵书和吃力地骑着自行车,后座载着柳大满,朝前驶来。

赵书和:"这闸灵得很。"

路面坑洼,二人一阵颠簸。

赵书和:"不行了,不行了。"

柳大满:"咋了嘛?"

二人下车,赵书和推着自行车走在坑洼的土路上。

柳大满跟在一旁嘲讽:"你自己骑车那水平不行。"

赵书和不服:"我水平不行?你看看这烂路。"

柳大满叹气:"唉,咱这回村的路呀,啥时候才能修得那平平的,展展的,宽宽的,咱也就不用再下来喽,咱就不用推了。"

⊙ 半山村后山山林里 日 外

柳满囤满头大汗从树林中跑来,不小心摔倒,滚下陡坡后栽在一棵树上。

柳满囤一阵惨叫。

赵大柱听到惨叫声一怔:"咦?咋还有人呢?"

赵山:"这谁呀?"

众人循声跑来。

柳满囤疼痛难忍,抱着腿打滚。

赵大柱定睛一看:"这不是柳家坪柳满囤嘛。"

赵山:"咱还寻兔呢,把这货寻见了。"

赵元宝俯身敲了一下柳满囤的头:"你来我村干啥来了?"

赵大柱盯着柳满囤怀中的布兜:"啥嘛?"

赵山追问:"啥东西啊?"

柳满囤不语。

众人从柳满囤手里抢走布兜:"松开,给我松开。"

赵山拿过布兜,从中掏出一把木耳。

众人对视一圈。

赵山顿时发火:"能耐了?跑到我半山村来偷木耳来了?"

说罢便要用布兜抽打柳满囤。

赵大柱拦住:"别打,别打。"

柳满囤惨叫。

赵大柱:"你咋了?"

柳满囤龇牙咧嘴:"我腿,腿疼。"

赵大柱查看:"没事的,腿跌伤了,怂样子。"

赵元宝:"对着呢嘛,做贼心虚摔了嘛,咱不管他!"

赵大柱向众人挥手:"走走走。"

柳满囤叫道:"哥你别走,你救我。"

众人不理走远。

柳满囤哀求:"哥!你不救我,我就死了。"

赵山走着突然站住,回头:"等一下。"

赵大柱:"咋了?"

赵山:"这是咱村的地方,荒山野岭的,死在这儿,可是咱村的麻烦。"

赵大柱看向柳满囤:"对,干脆,把他抬回去,撒他村去。"

说罢对赵元宝说:"元宝,寻二梁去。"

赵元宝不情愿地："好！"

⊙ 山路上 日 外

相对平缓的山路上，柳大满骑车载着赵书和朝前驶来。

赵书和："路平了你骑了，你咋这么灵（聪明）呢？"

柳大满卖力地蹬车："这山路，路陡的留给那腿长的，这路平的是留给我这腿短的。你要是一会还想骑，咱俩再换嘛。"

⊙ 柳家坪村口空地上 日 外

众人围着躺在地上的柳满囤。

赵大柱："咋，没完了，咱走！"

几人闻声准备离去。

柳满囤哥哥柳满仓一把拦住赵大柱："咋？打了人还想跑？"

赵大柱指着柳满囤："柳满囤，你凭良心说实话，你腿是自己摔的还是我们打的？"

柳满仓："还用说嘛，就是你们打的。"

柳多金："满仓，你别说，让满囤说。"

赵元宝将布袋扔给柳满囤："柳满囤，你说。"

柳满囤看向柳满仓："我说啥呀？就是他们打的。"

柳满仓："你听听。"

柳满囤一副可怜相："他们要是不追我，我能跑嘛，我一跑我摔了。"

赵二梁："你胡说八道。"

说罢捡起布兜打开，气愤地："你看，这是啥？俺几个去抓兔子，你自己从树林子里头转出来，跌沟里了，我动都没动你一下，看你可怜把你送到这儿，你还倒打一耙。"

柳满囤叫嚷："就是他们打的。"

柳满仓站起："你还送回来？你们赵家人有那么好心吗？"

柳家坪众人："就是，鬼才信你们。"

赵大柱："你信不信我不管，我们今天不想跟你们闹事，人抬回来了，我们走了。"

半山村众人："走！"

柳满囤："不能走，谁都不能走！"

柳满仓："话还没说完呢，人打成这样了，腿摔折了，说走就走呢？"

柳多金："咋？打了我们柳家人，耍的大呢？想走，没门儿。"

赵山指着柳满囤："这货不是我送回来，咋在这儿躺着呢？"

赵大柱："就是嘛。"

赵山："睁着眼在这儿胡说，这么多年，你柳家就没出过好人。"

柳满仓愤怒地撸起袖子。

柳家坪众人："说谁呢？"

半山村众人："说你呢！"

柳满囤夹在中间坐在地上。

两方叫嚷着开始激烈推搡起来。

不远处，赵书和载着柳大满骑车而来。

柳大满和赵书和看到后大惊失色，紧忙跑了过来。

柳大满拉开众人："干啥呢，都干啥呢？"

众人："打人呢。"

柳大满："咋回事？"

柳满囤："啊呀，我的腿啊。"

柳满仓指着柳满囤："腿给打折了，他们赵家人给打的。"

赵书和走来一脸严肃："柱子？"

然后冲着半山村众人："你几个到柳家坪弄啥来了？"

赵大柱："我们学雷锋呢，碰见黄世仁了嘛。"

另一边，柳满囤冲柳大满哭诉："我在后山捡木耳呢，那几个就打我，说到他屋地盘了。"

赵书和拉走赵大柱："过来过来，咋回事？"

赵大柱无奈而又委屈："我们去山上追兔子，你看他贼眉鼠眼那样子，跑咱村偷木耳去了。"

赵山："我们动都没动他，自己摔成那样子。"

赵书和一怔："偷木耳去？"

赵二梁打开布兜："你看，这多。"

赵书和接过布兜看了一眼，盯视着众人："真没打他？"

半山村众人："没打么。"

赵宝山："指头都没动。"

另一边，柳大满面对柳满仓、柳满囤："我给你说了多少回，不让你去半山村？"

柳满囤不服："那山又不是他家的。"

柳满仓附和："去也不能把腿打折啊。"

柳满囤："我腿要是断了，我死了咋办啊？"

柳大满一脸无奈，指着柳满囤："你老实说，到底是人家打的还是你摔的？"

柳满囤犹豫了一下，一口咬定："就是他打的，啊呀，我的腿啊。"

柳大满听后起身："书和。"

赵书和走过来。

柳大满："我听明白了，不管咋说，这腿断了，咱要不然，先让看病去。"

赵书和："对，看病去。"

柳满仓听见后起身，两手一摊："这当然看病嘛！钱谁出呢？"

柳家坪众人附和："对啊，钱呢？"

赵书和无奈，看向柳大满。

柳大满思忖片刻："要不然咱一人一半。"

赵山急了："凭啥一人一半？啊？讹钱都讹到我村头上来了。"

柳家坪众人指向赵山："你打人了。"

柳满囤继续在地上声声哀嚎。

众人一片混乱。

柳大满："别喊。"

说罢走向赵书和，低声地："毕竟是在你村把腿摔断了。"

赵书和不耐烦："知道知道。"

说罢蹲下准备查看柳满囤伤势。

柳家坪众人警惕："干啥？"

赵书和："我看一下。"

赵书和检查后："看腿去。"

柳满仓："钱呢？"

赵书和无语。

柳大满："抬起来！抬起来！看腿，我跟着去。走，走！"

柳家坪众人："抬！抬！抬！"

众人抬起柳满囤。

柳三喜说:"我就不去了。"

柳大满:"把我车给骑上。"

柳三喜:"人忙的跟啥一样。"

赵大柱拦住准备离去的赵书和:"他自己摔的,咱凭啥出钱?"

赵山:"就是的,这村里头回去咋说?"

赵书和:"行了行了行了,两个村的疙瘩是先人留下来的,我也解不开呀,但今天这事啊,做得好,救人是对的,走走走。"

赵山一脸不服地望着柳家坪众人方向。

赵书和留意到了,大声呵斥:"走!"

赵山一步三回头,嘴里抱怨:"头一次遇见救人赔钱的!"

画外音(赵雅奇):由于历史的原因,半山村和柳家坪之间持续对立了百年,互不通婚。虽然我的父辈们做了很多努力。但依然没能化解两个村的仇怨。

⊙ 柳家坪柳大满家屋内 日 外

柳大满回家,发现媳妇黄艳丽躺在床上,一脸愁闷不开心。

柳大满一愣,上前关切地:"咋了?"

黄艳丽转身不理柳大满。

柳大满疑惑地:"谁惹你了?"

说罢疼怜地伸手,想安抚媳妇。

黄艳丽不让柳大满碰自己。

柳大满眉头紧蹙:"谁惹你了,你跟我说嘛,我给你出气。"

黄艳丽再次摆开柳大满的手。

柳大满:"不生气了,不生气了。"

黄艳丽突然起身瞪着丈夫:"你!就是你!你你你!你惹我了!"

柳大满一脸无辜:"我惹你了?我才刚回来!"

黄艳丽:"我不管,明天你无论如何跟我去趟医院。"

柳大满;"咋了?病了?"

黄艳丽:"你才病了呢!"

说罢委屈地哭了起来:"我跟你说,村口那帮婆娘们成天说我不下蛋,再不给她们个说法,那唾沫星子把我能淹死了。"

柳大满一笑:"咱俩没娃这事都成了村里的老笑话了,你就不要跟她们……你跟她们一般计较啥呢嘛！"

黄艳丽："你去不去？"

柳大满为难地："我明天一天的事，我去不成。"

黄艳丽："谁不去就是谁有病呢，你要是不去你就有问题呢。"

柳大满无奈地："好！去去去去！"

黄艳丽闻言神情缓和。

柳大满："那我都答应你去了，做饭嘛。"

黄艳丽："没心情。"

说完继续躺下。

柳大满尴尬地："可又是我给你做饭！"

⊙ 半山村村委会院子 日 外

村委会三间低矮、窗玻璃残缺、用几根粗木棒支撑着屋檐的办公房，围墙由一半石头一半木板搭建而成，院门是两扇旧木板门。

院门旁挂着"中共山南县泥河乡半山村党支部""山南县泥河乡半山村村委会"两块陈旧木牌。

赵书和走进院子，叫着村会计的名字："赵亮。"

无人应声。

蹲在屋檐下的两个"五保户"急忙起身："支书。"

赵书和："叔，你们咋在这呢？"

五保户甲："找会计要钱呢嘛。会计没在。"

赵书和："咋了？"

五保户甲："书和啊，你看，我那儿下雨，房子都漏了十几天了，如果再下雨，你叫叔往哪儿住呀？你看这，你得想个办法啊。"

五保户乙："你婶子那病，人家医院里急着催着要钱呢，你看这咋办嘛。"

赵书和："叔，你们的事，我知道了。我寻会计就是商量咋给咱村弄钱呢，等咱村有钱了，我先办你们的事，咋样？"

二人对视不语。

赵书和："相信我！"

五保户甲："好，说话算话。叔我就信你的。"

赵书和："好。"

突然，会计赵亮闪了出来："听到没听到没，领导发话了，我说话你们就是不信，领导说话，你们得信吧。"

五保户甲："你这货还藏得深啊。"

赵书和看着赵亮："你在呢？"

五保户甲欲打会计："每次找他，他小子都躲着。"

赵书和拦住："叔，叔，叔，你们先回，我俩说点正事。"

五保户乙："好好好，那你给他抓紧，医院急着催着要钱呢。"

五保户甲："书和啊，叔以后睡觉，再不想看着星星睡觉了。"

赵书和一笑："叔，睡觉的时候，把眼睛闭上就看不见星星了。"

众人笑。

赵书和："慢走啊。"

五保户甲回头指着会计："你这个鬼东西。"

赵书和问会计赵亮："这修房子得多少钱？"

赵亮无奈："哎呀。"

赵书和："大概，最低？"

赵亮："怕得二百多呢。"

赵书和："咱账上呢？"

赵亮："十五块一。"

赵书和闻言神情沉重。

⊙ 柳家坪村柳秋玲家屋内 日 内

柳光泉正热情招呼上门给女儿柳秋玲提亲的媒人和对象文斌。

柳光泉递上茶缸："喝水喝水。"

文斌接过："谢谢叔。"

柳秋玲走了进来："爸，我回来了。"

柳光泉："我娃回来了。"

媒人："娃回来了。"

柳光泉："来来来，秋玲。"

说罢朝媒人和文斌介绍："这是我娃，秋玲。"

接着又给秋玲介绍。

柳光泉："秋玲，我给你介绍一下，这是银花村马家的婶子，这是她婶子的远房侄子，你叫？"

文斌腼腆拘谨地："文斌！"

柳光泉："文斌，文斌。"

柳秋玲笑着："婶子好，文斌好。"

媒人："好好好。"

说罢望着柳秋玲、指着文斌："秋玲啊，这是我一个远房侄儿，在四川长大的。他跟你一样，也是高中生，张嘴会算账，提笔会写字，在他们那儿啊，也是有名的小秀才呢。"

文斌一脸憨笑。

媒人："一般的女娃儿啊，他根本看不上眼，你看秋玲，是这个村的老师，要模样有模样，要文化有文化，就是整天忙着教书，忙事业。眼光又高，一直没有找着合适的。"

柳光泉："可把人都急死了啊。不不不，她婶子，你看，我给你说个事，咱俩到外头说。"

媒人顿时会意："行行行，来来来，走走。"

柳光泉冲柳秋玲低语："你看多好的机会，好好把握。"

柳秋玲推走柳光泉："我知道了，我知道了。"

柳光泉与媒人走出屋子。

柳秋玲看了一眼文斌："请坐。"

文斌笑吟吟："你也坐。"

柳秋玲："好。"

文斌："秋玲啊。"

柳秋玲："诶。"

文斌："你是在教几年级呢？"

柳秋玲："都教。"

文斌："噢。那你平时教那些科目呢？"

柳秋玲："老师少，能教的我都教。"

文斌："噢。那肯定有点忙哦。"

柳秋玲："啥？"

文斌："我说，你平时是不是有点忙。"

柳秋玲："哦，还好还好，正常上课。"

文斌："噢。"

远处，二蛋从屋外跑来。

柳秋玲突然起身："二蛋！你等一下。"

二蛋听见叫声转身就跑。

秋玲跑出屋外："二蛋，你回来。"

柳光泉一愣："你出来做啥来了？"

柳秋玲指着二蛋："那娃跑了，他逃学呢。"

柳光泉："哎呀，每次相亲你都找机会跑。你到周围的村子里看看去。哪个女娃像你这样子还不成家。今天啥情况都不能去了！"

柳秋玲一脸委屈："知道了。"

媒人："文斌，你看见了没有，秋玲当老师都这么认真的，又听她爸的话，这么好的女人。"

柳光泉："对。"

柳秋玲："婶子，我做饭去了。"

柳光泉："对对对，下面，下面。"

柳秋玲小跑进了屋子："好，好。"

柳光泉："她婶子，留下吃饭噢。"

文斌："要得！要得！要得！"

媒人："哎呀，就不，就不吃了。以后啊，让俩娃自己单独处。"

柳光泉："对对对。"

媒人："咱都不参与。"

柳光泉："对对对。还是留下吃口面。"

媒人："啊呀，不吃了不吃了，吃饭以后。"

柳光泉："都快做好了。"

媒人："以后，以后有的是机会。哥，你别客气，别客气。"

柳秋玲在屋内听到媒人和文斌走后偷笑。

⊙ **柳家坪村口 日 外**

媒人和喜滋滋的文斌朝村外走去。

媒人看了一眼文斌："之前都没相中么，我看这个你还蛮满意的。"

文斌："要得，回去一时三刻赶紧把这个事情定下来。"

媒人:"行。"

文斌与媒人路过柳多金、柳根身边,被两人拦下。

柳多金:"婶子,得是又来相亲呀。"

媒人:"嗯。我本家侄。"

柳多金:"我看娃高兴的,合不拢嘴嘛?跟谁呢。"

媒人:"跟秋玲。"

柳根一怔:"谁?"

媒人:"秋玲啊。"

柳根:"你?"

媒人:"咋了嘛?"

柳根:"相秋玲?"

文斌站住:"对啊。"

柳根:"胆子大得很!"

媒人疑惑:"咋了嘛?"

柳根故弄玄虚:"你不知道吗,婶子?"

媒人:"不知道呀。"

柳根:"这些年,但凡跟秋玲相过亲的那男的,回去不是把胳膊摔断了,就是把腿摔折了,听说还有一个第二天眼没了,看不见了。"

柳多金附和道:"就是的。"

媒人:"柳根,你说的这话是真的假的?"

柳根:"一般人我都不给他说。你可千万不要说这话是我说的!"

柳多金:"别说了、别说了,回去吃饭了。走走走。"

柳根:"对对,我回去吃面呀,走了。"

文斌愣在一旁若有所思。

媒人想拉住二人:"话没说完呢。"

文斌拉住媒人:"二姑,这咋回事呢?"

媒人:"我不知道。"

文斌一脸埋怨:"你咋能给我介绍这样的女孩呢,就算她再好,就是仙女我也不敢娶嘛。"

说罢走去。

媒人追上:"文斌,我再给你问一下呢,文斌,你等下我!"

⊙ 半山村赵书和家屋内 夜 内

里屋内，赵细妹坐在炕上。

外屋，赵书和与赵山杠在吃饭。

赵书和愁容满面，沉重地叹气。

赵山杠拍大腿起身："唉声叹气的样子。"

赵山杠慢慢离开木桌："你看你哪还像个当村支书的样子。"

说罢走到赵细妹旁边，坐下："你还问我，看谁能给你借上几十块钱？能给你借几十块钱的人，那就不是这个村里的人。这你还不比我清楚？"

赵书和低头沉默不语。

赵山杠："爸也知道，你这村支书不好干。那你自己掰着指头算一下，看这满村子的人，哪个人能当村支书？你不干谁干？"

赵书和："爸，我知道了，睡吧。"

赵山杠敲了敲鞋底，走出屋外。

赵细妹下床坐在木桌旁。

赵细妹："哥，这是爸给我赶集的钱，我攒下的，你拿着先用。"

赵书和接过钱数了一下："你这点钱也不够用。你给你攒着，哥想办法。"

赵细妹接过钱："这，五块哩。你拿下先。"

赵书和："睡觉去。"

⊙ 柳家坪村委会院墙外 日 外

柳大满推着自行车走出院子，被迎上来的赵书和叫住。

赵书和："大满。"

柳大满站住，一愣："书和，你咋来了？咋？还钱来了？"

说罢一脸笑容伸手要钱："那医药费？"

赵书和："走！进屋说。"

柳大满着急地："我不进去了，我还有事，你给我，我就走了。"

赵书和："满囤咋样了？"

柳大满："满囤没事了，那腿歇两天就好了。"

赵书和点头："是这啊，满囤的事呢，我们半山村认了。"

柳大满："认了好嘛，钱给我嘛。"

赵书和:"先欠着。"

柳大满闻言不悦,欲骑车离去:"欠着,欠着,每回都是欠着,我就知道。"

赵书和拦住:"不要走,我找你还有正事呢。"

柳大满:"有正事?你说嘛。"

赵书和:"你们柳家坪能不能借我们半山村点钱啊?"

柳大满哭笑不得:"你那医药费还没还给我,你这可又借钱呢?"

赵书和:"一码归一码嘛,最后一回。"

柳大满:"最后一回?好好好。最后一回。"

说罢转身掏出笔记本:"你看一下啊,每回你都说是最后一回,多少回了?回回都是最后一回。"

赵书和:"你听我说嘛,现在半山村真的缺钱呀。账上真的没有钱了。帮个忙嘛,帮个忙嘛。"

柳大满瞪着眼睛:"不是我不帮,俺村也没有钱了。俺村又不是开银行的。赵书和,你说你,你说你从当兵回来当上这村支书,你都干了些啥?你除了开了那几亩荒地,每天就是修水坝,修水坝,你修得成吗?你弄得成吗?"

赵书和急了:"咋了?不种地干啥呢嘛?种地是农民的本分嘛?"

柳大满:"本分?说得好。我说不过你。"

赵书和:"你到底借不借钱嘛?"

柳大满:"我得有啊,我没有我咋给你借呢嘛?你借个钱还把你牛的!"

赵书和:"行行行,那我走了。"

柳大满无奈:"别走别走。看在咱俩是伙计,俺给你出个主意。我前两天在县城碰见一个经理,他说他需要木料呢。"

赵书和:"啥意思?"

柳大满:"你半山村那个后山上不是全是树吗?"

赵书和一脸严肃:"砍树啊?不行。肯定不行。那前几任把树都砍光了,不能再砍了。"

柳大满:"人家能砍,你不能砍。"

赵书和倔强地:"我就是不能砍嘛。"

柳大满没好气地:"好好好。不砍,不砍行了吧,该你没钱!"

说罢骑车离去。

赵书和呆立着朝柳大满骑车远去的背影喊道:"出的啥主意,坏鸟下了个坏蛋。"

⊙ 通往县医院的路上 日 外

柳大满骑车载着黄艳丽摇晃着驶来。

柳大满喘气："下来下来。"

黄艳丽："咋了呀？"

柳大满："我累了，媳妇，咱不去了行不，我村里还一堆的事呢。"

黄艳丽眼睛一瞪："啥事少了你不行？我给你说，你肯定就是不想去。"

柳大满哀求地："咱就不去了好吗？我求求你。"

黄艳丽："哎呀，都走到这了，你干啥嘛。你是不是想让全村人笑我呢。走吧走吧。"

柳大满一脸为难："就非得去，是不是？"

黄艳丽："啊。"

柳大满无奈上车："对对对。"

黄艳丽跟着坐在后座："哎呀，看把你累的，骑个车能有多累的。"

柳大满："那城里远得很呢。"

⊙ 半山村村街路上 日 外

赵书和一脸沉默着走在村街上。

高校长从身后远处跑来："书和，书和，你站一下。"

赵书和回头："高校长，咋了？"

高校长神情凝重："你跟我走一趟。"

赵书和一怔："啊？干啥去。"

高校长："去学校。"

赵书和无语，转身要走："娃们家的事你管，我事多着呢。"

高校长急忙拉住："哎呀，你站住。"

赵书和："咋了嘛。"

高校长："你跟我走。"

赵书和："有啥事不能在这说吗？"

高校长："不能不能，走。"

二人走远。

旁边村民："书和回来了。"

赵书和望着高校长："到底啥事嘛，我事多着呢。"

高校长不容置疑："你先走。"

⊙ 小学校内 日 外

二人来到学校。一群孩子围着土台子站在操场上。

高校长："你自己看吧。"

说罢走向一个孩子："来，起来。"

赵书和环视着孩子们，疑惑地："高校长，这是咋回事嘛，娃咋不上课呢嘛？"

高校长背起一个孩子："四个老师，一直没给人发工资。走了仨。现在就剩我和秋玲了，你让我咋上课？"

赵书和："你劝一下嘛。"

高校长："我劝一下？一年多没给人发工资了，你让我劝一下？你有本事你劝去，我劝不了。"

赵书和："那，秋玲老师呢？"

高校长："她去给不让娃上课的家长做工作去了。她见不得不来上课的娃。"

几个孩子跑来："高校长，高校长，我们啥时候能上课呀？我爸说再不上课，就不让我来学习了。"

高校长："书和，如果再不发工资的话，咱这学校也别办了，让娃都回家算了。"

说罢背着孩子转身离去。

孩子们一脸期待地望着满脸愁容的赵书和。

⊙ 半山村后山陡峭山路上 日 外

赵书和与赵刚子等一行村民背着伐树的装备走在山路上。

赵山："书和，别想了，这就对着呢，胆要正，心要硬。那树早就该砍了。"

赵刚子附和着："就是的嘛，咱人老几辈都靠这山上的树生存呢嘛，我小的时候经常跟我爸到山上伐树呢，我爸来的时候是背着水、拿着馍，水叫我喝了，把馍挂到树上叫咕咕鸟给吃了。"

众人大笑："稀罕事都让你家伙摊上了。"

高校长突然从前面跑出拦住众人。

赵山一愣："高校长，你跑这弄啥来了？"

高校长一脸焦灼："我跑这弄啥来了？你几个跑这弄啥来了？"

众人:"撵兔子来了。"

赵二梁:"前两天不是咱那扶贫兔丢了嘛,还不是叫柳家坪那货把咱这事弄砸了么,所以咱几个来这寻兔子哩。"

众人附和:"对对对,寻兔子来了。"

高校长质问道:"你几个寻兔子?寻兔子拿着斧子,拿着锯子,拿这些东西寻兔子?"

赵大柱:"哎呀,高校长,你不是校长嘛,你是管娃呢,还是管娃他爸呢?你得是闲事办主任是吗?"

赵山:"这满山的树在这儿都闲放着呢,那拿回去还能弄个啥。你放这有个啥用呢嘛。"

众人再次附和:"就是嘛。"

高校长:"咱村这些年都伐了多少树了,你再砍,山都快秃了。"

赵刚子:"那秃了还再长呢嘛,看把你给气的。"

赵大柱:"长呢嘛,怕啥呢。"

众人:"就是嘛,生那么大气。"

高校长:"书和,你看这事咋弄,你还给咱带个头。"

赵书和:"高校长,你说的我都知道,但是你看嘛,修房子要钱,治病要钱,修水坝要钱,学校要钱。这这,要钱的地方实在太多了。你是我,你咋弄?"

高校长一时语塞。

赵书和:"我要是有一点点办法,我也不能干这事嘛。"

众人:"就是嘛,没钱想办法。"

赵书和制止众人:"对了对了。高校长,我向你保证,这是最后一回。"

众人:"对对对。"

赵山:"高校长,我保证,最后一次,绝不再砍了。"

赵书和:"这是最后一次。"

众人:"你相信我们,好不好。"

高校长指着众人一脸沉重:"等你们把树砍光了,我看你咋弄!"

说罢离去。

众人:"走走走,愣着干啥呢。"

赵书和站在原地,神情复杂。

众人扭身催促:"书和,快点。"

赵书和仍呆立原地。

众人:"书和,站那儿干啥呢嘛,快些走。"

⊙ 县城通往柳家坪的路上 黄昏 外

柳大满一脸轻快地载着黄艳丽骑车而来。

柳大满回头望着神情抑郁的黄艳丽:"媳妇!我说不去,你非得要去,你看!"

柳大满边骑车边哼唱着秦腔。

⊙ 半山村赵书和家屋内 夜 内

赵细妹与赵山杠围桌在吃晚饭。

赵山杠对细妹:"叫你哥吃饭了吗?"

赵细妹忧虑地:"叫了几回了,叫不动嘛。"

赵山杠看向外屋。

赵细妹:"爸,爸。"

赵山杠:"啊?"

赵细妹问:"俺哥这是遇上啥难事了?"

赵山杠:"你问你哥去。"

赵书和沉默不语,蹲在门口。

赵细妹看了一眼哥哥:"我咋问啊。"

二人继续吃饭。

赵书和眉头紧皱,一脸凝重。

第二集

⊙ 半山村村口及村街上 日 外

酷日下,午饭时分,赵书和手举着大喇叭走来,高声喊着。

赵书和:"饭时到了,你们吃着,我说着,啥事呢?去年,咱地里的庄稼,眼看就要收了,一场大雨,全给冲完了,可惜得很!为啥呢嘛,水坝塌了,今年,咱可不敢再这样了,从今天开始,一户出一人,咱把这个水坝修一修,加固一下,对不。"

街上无人。

赵书和一边走一边喊着:"今年修水坝,下雨不害怕,今年流些汗,明年吃饱饭!"

⊙ 柳家坪村一户人家门口 日 外

柳秋玲站在一个男人和一个小孩面前。

柳秋玲:"四哥,你为啥不让娃上学?"

四哥眉头紧皱:"秋玲老师,这上学没啥用嘛。"

柳秋玲:"咋没用,不上学咋能有文化?"

四哥:"就算上学有文化了,将来不是还是要种地呢嘛。"

柳秋玲苦口婆心劝说:"种地也要有文化,没文化,地也种不好。"

说罢弯腰直视小孩:"小飞,想不想上学呀?"

不等孩子说话,四哥急忙一把拉走孩子:"哎呀,不用问了,孩子不想上!"

说罢进门。

柳秋玲望着父子背影，神情无奈："四哥！"

⊙ 半山村 日 外

赵书和拿着喇叭，口干舌燥挨家挨户地喊人："修水坝了，村口集合！"

几个老妇人树下交谈。

赵书和："带上工具，背上馍，我拿咸菜，修水坝了！"

这时，一个老人挑担走过来被赵书和叫住："叔，修水坝去。"

老人站住，摆摆手："挑水呢，浇地呢，没空嘛。"

说罢大步离去。

赵书和无奈朝前走，继续喊着："修水坝了，今年修水坝，明年吃饱饭！"

⊙ 柳家坪小玉家门前 日 外

柳秋玲站在竹篱笆围墙外："女孩子咋了？女孩子也得上学！你把门开开，我跟她说。小玉！"

小玉爸："家里太忙了，我还干活呢。"

说罢回屋里去了。

柳秋玲无奈："你……小玉！"

⊙ 半山村赵刚子家门口 日 外

赵书和敲门："刚子。"

赵刚子："谁嘛。"

说罢开门。

赵书和："弄啥呢。"

赵刚子："咋咧么。"

赵书和："走！修水坝去。"

赵刚子嘿嘿一笑："那给钱呢不？"

赵书和："没有钱。"

赵刚子又是嘿嘿一笑："那没钱谁去干呢嘛，人一天忙忙的，你，你看谁愿意干谁干去，人忙着呢，你忙你的去，你寻旁人啊。"

⊙ 柳家坪柳根家门口 日 外

柳根望着柳秋玲一脸坚决:"这个事,我娃不去、不去。"

柳秋玲:"娃不上学将来没文化。"

柳根:"别说了、别说了。"

说罢砰的一声将门关上。

柳秋玲:"你……"

⊙ 半山村赵大柱家 日 外

赵书和在敲门:"柱子,柱子!"

赵大柱开了门缝:"来了来了,啥事。"

赵书和:"修水坝去。"

赵大柱闻言顿时神情痛苦:"呀,今天不行嘛。"

赵书和:"咋了?"

赵大柱捂着肚子,龇牙咧嘴:"肚子不美,拉肚子呢。"

赵书和:"你吃啥了,还拉肚子了。"

赵大柱:"昨天的剩饭嘛,我不舍得倒。我拉完了,就寻你去啊,不行不行,又来了,又来了,哎呀。"

说罢急忙朝茅房跑去。

赵书和无奈站在原地,抹了一把脸上的汗。

⊙ 柳家坪小红家 日 外

柳秋玲一边敲门一边喊:"小红!小红!有人嘛!"

无人应答。

⊙ 半山村口 日 外

赵元宝、赵二梁等人蹲在地上,拿着水桶在往地洞里浇水。

赵元宝疑惑地:"二梁哥,这能把知了灌出来嘛?"

赵二梁:"咋不能嘛。我小的时候拿尿灌。"

赵元宝嫌弃地:"那还能吃吗?"

突然,赵书和喊人修水坝的声音传来:"修水坝了。二梁、元宝。"

二梁和元宝见状急忙跑走。

赵书和追过来:"干啥去!"

二人已不见踪影。

赵书和:"真是闲的没事干。"

说罢一脚踢翻了水桶,举起喇叭继续大声喊:"修水坝了!"

⊙ **柳家坪柳大满家院子 日 外**

柳大满唱着秦腔走进家门。

黄艳丽在门口猛然把门一关。

柳大满一愣:"你咋了。你关门干啥呢?"

黄艳丽沉着脸不语。

柳大满:"你咋了你说,说话,咋了嘛,说话啊。"

黄艳丽一脸怒容和委屈:"你显摆够了?现在全村人都知道了吧,要是还有不知道,你拿村里那大喇叭去喊,那多省事呢,你要是不想过,你就直说,你放心,我给你腾地方,我这就收拾东西给你腾地方。"

说着朝屋内走去。

柳大满追过来:"不敢不敢。艳丽、艳丽,我又没说不要你,我这么做,是为了堵他们的嘴呢,你明白吗?"

黄艳丽眼泪巴巴:"那哪是堵他们嘴呢!"

柳大满安慰道:"你想嘛,咱俩这结果,他们都知道了,就不胡说咱的事了,你明白吗?咱以前没有娃,咱过的也好着呢嘛,我也没嫌弃你嘛,一定会好好对你的,你再不要闹了,行不?你想吃啥,我给咱弄点好的。"

黄艳丽:"我这事本身就心里不痛快,你还到处说我。"

柳大满哄着媳妇:"别哭了。你也有哭的一天,我给你做点好的啊。"

⊙ **半山村口 日 外**

赵书和叫人修大坝无果,坐在路边发呆。

一群小孩从一旁跑过。

小孩们围着赵书和嬉笑着:"修水坝了,修水坝了。修水坝了,修水坝了。"

赵书和站起来:"走走走走走,走!"

小孩们跑开了。

小孩们:"修水坝了,修水坝了。"

赵书和:"碎娃。"

赵书和坐下,满脸愁容。

⊙ 半山村 雨夜 外

深夜,天空厚厚的乌云翻滚,电闪雷鸣,下起了大暴雨。

高锦山家住在半山高处。他被暴雨雷电吵醒,起身穿上雨衣出门查看,发现雨势不对,向后山跑去。

暴雨依然,山里溪水暴涨,泥河河水满槽,浊水滚滚。

高锦山惊恐地跑下坡,一路心急火燎进村。

⊙ 半山村赵书和家 夜 内

赵书和发现暴雨不对劲,起身出门查看。

赵细妹追到门口。

赵细妹:"哥,你咋起来了。"

赵书和一脸焦虑:"我看这雨不太对劲啊,我去看一下,你把爸叫起来。"

赵细妹:"好。"

⊙ 半山村赵山家门口 夜 外

高锦山敲门叫赵山。

高锦山:"山!山!开门,快开门!"

赵山打开门疑惑:"高校长,下这么大雨,你咋来了。"

高锦山气喘吁吁:"后山滑坡了,赶紧和屋里人转移。"

赵山一惊:"啥?滑坡了?!"

高锦山:"对了,我娃高枫还在屋里呢,你把我娃抱上!"

赵山:"好,娃你放心,我现在就通知其他人。"

高锦山跑到隔壁赵二梁家敲门。

赵二梁:"哎,高校长。"

高锦山:"哎呀,后山滑坡了!赶紧转移!"

赵二梁:"好!"

赵山跑着叫人转移。

赵山:"都起来了!起来了!"

赵书和看到赵山叫人，赶忙上前询问。

赵书和："咋了？"

赵山："后山滑坡了，赶紧带人转移！"

赵书和："分头叫人，快，赶紧，分头叫人！"

赵山："好！"

赵山说完赶忙跑着叫人。

暴雨中，赵山敲着脸盆高声呼喊："都起来！都起来！赶紧，后山滑坡了！"

高锦山到元宝家敲门。

高锦山："元宝！"

赵元宝："咋了？"

高锦山："后山滑坡了，赶紧叫上你爸你妈，赶紧走！"

赵书和叫大林哥。

赵书和："滑坡了！"

大林哥："滑坡了？"

赵书和："村上集合！"

赵书和说完转身去叫下一户人。

大林哥惊恐不已："好好好！"

赵书和与高锦山相遇。

高锦山："书和！"

赵书和："高校长！"

高锦山："这边我都通知完了，我再到那边看一下啊。"

赵书和："好，我去集合他们！"

高锦山向人群反方向跑去。

高锦山："快快快，注意安全，快走，到村口集合，快走，还有人没有了，快走，注意安全。"

暴雨如注，呈现在观众面前的是多张极度惊愕的村民们的脸。

雨中众人看到赵书和。

赵书和："叔，你把这穿上。"

赵元宝目露焦灼："书和哥！咋办呀。"

众人惊恐未定，齐刷刷围上赵书和。

赵书和："都不要慌，不要慌，听我说。"

众人:"咋办呀。"

赵书和站上高处。

赵书和:"大家听我说,后山滑坡了。咱们村待不住了。"

赵元宝:"那咋办嘛?"

赵刚子:"咋办嘛?"

赵书和沉着坚定:"都跟我走,去一个安全的地方,走!"

众人:"走走走。"

赵元宝:"走走走,快,快点。"

赵元宝:"这咱走了,家里的东西咋办啊?"

赵书和:"命重要,东西重要?"

赵刚子招手:"快走!"

赵书和:"快快快,跟紧了!跟紧、跟紧!"

赵山:"后面的慢一点,注意脚底下。"

⊙ 半山村后山 夜 外

山体骤然大面积崩塌,浊水奔涌而下,附近山体开始接连垮塌、滑坡。

垮塌的山体和泥河暴涨的洪水混在一起形成泥石流,裹挟着巨大的破坏力迅猛直下,向半山村奔去。

大量泥石流顺着山势居高临下冲进半山村,很多本不结实的诸如村委会等房子被冲塌。鸡鸭、牛驴猪等禽畜被埋住。

⊙ 半山村村口 夜 外

赵书和带领众多村民,或背着老人或抱着孩子,惊惶万状地纷纷从村子里涌了出来。

赵书和将雨衣给了老人。

高锦山站在路边指挥村民们疏散。将高枫交给了别人。

高锦山:"能扔的东西全扔了——快跑!——快!——"

赵书和:"锦山哥,你带着大伙快跑!"

高锦山:"我去看看还有没有落下的。你带着大家往山下安全的地方走。"

⊙ 半山村村口 夜 外

高锦山往后走,看有没有掉队的村民,结果被卷入突如其来的泥石流中。

⊙ 柳家坪村柳秋玲家里 夜 内

柳秋玲在家改作业,被窗外的电闪雷鸣弄得静不下心,随即打开房门查看。

⊙ 柳家坪村柳大满家 夜 内

狗叫声与电闪雷鸣声将柳大满吵醒。

柳大满起身拉开电灯。

柳大满:"听见狗叫了没有,这雨下这么大,我出去看一下。"

说完急忙起身出门。

黄艳丽躺在被窝里:"这狗咋了,咋叫这么欢呢?哎呀。"

说罢迷糊地翻身继续睡了过去。

⊙ 泥河乡政府会议室 夜 内

窗外电闪雷鸣。

乡长聂爱林神情凝重:"我现在给大家通报一个紧事!半山村受灾非常严重,但是具体情况还不明朗。根据县气象局反馈过来的情况看,这回的降雨来势大,降雨量猛,降雨范围还在不断地扩大,咱乡上的十一个自然村都在这回的降雨范围之内,从现在开始,咱成立乡上的救援应急小组,我任组长,老吴,你任副组长。"

老吴:"对!"

聂爱林:"把咱库房的东西连夜给上送,你像啥被子呀,褥子,帐篷,衣服,吃的喝的,全都拉上去。"

⊙ 柳家坪打谷场 雨夜 外

赵山一脸顾虑和犹豫:"书和呀,前面是柳家坪打谷场,咱们去合适不?"

赵书和:"这么大的雨,咋躲嘛?到那再说!"

赵山:"行行行。"

赵山指挥众人:"后边跟上,后边,快点跟上。"

⊙ 泥河乡政府会议室 雨夜 内

气氛紧张。

聂爱林:"老赵,你赶紧把咱乡上的情况向县上报。"

负责教育的赵专员:"好。"

聂爱林:"一定要注意听取人家县领导……"

话没说完,灯突然熄灭。

干部甲:"哎?"

赵专员:"这咋停电了?"

聂爱林:"不管它,一定要注意听取县领导的指导意见。"

赵专员:"好!"

聂爱林:"还有,咱散会以后,各自按照咱以前的预案,找自己的对口村把工作走下去,跑动起来,听到没有!"

众人:"听到了!"

聂爱林:"开始行动!"

众人:"好!"

众人摸黑走出会议室。

⊙ 柳家坪 雨夜 外

暴雨中,柳三喜急火火地披着雨披追上:"主任,不好了,半山村人都跑咱打谷场了。"

柳大满一脸疑惑:"咋回事嘛?"

柳三喜:"我不知道嘛。"

柳秋玲举着塑料布走过来:"咋了?半山村咋了?"

柳满仓摇头:"不知道嘛。"

⊙ 柳家坪打谷场 夜 外

半山村村民们冒雨而来。

赵山:"跟上、跟上,快点。那有房子呢。"

众人到达打谷场。

赵书和:"你去看一下。"

赵山:"好。"

赵山:"锁着呢,要不我把锁砸开。"

赵书和:"不敢弄、不敢弄,柳家坪的,我找人去,等一下、等一下。"

众多赵家村村民逐渐来到柳家坪打谷场。

柳大满跑来。

赵书和:"等一下、等一下。"

柳大满:"书和,咋回事?"

赵书和:"把门先打开。"

柳大满:"夏大禹,开门开门、把门打开,都打开。"

柳大满:"乡党们,进房子、进房子。"

夏大禹把房门打开。

夏大禹:"快进来。"

赵刚子:"进房子!"

柳大满:"快!"

柳大满:"进房子、进房子,快!快!赶紧进进进。"

夏大禹:"慢点,不着急。"

柳秋玲跑来。

柳秋玲:"咋了?咋了?"

柳大满:"进房子,快进进进。"

柳秋玲:"半山村咋了?"

夏大禹:"都往进!走。"

柳大满一脸惊惑地望着赵书和:"书和,大半夜的,这到底咋回事嘛?"

赵书和神情凝重:"泥石流,泥石流把半山村埋了。"

柳大满大惊失色:"埋了?"

说罢震惊地看着半山村众人。

柳大满:"这……这么多人咋办嘛。"

赵刚子:"快一点,跟着走,跟着走。"

柳大满:"这房子里,还有地方没有?"

柳家坪村民:"这边房子满了。"

另一个村民:"这边房子也满了。"

众人:"人满了,别进了。人满了。"

柳大满:"要不然是这,让柳家坪的乡党们把半山村的领回屋,先避一下凑合一下嘛。"

柳多金一口拒绝："我屋小，住不下嘛。"

柳三喜："我这也住满了嘛。"

柳满仓："满哥，全是半山村姓赵的，跟我有仇的嘛。"

柳根："主任，我屋没地方。"

柳大满急了："都啥时候了，你说的这是啥话嘛，说的是人话吗？"

柳满仓："走走走走走。"

赵刚子："良心死没了。"

赵书和："不愿意就算了，干啥呢。"

柳光泉："大满，这都啥时候了，不要理他几个嘛，赶紧安排人各家各户住上些，老人小孩跟我走。"

柳大满："好好好，快快，你几个先跟着我叔回，快走、快走。"

赵书和："走。走走。"

黄艳丽主动上前："大满，咱屋还有地方呢。"

柳大满："那你带些人先回。"

黄艳丽："好好好。"

黄艳丽转身叫上一些人："跟着我走。走走走。"

柳大满站上了高台。

柳大满："半山村的乡党们，不要在这待着了，不敢在这再淋雨了，先到柳家坪的乡党们家里凑合一下。要不然在这淋着不是个事嘛。柳家坪的乡党们，把家里腾出点地方，让半山村的先避一下嘛。行不行！"

柳家坪人开始张罗半山村人。

柳秋玲："走，走了，走。"

柳家坪村民："走走走，走，走走，走。"

"回回回，领一些人往家里走，往家里走。走，都走。快点。"

赵书和对赵亮说："你赶紧清点一下人数，没有跟上来的，带几个人路上寻一下。"

说罢看见父亲赵山杠一言不发站在雨中，急忙跑过去。

赵书和："爸！爸，你干啥呢。走了！走啊！"

赵山："先进去躲一下，凑合一下，能进去，你们赶紧先进去。"

⊙ 柳家坪打谷场 日 外

雨过天晴。

众人正在搭帐篷，弄物资。

聂爱林在忙碌地给书和和大满安排救灾工作："我给你俩说，这个物资，到一批赶紧发放一批，不敢耽搁，你这个时候头脑要清醒呢，对不对。慢些。慢些。再一个，我给你说，我拿的那感冒、发烧、拉肚子那药，按照户，以户为单位给发下去。"

赵书和："好嘛，好嘛。把数点一下。"

柳大满："对对对。"

聂爱林："把数点好，慢一些，干活都慢一些。看着脚底下。不敢把谁伤了。看着点。"

聂爱林看见国文。

聂爱林："哎哎哎，哎，转啥呢，我在这呢，问你话呢。"

国文满脸是汗："你说。"

聂爱林一脸不悦训斥道："新新的帐篷，你放在这泥底下在这拆呢？你不会拿到那干处去弄去？你看你把这弄的泥的。"

国文："你说的对着呢，不然都受潮了。来来来，快，抬到干的地方去！来，搭把手来。"

聂爱林："干活把我都带上了，我还给你搭手呢？"

赵书和："慢点啊。"

赵书和看见了国文，猛然一愣。

赵书和："国文？呀！"

国文转头："书和！"

赵书和惊喜地："真是你。"

国文："大满。"

赵书和："你咋来了嘛。"

柳大满也一脸惊喜："你来了你也不说一声，我们前两天还去县里找你，没见着你。"

国文："今天县里让我来落实安排这个救灾的情况，一大早就过来了。"

赵书和："哦。"

国文："这洪灾闹得真是的，现在村里村民们都咋样嘛？"

赵书和："还能咋样嘛，一部分人就住在打谷场。"

柳大满："还有一部分就在柳家坪的家里，先凑合一下。"

聂爱林见状不由一愣，疑惑地："书和，这是谁嘛？"

赵书和："这是……国副县长嘛。"

聂爱林闻言顿时目露尴尬，笑着说："呀，国副县长，对不起，对不起，我不知道你。"

国文："不要紧。"

聂爱林："你看，我刚说那话，我是胡说呢，我把你当我乡上的干部了。"

国文一笑："你说的对着呢。"

聂爱林："不对、不对。"

国文："帐篷不能放在这里，是对的。来来，咱……你抬那边去。"

聂爱林："抬、抬。领导你不敢动，你不敢动。"

赵书和："咋了？"

聂爱林："领导。"

国文："咋了这是？"

聂爱林："国县长，你好不容易来了，你给大伙都讲两句。鼓励鼓励嘛。"

国文："话就不说了，你是？"

赵书和："他是聂乡长。"

聂爱林："泥河乡乡长聂爱林。"

国文："聂乡长，我给你说，今天晚上七点之前，县里安排的物资收归到位。你呢，负责发放给村里的村民们，保证村民今天晚上有帐篷住、有食物吃、有水喝。这个任务必须完成了啊。"

聂爱林："绝对落实。"

国文："这比说啥话都重要。"

聂爱林："就是就是。"

国文："是不是？有啥事给我打电话，回头书和，你把我联系方式给聂乡长一个，好吧？"

聂爱林："对对对，领导。"

国文："那我去前面看一下，书和，大满。"

赵书和："一会儿说，一会儿说。"

国文："一会儿说啊。"

柳大满:"你先忙,你先忙。"

聂爱林殷勤地:"那我把县长陪一下。"

国文摆摆手:"不用,你把那个帐篷先落实一下,抬到家里去。你快落实一下。"

聂爱林:"对对对。"

国文:"晚上是七点之前啊。"

聂爱林边走边回头:"没问题!吃饭,帐篷,全部落实。谢谢领导。"

聂爱林来到赵书和旁边。

聂爱林:"哎哎,书和,你跟……咋认得的?"

柳大满:"书和不但跟国文熟,书和跟国文他爸都熟得很。"

赵书和:"他爸不是跟我熟,跟我爸熟。"

聂爱林一愣:"跟你爸熟?"

赵书和:"国文他爸呀,最早是在咱泥河乡闹革命的。后来去了省城工作了,再后来就下放了,下放到半山村。他爸和他就住在我家里头,我跟国文是一个被窝长大的。"

聂爱林:"怪不得,我就说嘛。"

柳大满一脸得意:"乡长,乡长。再后来,我们一块上的小学,初中,我们是同班同学。我三个耍的好得很,天天在一块,那小时候跟我一块游泳,沉到水底下,我把他捞上来的。"

聂爱林:"哎呀,那你还是人家副县长的救命恩人。"

柳大满:"你以为呢。"

聂爱林:"你两个,哎呀。"

赵书和:"再后来,落实政策了,他们就回省城了。"

聂爱林一脸埋怨:"那你俩也跟我说一声嘛,还捏的这么严,你看弄得尴尬不尴尬。"

这时,赵山匆匆跑来:"书和,书和。听说下游捞了个人。"

柳大满:"啥?"

赵山:"下游捞了个人!"

赵书和如雷轰顶,一下愣住。

⊙ **山里墓地 日 外**

铅云低垂,一座新坟耸立。

037

高锦山的墓碑前，众人肃立，一片神情悲痛。

赵书和含泪说道："高校长，我们都来看你了，我们给你寻了一个最高的地方，再大的洪水也冲不到这。在这儿你能看到你的学校，看到娃娃们慢慢地长大，也肯定能看到咱的日子会越来越好，我们会经常来看你的。"

村民们满脸忧伤，不停抹泪抽泣。

柳秋玲抱着高校长的儿子高枫，泪如雨下。

众人向墓碑再三鞠躬。

⊙ **省城军区干休所国正行家里 日 内**

国文的父亲国正行手握话筒："我知道，我，我在电视新闻里看见了，而且还有泥石流，但是具体情况我不清楚。"

⊙ **山南县政府国文办公室 日 内**

国文神情凝重："爸，是这样，这次洪灾造成的后果非常严重。那半山村一下子全埋了。"

⊙ **省城军区干休所国正行家里 日 内**

国正行浑身一震，满脸愕然："泥石流把半山村给冲了？"

话筒里国文的声音："是，房子全没了。"

国正行焦灼地："哎呦，那，那学校的孩子们怎么样？"

话筒里国文的声音："孩子没事，孩子没事。"

国正行关切地："你山杠叔还有书和他们……"

国文："他们都好着呢，那乡亲们都提前转移了。"

国正行舒了一口气："噢，他们还好，那万幸万幸。"

国文："是。"

国正行："国文，你呢，现在是山南县的副县长，你得记着呀，半山村老乡们，对咱家是有恩的。救过你爸的命，养育过你。这个咱们千万千万一辈子都不能忘的。"

话筒里国文的声音："好，爸，你放心啊，我都记住了。"

国正行语重心长："受灾的群众啊，现在急切盼望的就是恢复他们的家庭生活，这个是你当前首要的任务，你是他们的希望，要让所有受灾的群众看见，感觉到你是他们的靠山，你明白吗。"

⊙ 山南县政府国文办公室 日 内
国文一脸坚毅："爸，你放心吧，我知道怎么做。"

⊙ 省城军区干休所国正行家里 日 内
国正行："好，爸等着你的好消息啊。"
话筒里国文的声音："哎，您也保重身体啊爸，好嘛好嘛。"
国正行挂了电话，眉头紧锁，轻擦眼泪。

⊙ 山南县政府会议室 日 内
国文与众干部们在会议室开会。
林县长环视一眼众人："我接着说，像半山村这样整个村子遭泥石流严重损毁的事，咱山南县没碰到过，所以如何安置灾民、如何正常地生产生活，是咱眼前最大的事。大伙有什么想法都说一下。"
众人不语。
国文："林县长，我讲一下，我建议把半山村整体搬迁至柳家坪村，这安置房的建设资金呢，由县财政和上级补助共同承担。"
林县长等众领导听罢均神情吃惊。
林县长："你是说把半山村整体搬迁到柳家坪？"
国文："啊对，因为半山村现在没有居住条件了，这搬迁是绕不过去的事情，泥河乡现在总共是十一个村子，只有柳家坪村最符合半山村搬过去的条件。第一呢，是这个柳家坪村的距离是最近的，再有呢，柳家坪这个耕地面积，承载这两个村的村民吃粮的问题不大。"
干部甲担忧道："我认为啊，柳家坪的大姓柳和半山村的大姓赵，由于历史原因积怨很深，你让这两个村合并成一个村，我担心影响安定团结啊。"
林县长将目光投向国文。
国文："我就在半山村长大的，这两个村的情况我最熟悉。是，这两个村合并以后矛盾加剧有可能的，但这也是解决宿怨最好的机会，其实现在村里的年轻人是非常地反对宗族争斗的。你像半山村的支书赵书和这个柳家坪村的村主任柳大满，他们是同学是好朋友，他们非常地反对先人延续下来的这个仇恨。如果我们的工作到位，方法对了，那化干戈为玉帛是有可能的，那从长远发展的抉择来看，这也是绕不过去的事，这是必须要解决的问题。"

干部甲一时语塞。

林县长："我觉得国文的想法挺好，既然半山村只能搬迁到柳家坪，这是个客观事实，那就越快越好，说到底，咱不能让灾民无家可归。"

众人对视点头。

林县长："如果大家没有反对意见，那我就把合村方案尽快上报到县委，争取尽快实施！国文呢刚来，居然比我们都了解情况，那你把两村合并的事给咱负责上，行不行？"

国文一口答应："我没问题。"

林县长望着聂爱林："再就是，两村合并之后柳家坪村新两委干部任免问题你们是咋考虑的。"

聂爱林："林县长，这个两村合并的方案是国副县长刚提出来的，我也没考虑好，我提个方案，能不能一边出一个。"

林县长："谁是书记，谁当村主任，拿个具体方案报上来。"

聂爱林看了一眼国文："好。"

⊙ 柳家坪打谷场 日 外

画外音（赵雅奇）：当年让半山村并入柳家坪村是因历史原因和自然环境制约而不得已做出的决定，合村这件事引发的许多后续问题，也是多年以后我从我父母那里得知的。

一辆手扶拖拉机载满粮食驶入。

司机甲："停一下，停一下。"

司机甲："师傅，这柳家坪是不是这儿。"

柳满仓："对着呢。"

司机甲："那打谷场咋走啊。"

柳满仓："你干啥呢么。"

司机甲："我给柳家坪送救灾物资的，给送到打谷场去。"

柳满仓看看拖拉机上的货物，眼珠一转："啥东西嘛。"

司机甲："粮食嘛。"

柳根："打谷场，你就朝前走，然后——"

柳满仓:"哎呀,你着啥急嘛。师傅大老远来了,你让师傅喝口水嘛。"

柳根不解,看着满仓。

柳满仓冲着粮食给柳根使了个眼色:"师傅,喝口水,休息一下。"

柳根顿时会意:"噢!对对对,天太热,马上就到了,不着急。"

柳满仓:"对对对。"

柳根喊:"春田,快来。"

柳家坪村两人:"哎,来了。"

司机甲:"不要太客气了。"

众人:"没事没事,师傅走走走,不着急不着急。来来来。进屋进屋。"

众人说着,"热情"地将两位司机拉走。

柳满仓:"三喜。"

三喜转身:"噢,还有一个。"

柳满仓:"招呼好啊。"

三喜点头:"好好好。"

司机甲:"这路真难走。屁股都快颠成两瓣了。"

众人:"把那好茶拿出来噢。"

一些村民和运输的司机进屋。

剩下的村民急忙七手八脚将拖拉机上的粮食搬走了几袋。

⊙ 柳家坪打谷场 日 外

司机四下望望,神情疑惑:"都数了两遍了,就是少七袋粮食嘛。"

大柱:"咋回事嘛。"

赵山对眉头紧皱的赵书和说道:"书和,你看这绳子松成这了,被人动过。"

司机:"我从乡上到这一路上就没歇,肯定是你们村那几个人,假装好心把我拦下,让我喝茶呢。"

赵书和一怔:"你在哪儿喝的茶?"

司机:"就到一进村那拐弯的地方。"

赵二梁:"肯定是柳家人那几个货嘛。"

赵元宝:"得是那几个长得……"

赵大柱:"长得比我还难看的。"

赵书和一摆手:"先卸车。"

⊙ 柳家坪村委会 日 内

柳大满与赵书和走进村委会，边走边说。

柳大满瞪大眼睛："还能有这事？"

赵书和："就是嘛！救灾粮也敢偷。"

柳大满袒护地："不要说偷嘛，多难听的，拿回去了。"

赵书和："拿回的不叫偷？"

柳大满赔着笑："你不要着急不要上火，我这一喊他就乖乖送回来了，不要着急嘛。"

说罢叹了口气。

赵书和催促道："呀，你快着些嘛。"

柳大满："你别急，让我组织一下语言嘛。"

说罢打开桌上的话筒。

柳大满："对（小声）。柳家坪的，谁把人家救灾粮给拿了，胆子也太大了，这简直就是无法无天呢！乖乖的啊，都听好了啊，救济粮不能乱拿，你咋啥东西都往屋里拿呢？"

赵书和不满地看着柳大满："你不能这么说嘛，你不能这么说，严重点，说严重点！"

柳大满："对（小声）。"

柳大满："我说严重一点啊，你这拿救灾粮就是偷呢，这是要判刑的，你想一下，这偷东西犯罪，这偷救灾粮就是罪加一等，弄不好要判一年呢。你想一下，你在那牢里，你屋的那羊咋办，地咋办，你媳妇咋办。"

赵书和："你赶紧让他们送回来嘛。"

柳大满提高了声音："赶……赶紧送回来，送到村委会里来，一点之前就得送回来，我给你说，这一点以后，公安就来了，公安来了我可说不上话了，人家公安带着警犬，带着手铐的。"

几袋粮食从各个房子门口丢了出来。

⊙ 柳满仓家门口 日 外

柳大满气呼呼而来。

柳满仓心虚地："满哥。"

柳大满盯视着柳满仓："为啥干啥坏事都有你呢，你是不是拿人家救灾粮了。"

柳满仓一脸无辜："没有嘛。"

柳大满脸色阴沉："没有？那人家为啥说这主意就是你出的。"

柳满仓："你不要听他们瞎说嘛。"

柳大满瞪眼："你是想在你家待着，还是到监狱待着。"

柳满仓一愣，旋即说道："我都吃了一部分了。"

柳大满不容置疑："剩多少拿多少，赶紧往出交。"

⊙ **柳家坪村委会 日 内**

地上放着被送回来的粮食。

柳大满看向赵书和："书和，我就送过来这些，我尽力了，也没差多少，就差了一袋半，差了一点点。"

赵书和："啥？一袋半是一点点？"

柳大满："他们给我说，把那剩下的粮都给了五保户了，人家也吃不上饭，你就当给了灾民了嘛。算了吧。"

赵书和不回话。

柳大满略一思忖："要不然，是这，柳满囤的那医药费，我就不跟你村要了，顶了，行不。"

赵书和："你说的。"

柳大满："嗯。"

赵书和："你负责把粮给我送回去。"

柳大满："对！"

柳大满一脸委屈。

⊙ **泥河乡政府乡长办公室 日 内**

赵书和和柳大满坐在桌子前。

赵书和假装好奇地打着电话："哎对，我是赵书和，你是谁啊？"

聂爱林走进办公室："来了啊，喝水不喝水？"

两人摇头："不喝了。"

聂爱林："不喝我就不倒了啊，今儿个把你俩叫来啊，有这么个事，作为咱们乡上的灾后重建工作部署，有这么个安排。半山村跟柳家坪村，两村合并。"

二人闻言面面相觑，对视吃惊。

赵书和："合并？"

柳大满瞪大双眼："乡长，半山村和柳家坪村合并不到一块儿去。这两个村常年有大疙瘩，就解不开，尿不到一个壶里，弄不成弄不成。"

赵书和："乡长……"

聂爱林摆手："你说弄不成就弄不成，我是乡长嘛你是乡长。"

柳大满："乡长，我同意，俺村那伙也不同意，再说了，书和他们半山村人也不同意。"

聂爱林："跟他有啥关系，不是说你同意不同意的问题，我今儿叫你俩来，就是给你通知这事情，你当我是跟你商量？"

赵书和："这是县委县政府的决定？"

聂爱林："不光是县委县政府的决定，这一会儿又成了市委市政府的决定了，你以为呢？"

两人再次对视。

赵书和："哦。"

柳大满不满地看着赵书和："哦，看你哦的快的。把你高兴的。"

赵书和："啥？我高兴啥呢嘛。"

柳大满："你高兴啥呢嘛，你半山村的人一下子一大堆就挪到俺柳家坪来了，你能不高兴？"

赵书和："那是，那是。"

聂爱林摆手示意别说了。

柳大满："乡长，这事国文知道不？"

聂爱林："这就是国副县长提出来的方案。"

柳大满顿时恍然大悟的样子，不悦地侧脸看着赵书和："书和，这事是不是你和国文你俩商量好的。"

赵书和一时无语："对，就是的，你信不？"

聂爱林看不下去了，对柳大满说道："你啥态度嘛你，你有没有一点当村主任的样子。我叫你来是跟你商量？我是给你通知的。我给你说啊，你柳家坪三天之内，必须做好接收灾民的准备。"

说罢又望向赵书和："还有你，做好搬迁准备。"

二人同时惊愕："三天？"

柳大满急了："三天咋做准备，咋准备，换做是你，你咋准备。我个人倒是同意赵书和搬到俺屋住去，那柳家坪的人能同意半山村的人搬到他屋住去？"

聂爱林不耐烦地起身："谁住到你屋是弄啥去，你屋是故宫，能住下那些人？你不能把那宅基地划出来给人家统一建设？钱的事你别操心，县上财政统一支出。"

赵书和："政府掏钱？"

聂爱林："噢。"

赵书和："呀，那得不少钱呢吧。"

聂爱林："钱的事跟你有啥关系，那由人家县上市上财政统一支出，你操的那闲心。"

赵书和："是是是，那好嘛，好嘛。"

赵书和看向柳大满："那就，我们回去，动员一下。"

聂爱林："我也是这个意思。"

柳大满不悦地起身要走。

聂爱林："哎哎哎，弄啥呀。"

柳大满带着情绪："回去动员去呀，弄啥呀。"

聂爱林："哎呀，你坐下。"

柳大满："干啥，那还有比这合并更大的事呢。"

聂爱林皱眉看着柳大满："你坐下，我发现你现在这官不大脾气不小，谁惯下你这坏毛病？"

赵书和："乡长乡长。"

聂爱林："话没说完站起来就走。"

赵书和："乡长，你说嘛，还有啥事。"

聂爱林："咱陈书记呢，临时有个事，到县里去开个会，我作为咱的副书记宣布一个乡党委的决定，任命……"

柳大满激动地站了起来。

聂爱林："先坐下先坐下，坐下坐下。"

柳大满坐下。

聂爱林："任命赵书和同志为新的柳家坪村支书。"

二人："啥？"

聂爱林继续："柳大满职务保持不变，我还有个事，有个会还没开，你做好准备啊。"

柳大满一下呆住："你……"

赵书和："走嘛，回。"

柳大满满腹委屈："你现在是一把手，我是二把手，你这一把手还没动，我二把手能动嘛。"

赵书和踩了一脚柳大满："走，废话多得很，走。"

二人起身离开。

⊙ 乡间小道 日 外

赵书和和柳大满骑着自行车往回走。

柳大满突然停住，下车。

柳大满："书和，书和，我突然想起来，我还要到信用社办个事呢，你先回。"

赵书和："好嘛。"

柳大满掉头骑车远去。

⊙ 山南县政府大门 日 外

柳大满急急地骑车进了山南县政府的大门。

第三集

⊙ 山南县政府国文副县长办公室 日 内

国文倒水给柳大满。

国文:"大满,你咋来了。"

柳大满满腹心事:"国文,咱俩这关系你就别倒水了,我就不跟你绕圈圈了,我直说了。"

国文:"你说。"

柳大满:"是你同意这半山村和柳家坪合成一个村子的?"

国文:"就是啊,咋了。"

柳大满埋怨地:"你咋能让半山村和柳家坪合成一个村子呢,这两个村子好几代人了,就一直尿不到一个壶里,闹不到一块去嘛。"

国文倒着茶水:"那闹不到一块去是先人们的事情,到了咱这一代人了,就是要把这个疙瘩解开,两个村子要是不合并还没有这个机会呢,来,喝水。"

柳大满:"我不喝。哎呀,你还把这事当个机会!"

国文:"当然了。"

柳大满:"领导的见识就是跟一般人不一样,好好好,就算这事是个机会,这半山村搬到柳家坪,这再咋也不能让半山村的人当一把手吧。"

国文一怔笑道:"噢!大满,你今天来是要跟我说,你这职务的问题?"

柳大满言不由衷:"我不是跟你说职务的事,我是跟你谈工作呢,这工作不谈好,我这后面的工作没办法继续。"

国文："是这，大满。我是分管农业的，至于你说一把手这个问题啊，这是泥河乡党委决定的，人家已经是慎重地考虑过了，当然了，这个事情我是知道的，我也是同意的。"

柳大满掩饰情绪发着牢骚："其实这个谁当一把手也无所谓，谁当一把手都不好干，再别说现在把这一把手给了赵书和了，我就发现从小到大你就啥事都向着赵书和，就没向着过我。"

国文："大满，咱是一块玩到大的，是吧，那你是啥情况、书和是啥情况，我清楚得很，你适合干啥，他适合干啥，我觉得乡党委这个决定没啥问题。"

柳大满："国文，这半山村挪到柳家坪，柳家坪就那么大点地方，来了这些人，又要弄房子，又要弄地！这回头要事情闹大了，我这二把手，我可管不了。"

国文："县委县政府已经研究过了，这个事情都考虑到了，现在研究决定给你们柳家坪村二百亩水浇地。"

柳大满一怔："给二百亩水浇地？"

国文："嗯，你要不？"

柳大满："要嘛，给我们坐地户的？"

国文："嗯。"

柳大满思忖片刻："那要是这，事情就好办些，我回去跟他们商量一下，动员动员。国文，我这二把手我都干了好多年了，你回头有好的机会，你要往我这肩膀上压压担子嘛。"

国文："压！压！把这水喝一口。"

⊙ 山南县政府国文副县长办公室 日 内

国文将柳大满送出办公室。

赵书和蹲在门口侧面。

国文："你这水也没有喝一口，你打起精神来大满，好好干。"

赵书和趁机进了办公室。

国文回头愣住，看着赵书和："你咋也来了？你喝水。"

赵书和望着面前的茶缸："大满的水吧？"

国文："大满，真是的，能折腾。"

赵书和一脸为难道："国文，我是想跟你说一下，你看我这个村支书吧，我干不了嘛。"

国文："你咋干不了？"

赵书和："你看嘛，现在两个村子合并了，我们半山村搬到柳家坪，住人家的地方，喝人家的水，那就是在人家的屋檐下吃饭了，在人家的屋檐下吃饭，我当这个一把手，那柳家坪的人能服气吗？不能服气。"

国文："那你还有啥你一下说了。"

赵书和："你看是这行不，就让大满当这个一把手，当村支书，他当村支书柳家坪的人能听他的，半山村的人听我的，我可以带着半山村的配合他。这一下子就顺了，工作也能进行了，咋样？"

国文沉默片刻："不咋样！书和，我觉得你这话说的……你以为支书这个职务是你能拿来送人情的？"

赵书和："不是送人情。"

国文："还有啊，乡党委人家任命一个干部是经过慎重考虑的，尤其是在这个特殊的时期，必须要找出来一位有工作经验、办事公平、不走歪路的党员担任支书，你是合适的呀，我觉得没啥问题，还有你刚才说的话不对，咋还分哪个屋檐下，我、你、大满，是同一个屋檐下的，都是为群众服务的嘛，你这话以后不要再说了。现在的困难是暂时的，它会过去的，你要把眼光往长远看，那将来你还要带着这两个村子的人脱贫致富呢，你咋办？你咋能遇到困难就不干了？那咋能行。刚才你跟我说的那话，不要再提，不要再说了，到此就打住了。你现在要考虑的就是你咋干！能让这两个村子的村民都满意，这是真格的。你想啥呢？"

赵书和一时无语："嗯？"

国文："不是我说你听明白没有？"

赵书和："嗯。"

国文："你咋来的？"

赵书和："我骑车来的。"

国文："那你快点骑，可能追上大满，你俩一起，好好想一下，咋工作咋配合。"

⊙ **柳家坪打谷场 夜 外**

众人坐在临时搭建的帐篷门口，情绪低落。

⊙ **柳家坪柳大满家 夜 内**

柳大满呆坐床头。

049

黄艳丽端着一脸盆热水笑盈盈地："哎，回来了，我就估摸着你快回来了，来，洗脚水刚给你打好，来。洗脚。"

柳大满阴着脸："我不洗！"

黄艳丽："洗一下。"

柳大满："我不想洗！"

黄艳丽一愣，观察着丈夫的表情："咋了嘛？咋了，你看你又是拉个驴脸。"

柳大满沉默不语。

黄艳丽："说嘛！"

柳大满："刚从县里回来，县里领导说要半山村和柳家坪合成一个村。"

黄艳丽："人家半山村都没有了，那么多人住在哪里去？这也对着呢嘛，就为这事，你看你那出息，我还以为多大的事呢。"

柳大满："还有个事呢，你知道现在谁是一把手吗？"

黄艳丽："你嘛。"

柳大满："要是我，能拉这个脸？"

黄艳丽："那是谁啊？"

柳大满："赵书和！"

黄艳丽："那你呢？"

柳大满："我还是二把手。"

黄艳丽顿时不满："啥？凭啥呢！这也太不像话了吧，国文有点太过分了吧，得是忘了小时候你救他的事情了，要是没有你，哪有他现在呢，还当县长呢，早就成水鬼了。太过分了。"

柳大满："你咋说话这么难听呢，不敢这样说，咱不能背后说人家。不好。"

黄艳丽："咋，我说的不对？"

柳大满："对是对着呢，国文这回也太向着书和了。"

黄艳丽："就是嘛，我给你说。"

柳大满："你去给我拿酒，我喝两口。"

黄艳丽："你看看你那样子。"

柳大满走向桌子，黄艳丽去里屋拿酒，赵书和推门进来。

赵书和："大满，在不？"

柳大满坐在桌子前，闻声不动。

赵书和："在这干啥呢？"

柳大满没好气:"睡觉呀。"

赵书和:"趴桌子上睡觉呀?"

柳大满:"你……"

赵书和:"有酒嘛?"

柳大满:"没有酒。"

黄艳丽从厨房拿着酒出来,看到赵书和:"赵支书来了,贵客呀!"

赵书和:"看看人家,给我吧。"

说着拿过黄艳丽手中的酒杯和酒坐下。

赵书和:"给大满弄个杯子嘛。"

赵书和说完黄艳丽进厨房,赵书和继续说。

赵书和:"我今天来啊……"

柳大满不悦地望着赵书和:"这大半夜的跑我屋喝啥酒呢。"

赵书和:"大满,你说合村……"

柳大满不接赵书和的话茬:"我屋喝酒没有菜,要喝只能干喝。"

赵书和:"弄嘛,谁怕谁嘛。"

两人碰杯喝酒,一段时间后。

赵书和红头涨脸:"真没有菜?"

柳大满微醉瞪眼:"有,不给,你咋!"

说完又倒上一杯:"来。"

二人再次碰杯。

⊙ **山南县政府国文办公室/泥河乡政府聂爱林办公室 日 内**

国文打电话给聂爱林。聂爱林洗完手接上电话。

聂爱林:"谁啊?国副县长。"

国文关切地问:"柳家坪村和半山村合并以后有啥新情况没有?"

聂爱林:"最近没有啥情况,都好着呢。"

国文:"你下去看过了是吧?"

聂爱林一愣:"不好意思领导,这乡上最近事有些多,我这两天没去。"

国文:"那你没去看咋知道没有新情况呢,你还是要下去多了解情况。"

聂爱林:"是是是,领导你说的对着呢。"

国文:"要不是这,我现在要去一趟柳家坪村,要不你跟我一起去?"

聂爱林："行。"

国文："好，那你在乡里等我，我把你捎一下。"

聂爱林："领导那不好意思，还搭你个便车，我就不用蹬自行车了，那我在乡上等你，对对对。"

说着挂掉电话，嘴里嘟囔道："事多得很啊。"

⊙ 柳家坪村路上 日 外

柳根边跑边喊。

柳根："完了，完了。"

柳满仓："完个啥？"

柳根："半山村跟咱村要和村了。"

柳满囤和柳满仓一起惊愕："啥？"

柳根："村支书是赵书和。"

柳满囤一怔："赵书和？"

柳根："乡上任命了都。"

柳满仓愤愤道："那不能让姓赵的踩在咱姓柳的头上嘛！"

柳满囤："那大满呢？"

柳根："原地翻跟头，动都没动。"

柳满仓哀叹："那咱柳姓人以后没有好果子吃。"

柳满囤："我觉得咱得搅和他，跟他闹！"

柳满仓："咋闹嘛？"

柳根："对啊，咋闹？"

柳满囤思忖片刻："咱说话不行，没有分量。不行咱寻三爷去？咋样？"

柳满仓眼前一亮，点头："对！寻三爷去！"

柳根："现在就走。"

柳满仓："走走走。"

柳根："走！"

⊙ 柳家坪小学教室内 日 内

学生们在教室里各自玩着游戏。

柳秋玲拿着书本走进教室："班长，上课了。"

班长:"安静了,上课了。"

柳秋玲皱眉:"咋这么少人,班长,其他的同学呢。"

班长:"不知道,都没来。"

柳秋玲:"好,咱们开始上课。老师说过,上课的时候,咱们要讲普通话,对不对。"

学生们:"对。"

柳秋玲:"谁能告诉老师,为啥咱们要讲普通话。"

学生们摇头。

柳秋玲:"因为,老师希望你们能够好好学习。有一天,考到大山外面的学校去,在大山外面的学校,很多人都是讲普通话,所以,老师希望你们要学好普通话,好不好?"

学生们:"好。"

柳秋玲:"咱们今天讲一个字。"

说罢转身用粉笔在黑板上写下"合"字。

柳秋玲:"这个字咱们学过,念什么?"

学生们:"合。"

柳秋玲:"对,合。为什么要讲这个字呢?现在咱们赵姓和柳姓的人,是不是已经合成了一个村子。"

学生们:"对。"

柳秋玲:"那么,从此以后,两个姓的人要在一口井里喝水,两个姓的人要在一口锅里吃饭。那咱们是不是就是一家人。"

学生们:"对。"

柳秋玲:"一家人就应该互相帮助,相亲相爱,对不对?"

学生们:"对。"

柳秋玲:"好,咱们把昨天的成语复习一下,山水相连。"

学生们:"山水相连。"

柳秋玲:"大好河山。"

学生们:"大好河山。"

柳秋玲:"山河锦绣。"

学生们:"山河锦绣。"

柳秋玲:"来,再念一遍,山水相连。大好河山。山河锦绣。"

学生们朗声："山水相连。大好河山。山河锦绣。"

⊙ 柳家坪打谷场 日 外

救灾帐篷外，赵刚子、赵大柱、林子、赵二梁等几个赵姓人围在一起，七嘴八舌议论纷纷。

赵二梁："合村，也不知道他咋想的，村一合，咱以后就吃人家锅里的饭了，看人家脸色，我给你说，这村合不成。"

赵刚子："就是的，你看那柳家坪有一个好人嘛，咱打了多少年交道就吃了多少年亏，现在又要到一个锅里吃饭，这典型的叫咱后辈儿孙翻不了身嘛。"

赵二梁："就是嘛。"

林子："不在一个锅里吃饭，咱在哪儿吃？再说了，要是不合村，你小伙往哪住呢？"

赵大柱附和道："对着呢嘛，咱村都没了，去哪住去。"

赵元宝："去哪住去？我就是去山上庙里面住也不在这儿住，你看那烂帐篷能住一辈子？"

赵山："刚说的时候你们认真听了没有？书和现在是合村后的村支书，他能让咱赵家人在柳家坪受欺负？"

赵二梁白了赵山一眼："书和是一把手，但人家柳家人有几个人能听书和的。"

老人甲："对呀，咱赵家和柳家有世仇呢，书和就算是一把手，他能解决这问题嘛？"

赵刚子："你看姓柳的理你不？"

众人："对着哩，这事不行、不行。"

赵二梁："这村合不成。"

正说着，赵书和与赵亮背着柴火回来，大家吵成一片。

赵刚子："书和回来了。"

众人："书和。"

赵刚子："书和，咋弄呢嘛？这村合不成。打了多少年交道咱就吃了多少年亏。"

赵山："好了叔呀，你一人一句，让书和咋说呢嘛，你听书和说。"

众人安静下来，等待书和说话。

赵书和："是这，关于合村的事，我知道你们不想和柳家坪合村。那我先问一下，刚子，咱可以不合村，那咱去哪呢，回半山村？"

赵元宝:"半山村都没了。"

赵书和:"对嘛,咱是去石头村?"

赵二梁举起手里的馒头:"石头村比咱村还穷,这都吃不上。"

赵书和:"就是嘛,那咱石头村也去不成,那咱去哪呢?咱总不能去城里要饭去。"

老人乙:"这不能要饭,不能要饭。祖训上有一条,饿死都不能要饭。"

赵书和:"对嘛。"

老人甲:"书和,不行咱找上级、找政府想办法。"

赵书和:"跟柳家坪合村就是政府的决定,人家经过考虑的,还有一件事你们不知道,政府决定,这次是由政府出钱给咱盖房子。"

老人乙:"政府出钱盖?"

赵二梁:"你咋不早说嘛。"

赵刚子:"书和,那政府掏钱盖房,往哪盖嘛?总不能盖到谁脊背上嘛。"

赵书和:"柳大满给咱划宅基地嘛。"

⊙ **柳家坪三爷家 日 内**

柳满囤呆呆看着三爷。

三爷坐在炕头沉默不语。

柳满囤忍不住了:"三爷,你看我都来了这么长时间了,你说句话嘛。"

三爷不说话。

柳满囤:"你发句话,咱柳家都听你的。"

⊙ **柳家坪三爷家门外 日 内**

一众柳家人蹲坐在三爷家外。

柳三喜:"这大满咋还不来嘛?这把人能急死了。"

柳满仓:"大满现在是村里的二把手,啥事都得听那个赵书和的,你说他要向着咱,咋和上边交代嘛。他向着赵书和,咱又不愿意嘛。两边为难。"

柳多金:"你说的对。"

⊙ **柳家坪打谷场 日 外**

赵书和环视众人:"关于合村我对你们就一个要求,那就是把你那不该说的话给我咽下去，把你那不该发的火憋回去，行不。"

⊙ 柳家坪三爷家 日 内
柳满囤："三爷，那我就先走了。我真走了。"
柳三爷依旧不语。
柳满囤无奈叹气走了出去。

⊙ 柳家坪三爷家门外 日 内
柳满囤垂头丧气从三爷屋内出来。
柳满仓迎上充满期待地："满囤，咋样？满囤，咋样？三爷咋说的？"
柳满囤沮丧："啥都没说。"
柳三喜一怔："这么大的事，三爷啥都没吩咐？"
柳满囤："没说嘛。"
柳满仓略一思忖："我知道了，我知道了。三爷不说话，就代表不愿意嘛。要我说，咱们现在就去打谷场上，把那姓赵的从柳家坪赶出去！"
柳根："对！"
众人："走走走，走！叫人去！"

⊙ 柳家坪打谷场 日 外
柳家坪打谷场上，赵家人各自忙碌着。
柳满囤、柳满仓气势汹汹带着柳姓众人来到打谷场。
柳满仓叫嚷着："别干了、别干了。"
柳满囤："赵家的，停下了，停下了，谁让你们住这的，赶紧把你那被子、麻袋皮拿上回去，赶紧回！"
赵山不屑地看着柳满囤："柳满囤，你干啥呀？谁让我们在这住的？县政府让我们在这住的！"
柳满仓："我给你说啊，这个柳家坪自古以来就是我们柳家人的地盘。"
柳姓众人："对。"
柳满仓："你们来这就是要饭来了。爱要饭去哪要去，不要在这要。"
柳家众人："对，走走走，赶紧走。"
柳多金："是好心看你们可怜让你们住几天，咋？真把柳家坪当成自己屋了？赶紧跟我滚。"

赵二梁怒视柳多金:"好好说话,你这烂地方,叫你爷住你爷还不住呢,咋了?现在赶你爷走是不?我还就不走了!"

柳家人叫骂。

赵元宝看着柳满囤:"你腿不疼了?我给你说,你今天动一下,我让你下半辈子跪着走,信不信!"

两边人叫骂。

赵大柱:"好你个柳满囤,当时不把你抬回来,你早死在山里头了,你是人回来了,良心让狗吃了得是?"

⊙ 柳家坪柳大满家院门外及院内 日 外

夏大禹心急火燎疾步走向柳大满家院门,边走边喊叫其名字进了院子。

夏大禹:"主任,柳主任,主任。"

黄艳丽正在院中洗衣服,看向突然到来的夏大禹。

黄艳丽:"看你着急的,干啥呢。"

夏大禹:"嫂子,村主任在屋吗?"

黄艳丽继续洗着衣服:"没在。"

夏大禹焦急地:"咱村人跟赵家人在打谷场要打起来了,我这赶紧跑过来寻柳主任来了。"

黄艳丽阴阳怪气:"大禹你记着,你大满哥现在是二把手,天塌下来有一把手顶着呢。"

夏大禹:"嫂子,你说这话就不对得很,咱村,就是天兵天将下凡到咱村了,咱村也离不开柳主任嘛。"

黄艳丽:"一早上就出去了,你没到村委会去看?"

夏大禹:"没在村委会嘛。"

黄艳丽一撇嘴:"那我也不知道了。"

夏大禹无奈地:"行行行,那我再去寻去。"

黄艳丽看着夏大禹走后,幸灾乐祸,嘴里碎碎念。

黄艳丽:"哼!打!看你咋收拾摊子!"

⊙ 柳家坪打谷场 日 外

柳满囤在高声叫嚷："你吃我的，喝我的，让我咋活呀！"

柳根："就是！"

柳姓众人："就是！我们咋活呀！"

赵山愤愤不平："谁吃你的了，我吃的是政府发的救济粮，救济粮你都偷呢，还是不是人！"

众人又吵起来。

不远处的矮墙后，柳大满在偷看着，洞若观火。

⊙ 柳家坪村街上 日 外

赵书和挑水而来，被夏大禹拦下。

夏大禹："赵支书。"

赵书和一愣："啊。"

夏大禹："打谷场那边要打起来了，你快去看看去！"

赵书和一惊，扔下水桶朝打谷场跑去。

⊙ 柳家坪打谷场 日 外

柳满仓怒视赵姓众人："我再说一遍，柳家坪自古以来就是姓柳的，你们姓赵的在这住就是要饭来了，爱去哪要去哪要去！"

赵山杠脸色铁青站了出来，神情严肃："娃呀，你别把泥菩萨不当神仙，我赵家人不是到这要饭来了，你对我态度好一点，我领你个情，你在这硬把我往走轰，那你今天把我这老汉这把骨头砸烂砸碎，我还就埋在这了。"

柳根反唇相讥："柳家坪自古就不容赵姓人，你埋在这，我还把你挖出来抬走！"

两家人吵嚷着推搡起来。

柳大满继续在不远处的矮墙后偷看。

赵书和与夏大禹匆匆赶来。

赵书和："松手！松手！都松手！"

说着奋力将两边人推开。

赵书和："干啥呢嘛！我咋说的你忘了！"

赵山委屈地："他把咱村人往出撵呢！"

赵家人："就是的。"

柳家人："就撑你。"

赵书和："满仓满囤，听我说。"

柳满囤："我不听你说，赵书和，这些人都是你带来的，哪来的回哪去！"

赵书和一脸正色："合村是政府决定的。"

柳满囤："政府不政府我不管，政府决定的，我柳家人不高兴嘛，你看，扎的帐篷，赶紧给我拆了去！"

赵家人不愿意，双方又吵骂起来。

赵书和："好了、好了！"

柳大满上前继续偷看。

这时，国文的车来了，国文与聂爱林下车。

聂爱林听见吵嚷声，疑惑地："领导，这村里不知道干啥呢。"

国文："走走，过去看一下。"

说罢两人走向打谷场。

聂乡长推开众人走进中心。

聂爱林："哎，弄啥呢？"

赵书和："松手！松手！"

聂爱林不悦地："干啥呢、干啥呢？围在这做啥呢！吃饱了撑的了，疯了得是，咋回事赵书和！"

赵书和："国文，你咋来了。"

国文："我还没下车就听见你们在这喊叫，这喊啥呢，我得赶紧过来听一下。"

柳满囤打量着国文："你是谁嘛？"

聂爱林："这是咱县上国文县长。"

柳满囤："那你是谁嘛？"

赵书和："他是乡长！"

柳满囤："好，领导来得正好，我们是柳家坪的，他们是半山村的，你看，在俺村搭的房，我吃亏了嘛。"

柳满仓："就是吃亏了嘛，他们盖房子占我的宅基地，要种粮食还要占我的地啊。"

柳满囤："对！就是，就不答应！"

国文："不敢这样说，没人占你的地，没人分你的粮，政府分给你们柳家坪二百亩水浇地的事，你们咋不说呢？"

柳根一愣："水浇地？多少？二百亩？"

柳多金疑惑地："谁知道？"

柳根瞪着夏大禹："夏大禹，这事你咋不说呢？"

夏大禹一头雾水："我不知道这事嘛。"

柳家人纷纷议论。

躲在暗处的柳大满见状，赶忙推开人群挤了进来。

柳大满："我知道、我知道、我知道呢。我知道这事呢，闹啥呢，大白天闹啥呢，丢人不丢人！"

众人："大满，跑哪去了！"

柳大满："国文，你咋来了。乡长。"

柳满仓质问："主任，二百亩水浇地咋回事。"

柳根："主任，真的有假的有。"

柳满囤："哎呀！领导说有就有呢嘛，大白天闹啥事呢嘛，往回走，柳家坪的往回走！"

夏大禹："走走走，回、回。"

柳大满用力驱赶人群。

柳大满："往回走！都往回走。"

聂爱林瞪视着柳大满："大满，你为啥给大家没说。"

柳大满掩饰地："没来得及嘛，咱先进房子说。"

聂爱林："县长，那咱先到村委会坐一下。"

赵书和突然一把将柳大满拉到一边去。

柳大满一脸尴尬："咱俩是领导，不敢这样……"

赵书和一脸严肃："咋回事！水浇地的事为啥不说！"

柳大满："忘了嘛。"

赵书和："你忘了？"

柳大满："来不及嘛。"

赵书和："正事你忘了？"

柳大满："咱俩是伙计，昨天晚上喝酒……"

赵书和："伙计是伙计，正事是正事。"

这时，国文走到赵书和柳大满中间。

国文："你们两个讲完了没有。"

柳大满："完了。"

国文："给我找三辆自行车。"

柳大满："自行车？"

赵书和一愣："干啥嘛？"

⊙ **泥河边土路上 日 外**

国文三人骑车而来。

柳大满满脸疑惑："国文，你这是要带我俩去哪啊？"

说罢望着泥河河滩："哎，这不是咱小时候游泳的那条河嘛，你还记得不。"

国文："你得是又想说在河里救过我的那事。"

柳大满憨笑："这不是又到了这地方了，我就触景生情了。"

⊙ **山顶高处 日 外**

国文带着两人来到山顶处。

柳大满喘气："国文，你等我，你这带着我们又是上山，又是爬坡，又是骑车的，这到底要带我俩去做啥呢嘛，早知道这情况，我就带着馍，带些干粮多美呢。"

赵书和："我记得山顶咱小时候在这耍过的嘛，都多少年了，都没来过了。"

国文站定朝远处望着："你们两个朝前看，看看能看见啥。"

柳大满："天嘛、地嘛、庄稼嘛。"

国文："你说的对着呢，但是今天我想让你们俩看看我心里的愿望。"

柳大满："那东西咋能看得见。"

赵书和看向柳大满。

赵书和："不要说话。"

赵书和看向国文。

赵书和："啥愿望。"

国文一脸憧憬："我想在泥河的上游，修建一座大型的水坝。"

柳大满嘟囔道："水坝、水坝，你咋跟书和一样，你俩都是爱修水坝。"

赵书和："国文，你接着说。"

国文："泥河流域这一带为啥这么穷呢，就是因为地少人多，自然环境差，泥河这水道泛滥，水患频繁，这个大坝要是建成了，就能降低水患对大家的影响，能够变害为利，让泥河服务于咱。"

赵书和兴奋地："你的愿望太好了，你看咱这几个乡，都在泥河的下游，水患对咱的影响太大了。我当兵复员回来，为啥要当村支书？我就是看咱村的乡党们日子过的太苦了，我就是想把这个穷根拔起来变成金窝窝，让大家把日子过好了，但这么多年了，啥起色都没有。"

国文："书和，你做的那些事大家心里都知道，这水坝要是建成了，你接着干，你一定会干出起色来的。还有，我提醒你们两人，现在这两个村子已经合并了，咱这当支书的当村长的那就是一条船上的人，可不敢再出现今天这个事了，不敢只打自己心里的小算盘，有劲要一起使，往一块使，是吧。"

赵书和看向柳大满："说你呢，听到没有。"

柳大满："听见了，你别动手嘛。"

赵书和："不要有下次，再有下次，你看这山顶高不高。"

柳大满："高嘛。"

赵书和："好嘛，再有下次，我和国文直接把你撇下去。我看不要等下次了吧，现在给他撇了吧。"

说着就要拉柳大满。

柳大满跑开："不敢、不敢。"

赵书和："过来。"

柳大满："不敢、不敢、不敢。可不敢。"

赵书和追了上去："小样。"

国文看向远方，神情严峻。

⊙ 柳家坪打谷场 日 外

柳秋玲来到打谷场。

柳秋玲问："小玉、小玉，咋没上学去。"

小玉看看正给自己梳头的妈妈。

柳秋玲："婶子，娃咋没上学呢？"

小玉妈："娃小，这又受了灾，先在家歇一下，就不去了。"

柳秋玲："婶子，这么些天了，娃的学习不敢耽搁了。"

柳秋玲跟婶子说完后，转头看向小霞。

柳秋玲："小霞，你咋也没上学。"

小霞垂着头："老师，我的书包被水冲跑了，拿不回来了。"

柳秋玲："小霞，书包课本老师给你解决，跟老师上学去好不。"

小霞高兴地点了点头。

柳秋玲："走。"

小霞爸拦住："小霞不去、不去。"

柳秋玲："为啥嘛？"

小霞爸："大人都在这受气呢，还不要说娃了。"

柳秋玲："咋受气了。"

小霞爸："我们赵姓人现在是外来户了，跟原来不一样了，娃们在学校肯定会受欺负。"

一旁的赵姓村民："就是，就是，不去。"

柳秋玲："乡党们，我知道你们担心，但是娃的学习不敢耽搁了，娃不学习咋能有文化呢？娃们有了文化才能有出息，有了出息，不管以后走到哪，才不会受欺负。对不对？"

众人对视无语。

柳秋玲："你们放心，我保证把娃交给我，哪个都不会受欺负。好不？我保证！"

有村民老者说话了："有秋玲老师保证，行吧、行吧。让娃娃去！"

柳秋玲兴奋地："走了，走了，上学去了。来小霞，墩子，来、来来来上学去，走走走，放心啊。"

小霞爸："小霞，在学校听老师的话。"

一村妇："秋玲，秋玲，可不敢让我娃在学校受欺负了。"

柳秋玲："放心吧婶子，没人欺负她。"

说完此番话，柳秋玲领着孩子们向学校走去，刚走没几步碰上了赵书和。

柳秋玲面露羞涩微笑着："赵支书。"

赵书和："秋玲老师，你这是？"

柳秋玲："乡党们担心娃在学校受欺负，不让娃们上学，我来找他们。"

赵书和："现在两个村子虽然合并了，但是有太多事情没有解决，以后会发生啥事还不知道呢。"

柳秋玲："不管发生啥事，我都觉着，合村是个好事。走了。"

赵书和："好。"

柳秋玲转身看向同学们。

柳秋玲:"走了,走!"

⊙ 山南县政府国文办公室 日 内

国文跟两个干部说话。

国文神情焦急:"开会的时候不是讲过了嘛,一定要保证每一户灾民有房住,有地种,娃有学上,这咋听不明白呢?好吧,抓紧去落实,有啥新情况随时跟我汇报。"

干部甲:"好。"

干部乙:"好。"

国文:"有啥事情随时汇报啊。"

国文说完,桌上电话响起。

国文拿起电话,神色忧虑:"县委县政府不是已经下了文件嘛,我知道我是贫困县,财政紧张我知道,啥事你有个轻重缓急不是嘛。那现在泥河乡遭了这么大的灾,好几百人无家可归,你先把这个钱拨下去,把房子先建起来嘛。你……你等……喂?喂!"

一旁的聂爱林看着国文生气地挂了电话。

聂爱林:"给不给钱嘛领导。"

国文:"钱肯定是会出,但是听他那个意思是时间不敢保证。"

聂爱林听罢一脸失望:"那这就跟没说一样嘛,现在这事情弄得钱难要脸难看的,你刚说了半天,你喝口水吧。领导那我,先回去。"

说罢转身欲走。

国文高声:"你站住!你哪去呀。"

聂爱林:"我回乡上。"

国文:"你现在跟我去堵他!今天非把这个钱要出来不行!"

聂爱林:"能行?"

国文:"走!"

二人匆匆出门。

⊙ 柳家坪村委会 日 内

柳大满与几个村干部围在桌前在规划商议宅基地。

柳大满用手指着图纸:"你看,这是咱柳家坪的三批宅基地的分布图,第一批在这,第二批在这呢,这边两个,这边三个,这个小的。"

赵书和进屋:"大满。"

柳大满:"你来了,快快,快来。"

夏大禹见状:"村长,你俩说事。"

说罢将位置让给赵书和。

柳大满:"你看,咱第二批这样分,这边四个,这边三个,但是……"

夏大禹:"但是有几户实在是没地了。"

柳大满白了夏大禹一眼:"说这干啥呢。"

说罢对赵书和说道:"我觉得你先选一个,你看你住哪儿?"

赵书和:"你等一下。"

赵书和看向夏大禹。

赵书和:"没地了?"

夏大禹:"嗯。"

赵书和:"那我还选啥呢嘛。"

柳大满:"那你住哪?"

赵书和:"咱村有没有,没有人住的烂房子、老房子,有吗?"

柳大满:"烂房子老房子有,能住人的没有。"

赵书和:"为啥呢?"

夏大禹:"那房子太长时间没人住了,那窗户门都是坏的。"

赵书和:"修一下咋就不能住了。"

柳大满看着赵书和:"那墙都快裂了,危险得很。"

赵书和:"就这么定了,我干活去,你找人给我修一下啊。"

说着就走出村委会,不给柳大满再开口的机会。

夏大禹:"村长,那剩下那几户咋弄嘛。"

柳大满:"听书和的,先找烂房子翻修。"

⊙ **山南县某局机关办公室走廊 日 内**

聂爱林热情地介绍:"吴处长,这是我们国副县长。"

国文与吴处长握手:"你好你好,吴处长。"

吴处长:"我快要下班了。"

国文:"我知道。"

吴处长:"明天给你们办。"

国文看看手表:"这还差两分钟,咱去你办公室吧。"

聂爱林:"我给你拿包。"

说罢殷勤地就要拿吴处长手里的包。

吴处长:"哎哎,你别抢我包啊。"

聂爱林笑着:"两分钟就把事说完了,没事,我给你把包拿上。"

国文:"人家没有说不跟你谈这个事。咱们把这个事简单定下来。"

二人将吴处长搀回办公室。

⊙ 柳家坪村一宅基地 日 外

众人在画线挖地干活打地基。

夏大禹:"这是那东边那房。"

赵书和:"那这应该是二梁的房子。"

旁人:"应该是,应该是。"

众人一起干活。

⊙ 柳家坪井口 日 外

柳满囤坐在井台边:"我这个腿,一干活就疼,一干活就疼,丢人的。"

柳满仓嘿嘿一笑:"你就接着装啊。"

柳满囤:"我装啥了我装。"

柳满仓:"你装啥了?"

柳满囤:"装?"

柳满仓向柳满囤使个眼色,看向后方。

赵大柱与赵二梁拎着扁担和水桶走来。

柳满囤斜眼问道:"干啥呢?"

赵大柱:"担水嘛,干啥呢,咋了。"

柳满囤冷冷道:"这是俺柳家的井,赵家不能喝,回去!"

柳满仓挑衅地看着二人,摆手示意走开。

赵大柱不忿:"你柳家的井?你叫它,我看它答应不。"

柳满囤:"对对对!我今儿个不想跟你吵架啊。我好好地说。这个井呢是俺爷那一代，一锨一锨挖出来的。"

柳满仓："对。"

柳满囤："俺村的人都不够喝呢，再碰上个旱天，我们吃啥呀，喝啥呀。"

柳满仓："就是嘛。"

柳满囤："那是不是让咱逃荒去，你说咱可怜不？"

赵大柱："井打在地上，你们能喝，我们就能喝嘛。"

赵二梁晃晃手里的新水桶，没好气地："满囤，看见没有，这个桶是县里头发的。你凭啥不给打水。"

说罢重重地将水桶蹾在了地上。

满仓和满囤一愣。

第四集

⊙ 柳家坪井口 日 外

柳满仓与柳满囤对视一眼:"县里头发的桶?美得很嘛,那上县里头打水去。"说罢起身一脚踢翻水桶。

赵姓众人闻声赶来:"干啥,你干啥?"

赵二梁:"桶,他踢咱桶。"

众人指着柳满仓、柳满囤愤怒喝问:"踢桶干啥。"

柳满仓:"你干啥?"

赵元宝:"柳满囤,你干啥?"

柳满仓大喊起来:"赵家打人了。"

赵家人:"谁打你了。"

赵家人:"柳满仓,你想干啥。"

夏大禹跑来:"不敢打架,不敢打架。你这伙子人又咋了嘛。"

赵大柱:"大禹,你来了,你是村干部,你给评评理,那俩货不让我们打水嘛。"

柳满仓:"你说,这还用评理嘛,这有啥可评的,他赵家人多势众,但是这口井呢姓柳,赵家人就不能喝。"

赵二梁:"村都合了,凭啥不给打水。"

柳满仓强词夺理:"合村又没合井嘛。"

夏大禹劝说道:"你快对了啊,你看你俩那没成色的样子,咱原来是两个村子,现在都是一个村子的乡党嘛,喝口水咋了嘛。"

赵家人纷纷附和:"就是嘛,喝口水咋了嘛。"

柳满仓瞪着夏大禹:"哎,你姓个啥。"

夏大禹:"我姓夏,咋了。"

柳满仓:"我知道你姓夏。"

柳满囤:"对对对,姓夏的人嘛,跑这儿干啥来了,回你屋去,弄你姓夏的事去,少管俺柳家的事情。"

柳满仓推搡着夏大禹:"走走走,赶紧给你那一把手拍马屁去。"

夏大禹:"你……"

柳满囤:"赶紧回回回。"

柳满仓:"走走走。"

夏大禹一脸无奈:"我不跟你们这俩没水平的说话,我忙去了。"

柳满囤:"对对对。"

夏大禹转身离开:"啥人嘛,你啥人嘛。"

赵大柱:"大禹啊。"

赵家人:"打水打水。"

柳满囤一把拦住:"不能打。"

众人开始推搡。

赵大柱:"不打不打不打,水不打了。我们走,寻书和去,走走走。"

柳满囤:"爱寻不寻,滚。"

赵元宝:"哥。"

赵大柱:"走,走嘛,来来来,扁担拿上。"

柳满仓阴阳怪气:"赶紧走,赶紧走。"

赵元宝愤愤道:"耍的还大的。"

柳满囤:"回。"

柳满仓望着柳家人离去的背影:"柳家的井,柳家的水,渴死你。"

说罢一脸得意看着满囤:"你说,咱们姓柳的是不是得感谢咱俩,啊?保护这水了。"

⊙ **柳家坪村头 日 外**

元宝拎着扁担和水桶,一边走一边说:"我跟你说,我刚才真想打他,我跟你说,看的书和的面子。"

赵书和拉车而来。

赵大柱迎上："书和。"

赵书和一愣，停下："咋了。"

赵大柱："你还有心拉木头盖房呢。"

赵书和："又咋了。"

赵大柱："咱连水都喝不上了。"

赵二梁高声地："他柳家人不给咱打水。"

赵书和："啥，为啥呢。"

赵大柱："我们几个挑水去，那柳满囤像狗看骨头一样守着那井不让用。"

赵二梁："夏大禹说情也不管用。"

赵元宝："我要不是怕给你惹麻烦，我早都动手了我都。"

赵书和："没动手吧？"

众人："没动手没动手，拦住了。"

赵书和长舒一口气："没动就对了。"

赵刚子："你说这事咋弄嘛。"

赵书和："让我想一下。"

赵刚子："你想你想，你今儿想不好你就别走。"

赵元宝发着牢骚："合村合村，那乡上光让合村了，水都喝不上了，合村有啥用嘛。"

赵书和若有所思："对着呢。"

赵二梁瞪眼疑惑："啥，啥对着呢。"

赵大柱："喝不上水还对着呢。"

赵书和："你想嘛，咱搬来之前，柳家坪的人喝那井的水，刚刚够，现在多了这么多人，那水肯定不够嘛。"

赵二梁："那咋弄，咱一天不吃饭可以，一天不喝水不把人渴死了嘛。"

众人："就是嘛。"

赵书和看着二梁："换成你，假如说让柳家坪的人，搬到咱那去，喝咱那儿井的水，你叫喝不。"

赵二梁："他敢。"

赵书和："就是的嘛。"

赵元宝："书和，话都对着呢，那不喝水那人咋活呢嘛，那干啥不要水嘛。"

赵刚子:"那人没水就活不成嘛,总不能把咱村的那井给搬下来嘛,神离不开香火,人离不开水火嘛,说的啥话嘛。"

赵书和盯视着刚子:"刚子,刚才你说的啥。"

赵刚子一愣:"我说啥,我说神离不开香火,人离不开水火。"

赵书和:"不是这句,刚才。"

赵刚子:"我再没说啥嘛。"

赵二梁:"他说的是总不能把咱村的井搬到这。"

赵书和:"对对对,就是这句。"

赵刚子:"没错嘛。"

赵书和:"我看能成。"

赵大柱:"啥。"

众人:"啥能成。"

赵元宝:"又不是搬家。"

众人:"对啊,井咋搬呢。"

赵书和:"我没说搬。"

众人:"那咋弄。"

赵书和:"我是说,打,咱打一口井!"

众人:"打,打一口井?"

赵二梁:"哥,咱村里的井是不是咱爷打下的,你会打不?"

赵大柱:"我不会打井。"

众人:"我们都不会打嘛。"

赵二梁望着赵书和:"我跟你说,这事弄不成。"

众人附和:"弄不成。"

赵山杠扛着锄头走了过来:"能行。能成。"

众人:"叔,叔来了。"

赵山杠:"打井,铺路,都是积大德的事情。"

众人:"就是的。"

赵山杠:"能留下好名声的事情,你都不知道干,你这一伙傻到家了。"

赵二梁撇撇嘴:"叔,你,你这是站着说话不腰疼,那打井哪有那容易的,你会打,那你带个头嘛。"

赵山杠:"把时间往前推二十年,打井的事情看轮得到你。你这叫老汉打井,那要他支书弄啥，要你这伙小伙子弄啥呀。"

赵书和："爸，你先回。"

众人："不是不打，是不会打嘛，现在打井需要时间呢嘛。"

赵亮："不要喊叫，不要喊叫，听书和说，听书和说嘛。"

赵书和："咱半山村的，先到河里去担水。"

众人："去河里担水？"

赵二梁一脸难色："书和，那河可离这儿八丈远，跑一趟把我脚都磨破了，那能跑。"

赵书和："远点就远点嘛。"

赵刚子："河里那水都是黄泥汤嘛，那咋喝呢嘛。"

赵大柱："就是嘛，咋喝。"

众人："喝不成嘛。"

赵书和："咋不能喝，以前没喝过？黄泥汤子，你放一下就清了嘛。现在有地方住就不错了，咋还挑三拣四嫌这嫌那的。就这么定了。咱打一口井，我去寻打井队去。"

众人面面相觑。

⊙ 柳家坪新井 日 外

打井队的人在刨土。

赵家人在一旁看着。

赵刚子凑上前："李师，这能挖出来水吗？"

李师傅没应声。

赵刚子担忧地："别挖半天挖不出来水咋弄呢？"

赵元宝："对着呢嘛。"

李师傅："咱从这整个周围来看，这块的土质是最松软的，而且湿度是最合适的，你可以看一下。"

李师傅站起来。

李师傅："这块的湿度和它土质的软度你放心，肯定是能挖出水的。"

赵元宝："专家，那要是挖不出来水，那工钱……"

李师傅笑了笑。

李师傅："你放心，打不出来水，工钱我不要了。咱这十几年了，这点经验还是有的。"

赵刚子一脸兴奋："那要是这话，你叫我弄啥我就弄啥。"

李师傅："好。"

说罢指挥挖土人。

李师傅："挖，挖，把它往深了挖。"

赵刚子拿着工具上前："来让开，起来，只要说能打出水，我就不要命地干。"

⊙ 柳家坪柳小江家院子 日 外

房屋破旧。

柳小江在家院子里笨手笨脚编柳条筐。

柳大满路过看到进来，嫌弃地："小江，小江，你看你编的这是啥嘛，连个筐都不会编。"

柳小江尴尬一笑。

柳大满："我来看你爸，你爸身体咋样了。"

柳小江面色沉重，忧愁地："下不来炕了。"

柳大满一怔："咋突然这么严重？"

柳小江："我把劲都使完了，大学还是没考上嘛，我爸知道了，一下病就严重了。"

柳大满叹口气："你妈走得早，你爸一个人辛辛苦苦地省吃俭用，把屋里值钱的东西都卖完了，供你上学念书，咱村就你一个高才生，都指望着你，你咋能没考上呢？你……"

柳小江眼含泪光哭："叔，我爸快不行了。"

柳大满："是这，咱先打一副寿材。"

柳小江愁眉苦脸："没有木料嘛。"

柳大满："木料这事你别操心了，我来管。"

柳小江目露感激："叔……"

柳大满："对对对，对了，我这两天合村，又是盖房又是打井的，我先走了。"

柳小江望着柳大满离去的背影，满含感动。

⊙ 山南县委会议室 日 内

县政府正在开常委会议。

国文："现如今，这泥河流域贫困的根源之一就是水患严重，如果再发生超大洪峰，那就会出现第二个、第三个半山村！"

众人听着。

国文："我建议要建一座水坝。要建一座大型的水坝，在泥河的上游，这样才能彻底地根除水患，才能保证泥河流域人们生命生产的安全。"

县长环视众人："国副县长刚才说的这个问题，其实是老问题了，由于多种原因，包括资金问题、设计问题等等吧，一直没有给提到日程上。"

黄书记："国文说的问题很重要，咱们今天就利用这个时间，好好地讨论一下，像半山村这样的悲剧以后绝不能再发生了。"

众人议论："建水坝的资金是个难题啊。"

⊙ 柳家坪建房工地 日 外

赵书和满身是汗，带着村民们挖沟、打夯。

众人："呼嘿！呼嘿！呼嘿！"

⊙ 柳家坪新井 日 外

赵刚子等人帮忙挖土。

李师傅用木棍戳土。

赵刚子："咋样？"

李师傅："你看一下，这个湿度啊，继续往下延，深挖！"

赵元宝兴奋地："咱就有自己的井了。"

⊙ 柳家坪中心小学教室及门口 日 内

柳秋玲指着黑板上的字教学生们读。

学生们："沙。"

柳秋玲："祥。"

学生们："祥。"

学生们："评。"

柳秋玲："一二年级的同学跟我读，爱。"

学生们："爱。"

一个小女孩牵着一只羊悄悄来到教室外偷看。

柳秋玲："花。"

学生们："花。"

柳秋玲："里。"

学生们："里。"

柳秋玲突然看见小女孩在窗外："大家自习啊。"

说罢来到教室门口。

柳秋玲："你是谁，你别走，你别跑，别跑，老师跟你说，你是谁呀。"

小女孩站住，羞怯地："常晓丽。"

柳秋玲："常晓丽，你是哪个村的。"

常晓丽："杏花村。"

柳秋玲："咋不上学呢？"

常晓丽神色哀伤，垂头道："我爸没了，我妈不让我上，我妈说女子上学没啥用，把羊放好就行了。"

柳秋玲疼怜地："那你想上不？"

常晓丽抬眼望着柳秋玲："想！但是我要放羊。"

教室里。

柳秋玲："同学们，这是咱们的新同学。"

同学们一起鼓掌欢迎。

⊙ 柳家坪新井 日 外

众人在忙碌地打井。

赵刚子："慢点。"

赵二梁："慢点啊哥。"

赵刚子："松绳。"

赵二梁："行不行哥，不行我来。"

赵大柱："行！"

村妇女："二梁，元宝，加油干。"

赵二梁："呀对对对对。"

赵二梁："来来来来来。"

赵家众人："小心头。"

赵刚子："来，松绳。"

赵二梁期盼地问:"专家,这啥时候才能见到水呢嘛?"

李师傅:"你把土给我抓一个,叫我看一下这土质。湿度上来了,刚才都是那白花花的,你现在看,现在看,这是黏在一块了,说明这湿度一点一点上来了。"

⊙ 柳家坪赵书和家 日 内

赵书和领着赵山杠来到新家。

赵书和:"到了。"

赵书和与赵山杠走进院子。

赵书和:"你看这院子,大得很!来嘛,爸,来。"

赵书和先进屋,赵细妹在装灯泡。

赵细妹:"哥,你来了。"

赵书和:"爸,爸你进来嘛。"

赵细妹:"爸。"

赵书和:"进来,进来看。看一下,咋样。"

赵山杠:"这有啥看的嘛。"

赵书和:"房子比以前住得大多了,还结实。炕是新盘的,炕席我都拿碗刮过了。"

赵山杠淡淡道:"再大,也是人家柳家人嚼剩下的馍渣渣。"

赵书和:"细妹,给爸弄饭去。"

赵细妹:"好。哥,你歇一下啊。"

赵书和应声。

赵书和:"爸,我知道你心里难受,你放心,不管住在哪儿,咱也忘不了咱的半山村。"

赵山杠望着儿子,欣慰地:"书和,你这话才说到爸心里去了。"

⊙ 柳家坪打井地 日 外

赵家人和打井师傅在忙碌着。

李师傅:"来,上辘轳,上,可以了。抽起。"

李师傅:"弯过来,好好。"

最后一块石头压住。

李师傅:"好,可以。"

众人:"好得很。美得很。上来了,来,拽。"

赵刚子:"来。"

众人:"拽,来,慢些,拽拽拽,慢些,水洒完了。放这儿,放这儿,放这儿,快,尝一下,尝一下。"

赵书和望着刚打出来的井水:"我来尝一下。"

赵刚子:"咋样嘛。"

赵大柱:"咋样。"

赵书和笑着:"甜的。"

赵大柱:"来来来。我尝我尝,咋是甜的呢。"

赵书和:"甜得很。咋这甜呢,跟泉水一样。让师傅尝尝。"

赵大柱:"还冰着呢。"

众人:"尝一下,尝一下。"

李师傅抹了一把嘴:"可以,还是水质好。水质好,你们打得好。"

赵书和感激地望着李师傅:"辛苦,辛苦,辛苦。"

李师傅:"井打得好。"

赵书和:"刚子,叫人去。"

赵刚子:"叫人。"

李师傅:"是这,我这任务啊也算完成了。那个下一个村子还等着打井呢,我就先走了。"

赵书和:"吃面再走嘛,走啥呢嘛。"

众人:"对对对,吃个面嘛。小伙子来来来,一起,一起,走走走。专业的就是不一样。打得又准,水又甜。"

⊙ 新井不远处矮墙后面 日 外

满仓、满囤等人躲在不远处矮墙后面,看见赵家人打好的水井,议论纷纷。

柳多金:"现在咋弄嘛。"

柳满囤:"赶紧叫人去,赶紧叫人去。"

⊙ 柳家坪打井地 日 外

赵大柱看见满仓、满囤拿着水桶走过来,一愣:"干啥呀。"

柳满囤嬉皮笑脸:"打水嘛,打水嘛。"

赵大柱："不让打，不让打，不让打。"

柳满仓眼一瞪："为啥。"

赵大柱："我去你那儿打水咋不让打呢。为啥。"

柳满仓："跟我记仇呢。这不合村了吗。来来来。"

赵大柱："合村没合井嘛，不是你跟我说的。"

柳满囤："合了合了。"

赵大柱："啥时候合的。"

柳满囤："现在合了。"

柳满仓："对，现在合了。"

柳满囤："来来，打打。"

赵大柱："你敢？你们两个的脸面是鞋垫子，是不是？"

柳满囤："你说啥呢。"

赵大柱："我说话咋了。"

柳满仓："走走走。"

柳满囤："我今儿就打了。"

赵大柱："不让不让不让，不让动。"

柳满仓："打水。"

赵大柱俯身死死护住辘轳："不让打。"

柳满仓："赵大柱。"

赵大柱："不打不打不打。"

柳满仓叫嚷："你起来。"

赵大柱："我不起来，不打不打。"

柳满仓："你起来！"

赵大柱："别想打，别想打。"

柳满仓："干啥呢。"

柳满囤："哥，哥，哥。"

柳满仓："不让打水是不是？"

柳满囤眼珠子一转："不打了不打了，咱回。"

说罢佯装欲走。

柳满仓："我回去了。"

赵大柱见状如释重负起身，嘲笑地："算你俩要脸。"

柳满囤突然从地上抓起一把泥土扔进井里:"我让你不让我打水。"

赵大柱又趴回井上:"不敢不敢不敢,不敢扔啊,不敢扔啊。"

柳满囤继续朝井里扔泥土:"我让你喝。"

赵大柱:"不敢撒,不敢撒。"

赵家其余人挑桶过来。

赵二梁一愣,呵斥柳满囤:"做啥呢。"

赵大柱:"不要扔啊。"

赵山:"干啥呢。"

赵元宝一把推走柳满囤。

赵二梁:"咋回事嘛。"

赵大柱:"那伙子往井里头撒脏东西。"

赵二梁:"撒脏东西,满仓,这个井现在姓赵了,不姓柳,还撒脏东西,把你还能的不成,哥,谁撒的。"

赵大柱:"柳满囤。"

赵二梁一指:"把他撒下去。"

柳满仓:"你敢。"

赵二梁:"把东西捞出来。"

柳满仓:"你敢。"

众人推搡,抬起柳满囤欲扔进井里。

柳满囤叫嚷起来:"杀人了,赵家杀人了,杀人了,杀人了。"

众人继续推搡,柳大满和赵书和闻声跑来阻止。

柳大满瞪着眼珠子:"住手。"

柳满囤:"哎呀!杀人了。"

柳大满:"松开。"

赵书和:"元宝,你干啥呢。"

柳满仓:"满哥。"

柳大满:"咋回事。"

柳满仓一脸委屈:"不让我打水喝嘛。"

赵元宝:"凭啥让你喝水嘛,我们刚搬来的时候,去你那儿喝水你让我喝了?"

赵家众人:"对着呢嘛。"

赵大柱愤愤然:"不让他打水,就往井里头撒脏东西,井脏了么。"

众人看向井里。

赵大柱:"这让人咋喝嘛。"

柳满仓强词夺理:"在柳家坪的地盘打的井,不让柳家人喝,不行嘛。"

赵刚子:"不让你喝就是不让。"

众人争吵。

柳大满喝止:"都别说了,都别说了,少说两句。"

赵书和看着柳大满:"你先说,我先说。"

柳大满:"我先说,你俩,又是你俩,回回都是你俩,人家刚修的井,你把这脏东西撇进去,这水咋喝呢嘛。"

柳满仓:"凭啥不让我喝嘛。"

柳大满:"人家凭啥让你喝水,你让人家喝了没有。咱那老井,你不让人家喝,人家能让你喝。"

赵书和:"好了,我说两句,是这啊,今天是咱柳家坪的好日子,咱柳家坪又打出了一口新井,还是甜水井。新井,老井,虽然是两口井,可井底下的水它是连着的。"

柳满仓:"还是柳家的水嘛。"

柳根:"对嘛。"

柳大满:"闭嘴。"

赵书和:"咱既然合村了,咱都不要再分你的、我的、赵家的、柳家的。今天你在这儿扔块石头,明天我跑那儿,撇脏东西,最后呢,最后就是全村的人都没水喝了。"

赵刚子:"那咋弄,总不能叫个人一直在这儿看着嘛。"

赵元宝:"对着呢嘛。"

赵二梁,"就是嘛。"

赵书和:"今天我作为村支书,我现在宣布,这口井,这口新井,咱柳家坪的人,不管是姓赵的还是姓柳的,都可以喝,行不?"

众人不语。

赵书和:"山子?"

赵山极不情愿地:"书和,你支书都说话了,没问题。"

柳大满:"好,那我也表个态,咱那边那老井,赵家的兄弟也能去那儿打水,离那边近的就在那边打,离这边近的就在这边打,都听见了没有。"

柳姓众人："明白了。"

柳满囤："你说啥就是啥嘛。"

柳大满："赶紧，打水。书和，咱还有事，走走走。"

赵书和："好，打水吧。"

众人："来来，打水打水。"

众人："把那桶拿上来，打水嘛。"

⊙ 柳家坪柳秋玲家屋内 夜 内

柳光泉端饭进屋，柳秋玲正在小桌子上批改学生作业。

柳光泉："秋玲。"

柳秋玲扭头："爸。"

柳光泉："爸给你把饭又热了一遍，你趁热赶紧吃了吧。"

柳秋玲："我知道了。"

柳光泉望着厚厚一沓作业本，关切地："这么多作业，可不敢熬夜，熬夜把身体就弄坏了。"

柳秋玲："好。"

柳光泉："一个学校，人不多班级不少，一时半会儿可以，时间长了就不行，把人就累坏了。"

柳秋玲一笑："爸，你莫管。"

柳光泉："你能不能给村主任说一下，让他再寻个人嘛。"

柳秋玲摇头："村里没钱，寻不下。"

柳光泉："那你可以到乡上去，找那管教育的领导，给他反映一下情况，让他寻个人嘛。"

柳秋玲一怔："乡里？爸，这事我去乡里，合适吗？"

柳光泉："这有啥不合适的，咱是为了娃，又不是为自己。"

柳秋玲点头："好，我想一下。"

柳光泉："那你赶快把饭吃了。"

柳秋玲："好。"

柳光泉："我寻你三爷谝一下去。"

柳秋玲："好。"

⊙ 泥河乡乡政府院内 日 外

乡上负责教育工作的赵专员走出办公室。

柳秋玲跟后追出:"赵专员,赵专员,你别急着走啊,我还没说完呢。"

赵专员停下,不耐烦地:"你看你这女子,我还有事情呢嘛。"

柳秋玲挡在他身前:"赵专员,你听我说,我们村三十几个娃,就我一个老师,我实在是教不过来了。"

赵专员:"你教不过来,我有啥办法呢嘛。"

柳秋玲一脸恳求:"能不能给我们再寻一个老师。"

赵专员:"你都寻不下嘛,我到哪里寻去,我没办法。"

说罢欲走。

柳秋玲又拦住:"专员,你听我说,你把我们以前老师的工资一发,他们就全回来了。"

赵专员一脸难色:"你看你这女子,我刚不是跟你说了吗,我没钱,我也没办法。"

柳秋玲高声地:"你没人,没钱,也没办法,那,那咋办嘛。娃们咋办嘛。"

赵专员:"那你问我我问谁去呢嘛。"

柳秋玲:"你是专员啊,你是专管教育的,我不找你找谁呢。"

赵专员两手一摊:"我管不了。"

柳秋玲执拗地:"你不能走,你没办法,我更没办法。"

赵专员无奈地:"你看你这女子。"

柳秋玲:"我不走了。"

赵专员:"你让开。"

柳秋玲:"我不走了,我不走了。"

赵专员:"你。"

聂爱林走了出来:"老赵,喊啥呢喊。"

柳秋玲:"聂乡长。"

聂爱林:"秋玲。"

柳秋玲望着聂爱林:"我们村三十几个娃,就我一个老师,我跟他说,他……"

聂爱林:"我知道,我刚听见了。咱是这,乡政府办公院子你说这么喊着也不好,到我办公室坐一下,到办公室说。"

柳秋玲:"好。"

聂爱林："老赵，你也来。"

赵专员望着柳秋玲："你这女子。"

聂爱林看向看热闹的人："你忙你的，都赶紧忙你的去。"

⊙ 泥河乡乡政府聂爱林办公室 日 内

聂爱林热情地："秋玲，你坐。"

柳秋玲："好。"

聂爱林："老赵你也坐。"

两人坐下。

聂爱林："我刚才听了个大概啊，老师这工资啥情况。"

赵专员起身欲小声汇报："聂乡长。"

聂爱林摆手："不不不，老赵你是这，这没有啥隐瞒的，你大明大方地说。"

赵专员看了一眼柳秋玲："那我就实话实说了。上级有了文件，像咱中原教育办的文件，说像秋玲这1986年以后聘用的老师，基本就是个代课老师的身份嘛，连个民办都算不上，更不要说领人家那五十六块钱的补贴了。把话再说难听一点，秋玲只是个村民，有咱们村上的公粮、承包地，能给倾斜一下，那都把天都捅破了。"

聂爱林："那是有这个文件是吧，老赵，那我就想问一下。柳家坪的学校你去过没有。"

赵专员："我去过，那儿还有三十几个娃。"

聂爱林："那三十多个娃，你认为她这一个老师，能顾得过来吗。"

赵专员："那顾不过来，我也没有办法啊。"

聂爱林："你也没办法，你这一遇到问题就是你也没办法，那她有啥办法。她就是因为没办法，她才来寻你想办法来了，你这一推六二五，你没办法。一天茶缸子一端，院子一转，办公室一坐，就把工资领了是不是。"

赵专员嘟囔道："上边有文件呢嘛。"

聂爱林："那文件是死的，咱人是活的嘛。你这儿从哪儿学下的这工作作风，一说到事情，就是拿文件在这儿说事，不会动脑子，不会想办法。"

赵专员："我解决不了。"

聂爱林一愣："好，问题解决不了是不是？今天当着秋玲老师的面，我给你出个办法。"

赵专员："啥办法。"

聂爱林:"你办公室四个人,一个礼拜派一个人,到学校给娃上课去。"

赵专员起身急了:"你。"

柳秋玲暗自偷笑。

⊙ 柳家坪赵刚子家宅基地矮墙 日 外

赵家众人在工地上辛苦砌石头建房。

柳根与柳多金嗑着瓜子路过工地,站住。

柳根:"干的起劲得很。"

柳多金:"我给你说,到底是乡里出钱,那石头垒的高高的。"

柳根一脸嫉妒:"半山村原来穷的跟啥一样,现在房子搞的比咱都好。"

柳多金:"就是。"

柳根不忿地:"这都盖到满仓他屋门口了,这他也不管?"

柳多金:"你能管?"

柳春田拎着一个麻袋,悄默声突然走到两人面前。

柳根:"呀,把人吓死了。"

柳春田:"干啥呢?"

柳根:"满仓满囤呢?"

柳春田:"我咋知道?聊啥呢?"

柳多金:"没事。"

柳春田白了两人一眼,越过两人走到工地前捡着垃圾。

柳多金望了一眼柳春田:"这娃瓜得很。"

⊙ 山南县政府国文办公室 日 内

国文正在打电话。

国文:"你们财政局必须给我保证,把第二批这个灾民建房的经费及时到位。"

刘刚敲门。

国文继续打电话:"月底前,拨给民政局,让民政局发下去。"

刘刚进屋。

国文手握话筒:"好好,必须啊。好好,再见再见。"

刘刚坐下,国文挂电话。

刘刚:"国副县长,我水利局刘刚。"

国文一脸热情："我知道，小刘，你坐，你坐。"

国文倒水。

国文："喝点水。"

刘刚："不用麻烦了。"

国文笑着："没事没事，你是我们县最年轻的水利专家。"

刘刚："国副县长，你太夸奖了，你这次来找我有啥事呀？"

国文："来，喝水。"

刘刚："谢谢。"

国文："你也知道，咱们山南县这个泥河流域年年水患不断，对周边这个贫困乡带来了严重的隐患，你看最近一次，那个泥石流一下来，半山村整个村子都埋了。"

刘刚："我知道。"

国文："现在呢，县委县政府研究决定，要在山南县这个泥河的上游，修建一个大型的水坝，找你来呢，就是让你起草一份建设水坝的可行性报告，你有啥问题没有。"

刘刚沉吟片刻："国副县长，有些话，我不知道当讲不当讲。"

国文："有啥不能讲，你讲。"

刘刚面色忧虑："可行性报告并不难，建这么一个大型的水坝，在咱们山南县尚属首例，首先要到发改委立项审批，到市水利局、省水利厅论证和立项，再说，这钱从哪里来呢？这程序和手续相当烦琐，困难得很。"

国文："其他的事，你不要管，什么资金方面、手续方面你都不管，你就负责把这个可行性报告给我拿出来，再困难的事你也要开个头嘛。"

刘刚："行。"

国文："其他事不管，你专心地给我拿这个可行性报告。"

刘刚："那我现在回去就写。"

国文起身："好。"

刘刚："国副县长，那我不打扰你了。"

国文："好，辛苦小刘。"

刘刚："应该的，应该的，那我先走了。"

国文："好好好。"

⊙ **柳家坪中心小学 日 内**

柳秋玲教孩子们上音乐课。

⊙ **柳家坪柳满囤家前面盖房工地 日 外**

柳满仓和柳满囤说笑着兴冲冲回村。

村民给二人打招呼："回来了？"

两人："回来了，回来了。"

村民："买的啥好吃的。"

柳满仓："没有啥，没有啥。"

柳满囤："好吃的，老汉就想吃好吃的。"

柳满仓："就是就是。"

两人突然发现新盖的围墙。

柳满囤顿时脸色阴沉，恼怒地问："这，谁干的，这是咋了。"

柳满仓大喊："哎，谁把房子盖到我弟的门口了。"

柳满囤叫嚷："谁干的，出来，说话嘛。"

柳根走过来："别喊别喊，你俩干啥去了嘛，才回来。"

柳满囤："俺上俺姨家去了嘛。"

柳根："都啥时候了还去你姨家，房子都盖起来了。"

柳多金："满囤啊，你再晚回来几天，人家生的娃都比你高了。"

柳满囤："这。"

柳满仓："谁在我弟门前盖房子呢。"

柳根："半山村赵刚子嘛。"

柳满囤："赵刚子，你给我出来。"

柳满仓："赵刚子。"

柳根："别喊了，这是乡里给人家批下的宅基地，你喊也没有用，都定下的事了。"

柳满囤："你看有用没用，赵刚子，你胆大啊，生米煮成熟饭了。"

柳满仓："赵刚子，滚出来。"

柳满囤："赵刚子，你给我滚出来。"

说罢捡起石头开始砸墙。

柳根："你干啥呢嘛，你没用。"

柳多金："满囤满囤，你小心啊。"

二人继续拆墙。

赵刚子回来，看见这一幕急忙跑来。

柳满囤一边推墙："我就把你推下去。"

赵家人陆续赶来。

两家人隔着半高墙对峙。

赵刚子愤怒地："弄啥呢。"

柳满囤："赵刚子，这是不是你干的。"

赵刚子："咋了。"

柳满仓："咋了，堵着我路了。"

赵刚子："堵着你的路了？堵着你俩吃屎的路了。"

柳满仓："你才吃屎呢。"

柳满囤："我不管那么多。你赶紧，把你的圈给我拆了去。"

赵刚子毫不示弱："你是个啥东西嘛，你叫我滚我就滚，村里把宅基地给我划在哪儿我就把房子盖在哪儿，你不愿意跟我做邻居，你可以搬到省里，搬到城里去住嘛。"

柳满囤大喊："呀，呀呀。"

赵刚子："你先人亏了人了，你光知道呀呀呀。"

柳满囤："呀。"

众人哄笑。

赵刚子："你再呀一下。"

柳满囤："呀，你个要饭的笑话人家叫花子呢，你也配。你赶紧滚。"

赵刚子："你先人把人亏了，生下你这两个二杆子货。两个一对是没婆娘，没娃，没后代。你对得起你先人吗。"

柳满仓："你闭嘴。"

众人又是一片哄笑。

柳满囤："我问你，是不是赵书和让你干的。赵书和，你个烂支书。"

赵刚子手里拿着砌墙的刀："你话不要大，你今天把我这墙，给我动一根手指头，我就敢放你的气。"

柳满囤："呀呀呀，好好，我不拆。"

赵刚子指着墙："立起来。"

柳满囤:"我不动,我给你好好地……"

说着又推下一块砖。

赵刚子冲来欲打柳满囤。

柳满囤跑到另一边继续破坏。

众人上前阻拦。

赵山:"说话归说话。"

柳满囤挑衅地叫喊:"我就拆了。"

柳大满和赵书和闻讯奔了过来。

柳大满:"干啥呢,刚子刚子。"

赵书和:"干啥呢,又咋了。"

柳大满训责道:"满仓满囤,又是你俩。你俩是不是觉得我俩闲的没事干成天处理你的事呢。"

柳满囤一脸委屈:"哥呀,我到俺姨家看戏去了,我大戏没看完,在我门口唱上戏了,你说这,啥事嘛。"

赵刚子:"书和,村里把宅基地给我批到这儿了,我在这儿盖房呢,这俩货不让我盖。"

柳满囤:"俺两家有仇呢。"

赵刚子:"有啥私仇呢。"

柳满囤:"你先人打死我先人了。"

赵书和:"好了好了好了,不要闹了,俺俩商量一下。不要闹了。"

柳大满:"别闹了。"

赵书和问柳大满:"咋回事嘛,没有和满囤说这个房子的事情。"

柳大满:"我来寻他的时候,他没在,走亲戚去了。"

赵书和:"那你跟他说,刚子把房子盖在这儿,是抓阄决定的,不是故意安排的。"

柳大满:"他俩现在在气头上呢,你现在说都没用。"

赵书和:"那我跟刚子说一下,不行,换别人住这儿。"

柳大满:"就满囤那人,换谁住到这儿都不行,再说了,他刚子也不愿意呀。"

赵山责问满囤:"满囤,你咋一天跟个疯狗一样,村里给批,批的这宅基地,你说不建就不建了。"

柳满囤:"这地是谁给他的,啥时候给他的,我咋不知道呢。"

柳满仓:"就是。"

柳满囤:"谁给我说了,我知道不,都看啥呢看。"

柳秋玲带孩子放学走来。

柳满囤:"赶紧都给我拆了去。"

赵山:"不知道你就好好说,动不动推人家这墙做啥呢嘛。"

柳满囤:"你说啥了。"

赵二梁:"刚子给人家拆了。"

柳满囤:"你都看啥呢看。"

赵刚子:"柳满囤,你今天把墙给我动一根手指头,我还是那句话,我放了你的气。"

柳满囤:"好,今儿个我也说了,你垒一回我给你掀一回,垒一回我就给你掀一回,咋,你放,我走着。"

柳满囤说完又推下一块砖:"来,你放了我的气。"

赵刚子转身拿起铁锨欲打。

众人:"别动手。"

柳大满与赵书和看见急忙跑来挡在中间。

柳满囤也拿起铁锨。

慌乱中,柳满囤一铁锨打在了赵书和头上。

柳秋玲见状一声尖叫后跑来。

柳大满:"书和,书和书和。"

赵书和倒地。

众人围了上来。

柳秋玲大惊失色:"书和,书和,你咋了书和,你别吓我,书和,你醒醒啊,书和。"

说罢转身看向人群:"看啥呢,救命啊,叫大夫。"

众人:"赶紧去,快快快。"

柳秋玲神情焦急:"书和,你不要吓我,书和,你醒一下,你别吓唬我,你醒一下。"

旁人:"满囤,你惹下事了,我给你说。"

赵书和睁眼:"我没事。"

赵书和摆手,手上全是血。

柳秋玲愕然地："书和，血。"

赵书和又闭眼。

柳秋玲猛然起身："谁打的。"

赵二梁指向柳满囤："他打的。"

柳秋玲怒不可遏地捡了根木棍："打，我让你打。"

旁人："秋玲，你别打。"

柳满囤逃跑。

柳秋玲追上："你不要跑，我让你打人，你不要跑。"

柳满囤："秋玲，别胡闹了，我是你哥。"

柳秋玲挥舞着木棍："我打的就是你。"

众人："秋玲，秋玲，秋玲。"

柳大满阻拦秋玲："秋玲，听我说，不敢再打人了。"

柳秋玲："你走开。"

柳满囤："来劲是不是，我是你哥，你疯了？他是个赵家的，你胳膊肘往外拐。他是个外人，咋了。"

柳秋玲："他不是外人，他是我男人。"

众人闻言一片惊愕。

柳大满惊愣地望着柳秋玲，又看向躺在地上的赵书和："啥？"

旁人："她说啥。"

旁人："她说书和是她男人。"

柳满囤大叫："哎呀，惹下事了。"

柳秋玲追了过来："我让你打我男人，你站住，站住，柳满囤，你不要跑，柳满囤。"

柳满囤："疯了。"

柳秋玲："我打死你！"

⊙ 柳家坪赵书和家屋内 日 内

画外音（赵雅奇）：一次偶然事件，暴露了我父母一直未公开的恋情，赵柳两姓不通婚的祖训受到了严重的挑战。刚刚合并的两个村子，风波再起。而我父母，更是成为了风波的中心。

赵书和躺在床上。

柳大满和柳秋玲在一旁。

⊙ 柳家坪赵书和家院子外 日 外
看热闹的村民们围在院墙外。

柳根:"人打的没事吧?"

赵山:"大柱,没见他俩在一块待过呀。"

赵大柱:"啥时候的事嘛。"

赵山:"我觉得好着呢。"

赵大柱:"我也觉得好着呢嘛。"

众村民窃窃私语,议论纷纷。

⊙ 柳家坪赵书和家屋内 日 内
柳大满蹲在地上看向柳秋玲。

柳秋玲神情焦虑,望着柳大满:"你看啥呢,还不去报警,你不去我去。"

柳大满起身:"不敢不敢,秋玲,咱别把这事情闹大了,是这,你在这照顾书和,我现在就去寻他去,我去收拾他,我现在就去。"

说罢柳大满匆匆出门。

赵书和头缠绷带醒来。

柳秋玲:"书和,你醒了,疼不。"

赵书和:"秋玲,没事,我爸呢。"

柳秋玲:"见我来了,他就去院子了。"

赵书和欲起身:"院子里。"

柳秋玲一把拦住:"不要动,大夫说你得好好休息。"

赵书和:"噢。"

柳秋玲疼怜地:"你晕不,想吐不。要是想吐就是脑震荡。"

赵书和:"我饿了。"

柳秋玲眼里含泪:"饿了?饿了细妹做饭呢,等一下,柳满囤太狠了,打人是犯法的,送他去派出所。"

赵书和:"秋玲,秋玲。"

柳秋玲:"干啥呢。"

赵书和:"算了吧,算了吧。"

柳秋玲："你都晕倒了。"

赵书和："坐下嘛，你坐下嘛。"

柳秋玲不坐。

赵书和："我跟你说，你坐下。"

柳秋玲坐下。

赵书和："不要报警，赵家跟柳家本来就不和，你这一报警，更麻烦了。"

柳秋玲不语。

赵书和："我真的没事嘛。"

柳秋玲埋怨地："傻子，就你心眼儿好，吃亏的都是你。"

赵书和笑着："其实也怪我，躲慢了。要是大满，我估计这一铁锨都抡不到他，个子太低了。"

柳秋玲："讨厌，大满，油得很。"

赵书和："秋玲，村里都知道了？"

柳秋玲满脸是泪，点头。

第五集

⊙ **柳家坪赵书和家屋院子外 日 外**

柳光泉神色凝重走来。

村民讥讽地："好好管管你女儿吧。"

村民："咦，她爸来了。"

村民："躺到床上了，叔。"

村民："你现在人没事吧。"

柳光泉忍着大家的热嘲冷讽，心烦气躁朝赵书和屋内嚷道："秋玲，秋玲，你给爸出来！你出来！"

⊙ **柳家坪赵书和家屋内 日 内**

赵书和与柳秋玲闻言，面面相觑。

外面传来柳光泉的喊声："秋玲，你给爸出来！你把先人的脸都给我丢尽了，你啥都不懂你，出来。"

赵书和坐起身："你爸。"

柳秋玲摇摇头。

柳光泉："秋玲，你这个羞先人的娃啊，你啥都不懂你，你这个傻孩子你，出来。"

说着便怒然冲进了屋子。

柳秋玲："爸。"

赵书和："叔。"

柳光泉不由分说，上前一把就要拉走柳秋玲。

柳秋玲："爸。"

柳光泉："走，回家。"

柳秋玲挣扎着："我不走，爸，我不走，我不走。"

众人屋外一片起哄声。

赵书和："叔，你，你坐下嘛。"

柳光泉冷眼看了一下赵书和："你赵家这炕沿子金贵，俺柳家人坐不起，秋玲，你要是爸的娃，赶紧跟爸回。"

柳秋玲："爸，我还有事呢。我有事没跟书和说完呢。"

柳光泉："你有啥事，你跟他能有啥事嘛。"

柳秋玲："有事。"

柳光泉嚷道："你跟他有事，也是丢咱柳家人面子的丑事，走。"

说罢强行要拉走女儿。

柳秋玲还想挣脱："不是，爸，我不回。"

柳光泉吼道："回，走！"

柳秋玲无奈地被父亲拉走，走到门口扭头对躺在床上的赵书和说："走了啊。"

围在门口看热闹的众人："拉出来了，拉出来了。"

柳秋玲："爸，疼了。"

柳光泉："赶紧往回走！"

赵山杠与赵细妹进了屋。

赵山杠扭头对外面看热闹的村民说："还看啥嘛，这是啥光彩的事情嘛，回去回去回去。"

说罢关门。

众人："回回回，往回走。"

众人："要拿锨拍人呢，走了。"

赵细妹望着头缠绷带的赵书和关切地："哥，还难受不。"

赵书和："没事。"

⊙ 柳家坪柳光泉家屋内 日 内

柳秋玲挣脱了父亲欲朝外走。

柳光泉一把将女儿死死拽住:"你给我回来!"

柳秋玲:"你干啥呢。"

柳光泉:"听爸的话呢,我跟你说。"

柳秋玲:"你把我手捏疼了!"

柳光泉:"你说疼就疼了,回来!"

柳秋玲:"疼了!"

柳光泉:"回来!坐着!"

柳秋玲:"爸,干啥嘛。"

柳光泉命令道:"秋玲,我跟你说,以后不准你踏进赵书和他家院子半步。"

柳秋玲委屈地:"为啥嘛。"

柳光泉:"因为咱姓柳,他姓赵。我跟你说,以后跟那赵书和不准有任何来往。"

柳秋玲:"爸,你说迟了,我们俩早就好上了。"

柳光泉瞪眼:"你说啥?"

柳秋玲:"早就好了。"

柳光泉摇头叹气。

⊙ 柳家坪赵书和家屋内 日 内

赵山杠手拿烟袋锅,铁青着脸盯视着坐在炕头的赵书和:"你跟那个柳秋玲,是啥时候好上的。"

赵书和:"我当兵之前。"

赵山杠一惊:"当兵之前?"

赵书和点头。

赵山杠怒其不争地:"世上的好女子千千万,咱都是咋了嘛,非得跟那柳秋玲好,我还给你说,这十里八乡的可都知道,那女子可是克夫的命。"

赵书和:"那话是秋玲说出来哄旁人的,封建迷信的话你咋还信呢。"

⊙ 柳家坪柳光泉家屋内 日 内

柳秋玲默然坐在炕头。

柳光泉长叹一口气:"娃呀,你就认定要给赵书和当媳妇了?"

柳秋玲一脸坚定:"对。"

柳光泉:"他是天上的神仙,还是海里的龙王。非要你违背柳赵两大姓永不通婚的规矩，这是先人定下的规矩。你一直都不嫁人，你这一嫁就给爸寻了一个仇家的娃当女婿嘛。"

⊙ 柳家坪赵书和家屋内 日 内

赵书和望着余怒未消的父亲："我跟秋玲的事，现在全村都知道了，爸！我跟你表个态，秋玲，我娶定了！"

赵山杠："你！"

⊙ 柳家坪柳光泉家屋内 日 内

柳秋玲情绪激动地："我跟书和从小就好，可是这赵柳两家的仇恨不让通婚。爸，我不明白，这啥仇恨，咋就过不去了。"

柳光泉："过不去嘛，柳赵两家的仇，跟你也说不清，你也不用知道。"

⊙ 柳家坪赵书和家屋内 日 内

赵山杠不容置疑地："赵家和柳家是不能通婚的。这是咱祖上立下的规矩！"

赵书和："规矩？规矩是人定的，人心是肉长的。爸，我就想不通了，我和秋玲为啥不能通婚？现在两个村子合并了，赵家柳家同吃一口井，同耕一块地，咋还记着先人的啥规矩呀，疙瘩呀？再说啥疙瘩？到底是咋回事？到底是咋结下的，反正我不知道，你知道吗？"

赵山杠一下被噎住了。

⊙ 柳家坪柳光泉家屋内 日 内

柳秋玲忽地起身："我去找他。"

柳光泉拦住："不行，爸给你说，听爸的话，不能去，不敢再给爸丢脸了。"

说罢走出房间，砰的一声从外面锁上门。

柳秋玲上前拍打着屋门，带着哭音："我去照顾照顾他，爸！爸！你开开门嘛。"

⊙ 柳家坪赵书和家屋内 日 内

赵山杠瞪视着儿子，呵斥地："你当了村支书以后，你开口闭口就是大道理，我讲不过你，我也不跟你讲，但是今天也把话挑明了，爸在这个世上活一天，就不允许你跟那柳秋玲相好！爸就是死了，也不允许你破坏赵家的规矩！"

赵书和头疼："哎呀。"

⊙ 柳家坪村委会外院内 日 外

夏大禹领着几个人，将柳满囤、柳满仓两兄弟带到村委会。

夏大禹："走走走，快点，快点，一天把你胆子大的，啥事都敢干呢。"

柳满囤："别推，别推我！"

柳满仓："我自己走嘛，你不要推我。"

柳大满站在院内怒视着柳满囤兄弟俩。

夏大禹："村长，人我给你找来了，快点。"

柳满囤、柳满仓看向柳大满。

柳满囤讨好地笑着："大满哥。"

柳大满："你别叫我哥，你现在是我哥。"

柳满仓："主任，赵书和伤严重不？"

柳大满瞪眼没好气地："你后脑勺来一铁锨你说严重不，是个啥感觉，还严重不？！"

柳满仓假模假式地踢了柳满囤一脚。

柳满仓："你干的啥事嘛！"

柳满囤："我不是故意的，不是故意的。"

柳满仓望着柳大满："对对对，不是故意的嘛。"

柳大满暴躁地："你一句不是故意的这事就完了？现在人家秋玲要报警呢，你知道你这是啥行为不？你是恶性打人事件，搞不好要判刑呢。人家书和仁义，把秋玲挡了没让报警，要不然，你娃我给你说。"

柳满囤嬉皮笑脸地："好好好。你跟书和关系铁嘛，凭你的面子人家早就把我原谅了。"

说完看了眼哥哥柳满仓："得是的。"

柳大满瞪视着柳满囤："我跟书和关系铁，人家为啥给你面子呢？"

柳满仓："咱关系好嘛，都姓柳，一家人。"

夏大禹训责柳满仓："对了，对了，有没有点当哥的样子。"

柳大满："我就觉得奇了怪了，每回村里发生个啥事，肯定就有你俩。合村现在刚刚开始，人家乡里让咱盖的宅基地，第一批宅基地顺顺利利的，可盖到了你屋，咋就盖不下去了。"

柳满囤:"咱先不说盖房的事情,赵书和和秋玲俩好上了,赵家跟柳家那是死不往来的,坏了咱的规矩嘛,坏了先人脸了。"

柳满仓:"对着呢。"

柳满囤:"我的苍天呀。"

柳大满喝止道:"柳满囤,你喊叫啥呢,就你知道柳秋玲和赵书和好上了?我们都是瞎子?没看见?人家俩人好,是人家俩人的事,跟你有啥关系呢?现在说的是盖房子的问题,你表个态,让不让盖!"

柳满仓忙将柳满囤拉到一边低声相劝,却不料柳满囤一把甩开手。

柳满仓朝柳大满赔笑:"盖嘛!"

柳满囤斜眼看着哥哥:"又没盖你屋。"

说罢看向柳大满,神色恼怒地:"柳大满,我今儿个好好跟你说呢,是赵家的先人打死了我柳家的先人。"

柳大满:"这事过不去了。"

柳满囤:"我就过不去了,房子不能盖!不行你把我往派出所送,我在那睡几天我还高兴呢,过两天我回来我要看见门口盖房了,我还是那句话,你垒起来,我给你掀了,垒了我给你掀了,回呀,走!"

说完转身离去。

柳满仓追上去。

一村民看着无可奈何的柳大满:"主任,就这么让人走了?"

夏大禹:"主任,你说这两人咋弄嘛。"

柳大满无可奈何未置可否。

⊙ 柳家坪村 日 外

几个赵姓村民一边忙活着一边在七嘴八舌议论着。

赵大柱:"还真没看出来啊,书和跟那柳秋玲咋就对上眼了,看那样子,时间不短了。"

赵二梁:"那咱书和给咱村带了个坏头啊,不是,你说他书和到底看上柳秋玲啥了?"

赵刚子插话:"哎呀,你没听老年人说嘛,腰细屁股大,生娃生男娃,你说看上啥了。"

众人一片笑声。

赵元宝:"对了对了,少说那些闲话,干活,干活儿。"

赵刚子白了元宝一眼:"刚歇一下,你又让人干活呢。"

⊙ 柳家坪柳大满家屋内 日 内

柳大满回家,走了进来。

正在床上缝补袜子的黄艳丽:"回来了。"

柳大满走过来坐到炕头神秘地:"媳妇,媳妇,给你说个事,你绝对不知道,赵书和和柳秋玲……"

柳大满话没说完便被黄艳丽打断。

黄艳丽:"好上了,把你还神秘的。"

柳大满一怔:"你咋知道的?"

黄艳丽:"下午全村都传开了,你还把这当个新闻呢。真是的,其实,我早就觉得他俩有问题。"

柳大满惊讶地:"你早就觉得他俩?"

黄艳丽:"你想,他俩都这么大年龄了,一个不嫁一个不娶,为啥?"

柳大满:"藏得深。"

黄艳丽:"你记得去年我从娘家半夜回来那次,我远远就看见树底下有两个黑影手拉手,当时,我还想这谁呀,现在一看,肯定是他俩,没错。"

柳大满:"哦。"

黄艳丽:"哦啥呢哦,还哦,人家这么大的事不跟你说,你把人家当兄弟,人家把你当瓜子呢,还哦。"

柳大满:"我觉得书和不说肯定有他的道理呢。你看,咱柳家和赵家这关系,他要一说,我就知道了,我知道了你就知道了,你一知道,这全村就知道了,他俩还咋好呢嘛。"

黄艳丽不悦地:"呸呸呸,你把我当成村东头那几个了,还我就知道就……我一知道全村知道了,我大喇叭?不跟你说了,做饭去了。"

说罢起身下床。

⊙ 柳家坪赵书和家屋内 日 内

赵细妹备好针线在炕边准备缝衣服。

赵山杠进了屋,默然地将衣服拿走。

赵细妹:"爸,我还没缝呢。"

赵山杠支吾着:"嗯嗯。"

说着便朝屋外走。

赵细妹疑惑地:"哎,你做啥去呀?"

赵山杠:"你不管、你不管。"

赵细妹:"爸。"

赵山杠已匆匆出了屋子。

⊙ 山边野路 日 外

一辆黑色小车行驶。

国文坐在车内。

⊙ 柳家坪村子里 日 外

几个柳姓村妇和老汉在聊天议论。

村妇甲:"柳秋玲,那是自己拿鞋底子扇自己脸呢。"

柳多金:"可不是嘛,那秋玲和赵书和早就偷偷在一起了,羞先人呢。"

村民甲:"那秋玲她爸才羞先人呢,连自己的姑娘都管不下,他以后死了咋跟先人摆到一起呢。"

村妇乙:"咱柳家这么多好小伙,她可偏偏看上那赵书和。"

柳多金:"那是眼窝朝上翻,看上赵书和那村支书了。"

柳小江路过,被柳多金叫住。

柳多金:"小江,小江,咱村你书读得多,秋玲和赵书和那事,你咋看?"

柳小江沉吟片刻:"好着嘞。"

柳多金:"好着嘞?"

村民不屑地:"咋能好着嘛?"

柳春田:"得是读书读瓜了?"

柳小江笑笑:"那是咱村的罗密欧与朱丽叶。"

说罢离去。

村民老汉一头雾水,疑惑地:"他说了个啥?"

村妇乙:"罗啥?"

柳多金:"罗啥是哪个村的?"

柳春田摇头:"不是咱村的。"

⊙ 柳家坪村委会屋内 日 内

赵书和笑吟吟地:"国文,你看你,我的小伤已经没事了,你还专门跑过来一趟。"

国文:"你的头是小事情,这两个村子的矛盾是大事情,咱在这讲来讲去,讲啥呢。"

柳大满打趣地:"你以为人家国文专门从城里来给你看病来了!"

赵书和:"也对。"

国文面带忧虑:"现在这两个村子虽然是合并了,但是这个仇疙瘩还没有解决,那往后就没有好日子过。你和秋玲也好不了。"

赵书和点头:"那咋弄嘛。"

国文看看赵书和,问道:"那咱这两个村子的疙瘩到底是咋结下来的,知道不?"

赵书和:"我听我爸说,好像是当年两个村子因为抢水的事,打起来了,还死人了。我后来才知道是满囤的先人。"

国文看向柳大满:"你知道吗?"

柳大满:"我光知道是好几代人的矛盾了,一直是解不开嘛。我知道的还没有书和他知道的多呢。"

国文:"我之前也查过县志,记载得不详细,就那几行字,但这个事情,必须要搞清楚,不然解决不了最根本的问题。咱这两个村子里还活着的八九十的老人有知道吗?"

赵书和:"半山村没有。我都问遍了。"

柳大满:"我们村这年纪最大的也就是三爷了,但是不知道三爷知道咱这事不。"

赵书和:"问一下嘛。"

国文:"三爷?"

赵书和:"三爷,他们柳家坪最厚道的。"

柳大满:"他人好得很,如果他知道,肯定能给咱说清楚。"

国文急切地:"走,咱去寻他去。"

赵书和:"好嘛。"

柳大满:"好。好好。"

赵书和摸了摸头："咋还疼呢。"

⊙ 柳家坪柳三爷家窑洞门口 日 内
柳大满和赵书和在窑洞外面敲门。

柳大满："三爷，在屋没有，三爷。"

窑洞内柳三爷的声音："谁啊？"

柳大满："我是大满，我几个来看你来了，能进来吗？"

窑洞内柳三爷的声音："能成嘛。"

柳大满："好的，我来了。"

三人推门进去。大满、书和、国文三人进屋。

⊙ 柳家坪柳三爷家窑洞内 日 内
柳三爷戴着石头墨镜看着来人。

柳大满热情地："三爷。"

柳三爷："大满！你有些日子没来了！"

柳大满："身体好着呢吧，最近合村呢，忙得很，我给你介绍一下，这是——"

柳三爷看着赵书和："你再不用介绍，这是咱新的村支书嘛。"

赵书和笑着："我是。"

柳三爷盯视打量着赵书和："我要是没有看错的话，你是赵山杠的儿子。"

赵书和："对着呢、对着呢。三爷记性好着呢。"

柳大满悄声地："估计那事三爷也知道。"

柳三爷："你头上这伤叫那满囤打的一铁锨没事吧？"

赵书和意外地："没事了、没事了。这事你也知道了？"

柳三爷笑而不语。

柳大满疑惑地："三爷，你这一天不出门，咋啥都知道呢，你这消息也太灵通了。"

柳三爷笑笑："嘿嘿，我这人……"

说罢指着一旁的国文："这是个谁啊？"

柳大满："三爷，我给你着重介绍一下。这是咱们县的副县长国文，人家专门来看你来了。"

国文笑着："三爷。"

柳三爷："这是咱的副县长么，你还能专程来看我这老汉，我还没糊涂呢。"

国文："三爷，那我就直说了。"

柳三爷："你说。"

国文："我今天来，就是想请你帮个忙的。"

柳三爷一怔："你说，你看你说啥事情，我看我帮得上？"

国文上前："好好，我就是想知道，柳家坪和半山村这个矛盾、这个疙瘩是咋结下来的？"

柳三爷闻言沉吟了片刻，看了一眼柳大满和赵书和："你俩咋？是陪着他来的？"

柳大满、赵书和点头应和。

柳三爷摆摆手："那你俩就忙去。"

赵书和："没事没事。"

柳大满："我们一块听一下嘛。"

赵书和："一块听一下。"

柳三爷："你来来来。"

柳三爷招手，赵书和俯身听。

柳三爷："你娃你级别不够。你去忙。"

柳大满和赵书和一愣。

赵书和："好嘛好嘛，那……好嘛好嘛。"

说罢赵书和对柳大满使了个眼色。

柳大满心领神会："三爷，那你俩聊，我们回头再来看你。"

说罢俩人走出，留下柳三爷和国文。

国文环视一眼窑洞："三爷，你这是一直住窑洞呢？"

柳三爷点头："住习惯了。"

国文："好得很，这窑洞是冬暖夏凉，舒服得很，三爷，这他们两个人也走了，那就你给我把这事聊一下。"

柳三爷看着国文，沉吟片刻："我就问你，谁跟你说的我知道这事情呢？"

国文微微一愣："大满说你可能知道。"

三爷咳嗽。

国文："三爷，那你到底是知道不知道呢。"

⊙ 柳家坪柳三爷窑洞外 日 外

柳大满和赵书和坐在屋檐下等待。

赵书和："满囤现在咋样？是不是吓坏了。"

柳大满苦笑着："你想多了，那死猪不怕开水烫，我说了他一下午，一点用都没有。"

赵书和："那这货咋是个这呢。"

⊙ 柳家坪柳三爷家窑洞内 日 内

柳三爷喝着浓茶沉默。

国文："咱村这两大姓这个矛盾都几代人了，原来是分开住，没大事情，现在是两个村子合在一起了，容易出问题，要是这个事解决了就好了。"

柳三爷静静听着国文的话，闭上了眼睛，无动于衷。

国文："三爷，这天灾咱先不说，要是再有人祸，这日子还咋过呢。你是当长辈的嘛，你心里头肯定也不愿意看见后人天天斗来斗去的？愿意看见大伙过上好日子是不是，你就把这两家人的疙瘩是咋结下来的这个来龙去脉跟我聊一聊。我才能把这个问题解决了。"

柳三爷睁开眼睛，突然问："这现在几点了？"

国文看看手表："一点了。"

柳三爷："我给你说啊，我这人有个坏毛病。"

国文："你说。"

柳三爷："中午我要睡一会呢，这阵瞌睡了，我睡一会，你坐着，我先睡上一会。"说完躺下睡觉。

国文望着柳三爷，不甘心地："三爷，你要是有啥难处，有啥困难，有啥顾虑的话，今天就不说了，我过几天来看你。"

柳三爷已经打起鼾声。

国文无奈地出门。

⊙ 柳家坪柳三爷窑洞外 日 外

赵书和看见国文出来急忙站起，充满期待地："咋样嘛？"

国文："三爷啥也没有说。"

赵书和一怔："为啥呢？你级别也不够？"

国文一笑："尊重一下老人家嘛。不要操之过急，三爷呢肯定也是自己有啥难处嘛，但是我现在感觉，要想解决这两家人两大姓的矛盾，三爷这块是关键。"

柳大满："三爷现在？"

国文："睡了，睡了。"

赵书和一脸失望地："好嘛，走，先回。"

国文："等一下，等一下，有个事跟你俩说一下，我跟你们两个人在市里面报了一个科学种田的学习班。"

赵书和兴奋起来："科学种田？好事嘛。"

柳大满愁容满面："我也要去？"

国文："你咋不去？你不种田？"

柳大满："种种种。"

赵书和："就是嘛。啥时候去。"

国文："明天中午之前，去学习班报到。"

赵书和："好。"

⊙ 石头村叶鳖娃家屋内 日 内

赵山杠与叶鳖娃坐在炕边说话。

叶鳖娃喜盈盈地："嘿嘿，你家书和能劳动，又是柳家坪的村支书，我家英子跟书和结亲那就是高攀了。"

赵山杠："不敢这样说、不敢这样说。这娃呀一天就扑到他的工作上，个人的事情一点都不放到心上，把人着急。"

叶小秋带着妹妹叶英子走进来："爸，英子来了。"

叶英子疑惑地看着父亲："爸，你找我？"

叶鳖娃指着赵山杠："这是你山杠叔，叫叔。"

叶英子："叔，你好。"

赵山杠打量英子，目露满意地："好好。"

叶鳖娃："没啥事，就是让你打个招呼。"

叶英子望着赵山杠笑着："叔，那你坐，我忙去了。"

赵山杠："好，先忙。"

叶鳖娃："你去吧，我跟你山杠叔说点正事。"

叶小秋："我进屋了。"

说罢走进了里屋。

叶鳖娃："你看我这女子咋样？"

赵山杠连连点头:"好,好得很!那咱这事情就定下来了。"

叶鳖娃:"板子上钉钉子,挨了嘛。"

赵山杠:"好好好,那我赶紧回去跟书和说一声,咱就选个日子,把这事情赶紧就办了。"

叶鳖娃应声:"好好好!"

赵山杠:"好,那我就先回了。"

说罢起身。

叶鳖娃:"你慢点、慢点。你先坐下,坐下,你先坐下。"

说罢朝里屋喊道:"小秋,小秋,小秋,你出来一下。"

叶小秋出来:"咋了。"

叶鳖娃望着赵山杠:"你看我这儿子,咋样?"

赵山杠夸赞道:"这胚瓜子美得很嘛这。"

叶鳖娃:"不光胚瓜子美,心地也善良,就是没媳妇呢。"

叶小秋不悦地:"你又说啥呢嘛爸,我先进屋了,不跟你说了。"

说罢欲走。

叶鳖娃:"你别走,回来,跟你说正事。坐下!坐下!坐下!"

赵山杠:"别说娃了,那这事情就要抓紧呢。"

叶鳖娃:"我听说你屋有个女子呢嘛。把我屋英子嫁到你家,把你家的女子嫁到我家,这就叫财神爷遇到送子娘娘——喜上加喜,你看得成行?"

赵山杠一怔,半响说道:"这事情你叫我想一下。"

叶鳖娃闻言脸色一沉:"你这个人,干个啥事都不畅快,你屋的女子得是仙女,得是就不嫁人?"

赵山杠:"不是这个意思,娃我没给打招呼,总得给娃打个招呼嘛,对不对,给娃还一声都没说呢,我打完招呼我马上就给你答复,对不对。"

叶鳖娃不悦地:"行行行,你这事不作数,俺屋这事我也不作数。"

赵山杠:"你看你这个人,那书和跟英子这事咱不是已经敲定了说好了嘛。"

叶鳖娃:"咋说定了,我是收你彩礼了,还是跟你娃订婚了?"

赵山杠:"这是两回事情嘛,你看你这个人说话咋这样呢?"

叶鳖娃不容置疑:"你做不了你闺女的主,我也当不了我闺女的家。我跟你说,你爱咋咋。"

赵山杠沉思片刻,最后一咬牙:"这事情咱就这样定了。"

叶鳖娃咧嘴笑了："这就对了嘛。"

赵山杠站起身："好！那我就先回了。"

叶鳖娃喜不拢嘴："好好好。小秋，送一下你叔。山杠，咱现在是亲上加亲，我啥时候过去接人呢？"

赵山杠："我回去给娃先说一声。"

叶鳖娃："那你可早点答复我。"

赵山杠："嗯。"

⊙ 柳家坪大槐树下 黄昏 外

柳秋玲来到大树下。

柳秋玲："书和？"

赵书和蹲在树下看向柳秋玲。

柳秋玲跑向赵书和。

柳秋玲："书和！你咋来了。好了吗？还疼吗？"

赵书和一笑："不疼了，早就没事了。你爸呢？没事吧？没难为你吧？"

柳秋玲："没事，我爸疼我。"

赵书和："明天我和大满要去市里学习一下。"

柳秋玲一怔："明天？"

赵书和："嗯。"

柳秋玲："啥时候回？"

赵书和："不知道。"

柳秋玲依偎在赵书和胸前："书和，咱俩的事全村都知道了，我爸好几天没敢出门了。"

赵书和："啥？好几天没出门了。"

柳秋玲抬眼望着赵书和："咋办嘛。"

赵书和："秋玲，我一直在想这事，你看，咱两个村的疙瘩都多少年了，我在想，要是咱俩的婚事办好了，很可能就把这个疙瘩给解开了，你说呢。"

柳秋玲担忧地："可是……"

赵书和："是，但是咋弄，我没想好。这样，学习这期间，我想一下，你也想一下。"

柳秋玲："好。"

赵书和:"还有,我走以后,不管村子发生啥事,不管他们说啥,不要生气,一定要稳住。"

柳秋玲点头:"好,我记住了。"

赵书和:"等我回来。"

两人拥抱在一起。

⊙ 柳家坪赵书和家屋门外 日 外

赵书和拿着书包出门。

赵书和:"爸,我走了。"

赵细妹端着一盘子煮好的红苕和土豆走出门:"哥,你走呀?"

赵书和:"走了。"

赵细妹:"你不吃一口?"

赵书和:"我拿个土豆吧。"

赵细妹:"你……"

赵书和:"走了啊。"

赵细妹:"你再拿一个啊。"

⊙ 柳家坪赵书和家屋内 夜 内

赵细妹:"爸,吃饭。"

赵山杠显得心事重重:"细妹,爸给你说个事情。"

赵山杠:"你先过来,先过来。坐下,你先坐下,来来,坐下。那个……石头村有个叶家你知道吗?"

赵细妹摇头:"我不知道。"

赵山杠:"石头村进村那个大槐树底下那一家,那家有一个娃子有一个女子,那小伙爸见过,长得好,人也灵性,爸就想着把你说给那小伙,这是要成了。咱这两家就算结了一亲了。爸还想那屋里那女子也不错,爸就想把那女子说给你哥。"

赵细妹顿时一惊:"那我哥……"

赵山杠:"爸给你说完,你这一亲加上你哥这一亲,这就是一亲变两亲,双喜临门啊。"

赵细妹心焦地:"那我哥不是跟秋玲姐……"

赵山杠急了:"你再不要提那柳秋玲了。"

赵细妹垂头不语。

赵山杠："爸就是要叫你哥跟那个柳秋玲彻底断了。这多少年、多少代，柳家和赵家就不通婚，你哥要是跟那个柳秋玲好了，你哥这村支书还咋当？那咱家在这地方就住不下去！"

赵细妹："那我哥知道这事不？"

赵山杠："你不说你哥，现在说的是你！你愿意不愿意！娃呀，女人嘛总要嫁人的，女大当婚，这事要是成了，不光是爸，那咱赵家在天上那些先人有灵都要谢谢你呢。"

赵细妹愣住，眼泪哗然而落，啜泣："爸，咱先吃饭，你让我想一下。"

赵山杠神情复杂："嗯，好，先吃饭，咱先吃饭。"

⊙ 柳家坪村道上 日 外

柳根提高了声音："秋玲她咋能跟书和……丢人得很嘛。"

柳三喜："管人家那闲事做啥呢嘛。"

柳多金："话多得很。"

众人："真是没打你，打死你。"

这时，柳光泉扛着锄头从地里干完活回家。

柳根："她爸来了。"

柳家众人："回来了，叔、叔。"

柳满囤阴阳怪气地："叔，你是个明白的人嘛，咋让咱女子干糊涂的事情。有多少人后面说你呢，我都听不下去了。"

柳光泉站住看了眼其余人。

柳满囤："对，那老天爷刮风下雨咱管不来嘛，咱自个儿的女子也管不来？你没事，你说，让咱这些年轻娃们咋活人呢，是不是？"

柳光泉看着柳满囤，目露厌恶："你看你个瓜怂样子，你都是叔看着长大的娃，有你这样的跟叔说话的吗？叔心里啥不清楚？用得着你跟我说。"

说罢朝前走去。

柳满仓看看柳光泉的背影："满囤，你干啥呢，咋跟你叔说话呢。"

柳根："就是。"

柳满仓指桑骂槐地："你没大没小的，柳家先人脸让你丢尽了。这眼里就是没有长辈嘛，没有规矩。"

柳多金："你这个嘴呀！那好歹也是你叔呢！"

一村民："就是嘛。"

柳满仓："我说满囤呢，眼里没有长辈嘛。"

柳根："这，就是自己的老脸让自己女子扯下来放到地上拿脚踏呢。"

柳满仓："对着呢。"

柳三喜："你把那闲话少说一点。"

⊙ 柳家坪中心小学教室内 日 内

柳秋玲正在跟两个年级的学生们上课。

柳秋玲："七乘四。"

学生："二十八。"

柳秋玲："七乘以二等于……"

学生："十四。"

柳秋玲："七乘以三等于……"

学生："二十一。"

柳秋玲："等于……"

学生："七。"

学生："零点一，零点二。"

柳秋玲："来，把这几道题也写到本子上。"

⊙ 柳家坪柳光泉家 日 内

柳光泉心情沉重地挎着包袱出门，走到屋子门口站住，回头留恋地望着，然后转身大步离去。

⊙ 柳家坪村道上 日 外

柳光泉步履沉重走来。

柳春田："叔，出去呀。"

柳光泉不理会。

柳春田望着柳光泉的背影嘀咕着："他咋还背了个包呢。"

⊙ 柳家坪村道上 日 外

柳秋玲放学回家在路上走着。

一村民："秋玲老师。"

柳秋玲应声。

柳春田："秋玲，回来了。"

柳秋玲："放学了。"

柳春田："你爸干啥去了？"

柳秋玲一愣："我爸？没干啥去。"

柳春田："我刚看人家背了个包包往村口走呢。"

柳秋玲疑惑："啥时候？"

柳春田："就刚刚。"

柳秋玲："出村了？"

柳春田应声："对啊。"

⊙ 柳家坪附近土路 日 外

柳秋玲在路上焦急地跑来。

迎面一村妇："秋玲老师，着急做啥去呀？"

柳秋玲："婶子，见到我爸没？"

村妇摇头："没有。"

拐过一路口，柳秋玲气喘吁吁在路上跑。

柳光泉在路上走着。

柳秋玲在后面边追边喊："爸！爸！"

柳光泉站住，回头。

柳秋玲追了上来："你干啥去呀。"

柳光泉不理会直接走。

柳光泉："爸，你别走啊，爸。"

柳光泉："你不要管我。我出去有事呢。"

柳秋玲："爸，你有啥事你不说一声你就走了。"

柳秋玲追上拦住柳光泉。

柳秋玲："爸！"

柳光泉绕过柳秋玲走。

柳秋玲堵在父亲面前:"爸,你是不是生我和书和的气了。"

柳光泉:"爸没有生你俩的气,爸出去躲几天,就是给你俩腾地方,腾时间,等你俩把这事做实了,村里没有风言风语了,爸就回来了,不要管爸。"

柳秋玲含泪地:"爸!爸!我知道你是个好爸,可是你不能走,我妈走得早,从小我就没你分开过,爸,你走了我这个婚咋结啊。爸!"

柳光泉:"秋玲,你跟书和的事,这爸是认认真真想过的,书和是个好娃,你只要愿意,那爸就愿意,你俩过得好,爸也就过得好。过两天就回来了。"

说完转身就走,柳秋玲又继续拦住。

柳秋玲:"爸,你不能走,爸,那我结婚娘家不能没人啊,不合规矩,爸!爸!你不管你女儿了!"

说罢拖拽柳光泉。

柳秋玲带着哭音哀求地:"爸,走了,回去了爸,你女儿结婚是大事呢。爸!我一辈子的大事你不能不在,爸!走了。爸。爸。"

柳光泉神情复杂:"行,爸听你的,爸还就不相信了,柳家那人的唾沫星子能把爸淹死!"

柳秋玲破涕为笑:"爸,你真是个好爸。"

柳秋玲拉柳光泉回家。

柳秋玲:"爸回去了,饿了。"

⊙ 石头村叶鳖娃家屋内 日 内

赵山杠与叶鳖娃谈事说话。

赵山杠:"鳖娃,我给娃说了,没问题。"

叶鳖娃欣喜地:"君子一言快马一鞭,咱赶紧就把这事办了。"

赵山杠:"好,那就这一两天。你把娃引过来,我跟细妹在屋里等着。"

叶鳖娃:"这事你着急,我比你还着急。"

赵山杠:"好好好。那我就先回了。"

叶鳖娃:"把水喝了再走。"

赵山杠:"好好。"

叶鳖娃:"来。"

⊙ **柳家坪村头 黄昏 外**

赵细妹站在墙根六神无主，在焦急地等待着，看见柳秋玲走了过来，忙迎了上去："秋玲姐。秋玲姐。"

柳秋玲一怔："细妹，你咋来了，咋了？"

赵细妹满脸焦灼地："我爸要给我换亲了。"

柳秋玲愕然："换亲？咋换呀？"

赵细妹："要我嫁给石头村的叶小秋，要我哥娶他妹子叶英子。"

柳秋玲呆在原地："叶英子？"

第六集

⊙ 柳家坪村头 黄昏 外

赵细妹忧虑地望着柳秋玲:"我咋办呀,姐!"

柳秋玲一时无语。

赵细妹:"那我哥啥时候回来?"

柳秋玲:"不知道,他走的时候就不知道。"

赵细妹沉吟片刻:"姐,要是真没办法,那这可能就是我的命了。"说罢哭了起来。

柳秋玲:"别胡说,结婚是一辈子的大事,咋能随便认命呢。细妹,你不要哭、不要哭,我想一下、我想一下。咋办……要是我去寻你哥,把结婚证领了,这婚就换不成了。"

赵细妹急切地:"可以呀姐,那你赶紧去。"

柳秋玲:"可是领结婚证要两家的户口本,我家的好说,你家的……"

赵细妹:"姐你放心,这事我能办,我一定能拿到。"

柳秋玲:"好,要是拿到了,晚上去……"

赵细妹:"好,姐,那我去了。"

柳秋玲:"好、好。"

⊙ 柳家坪柳光泉家院子及屋内 黄昏 内

柳光泉正在砍柴。

柳秋玲急匆匆回家。

柳秋玲："爸。"

柳光泉抬头看了柳秋玲一眼，没有说话。

柳秋玲进屋想拿户口本却没找到，转身走出屋子："爸！爸！你看见我……"

柳光泉："你的桌子上，语文本底下。"

柳秋玲欣喜地急忙进了屋子，从木桌上的作业本下拿到了户口本，匆匆走到院子："爸！你是个好爸，爸，我去找书和，晚上不回来了。"

柳光泉一怔："娃，可不敢！"

柳秋玲："爸，我知道了。"

说罢，脚步轻快地离去。

⊙ 柳家坪赵书和家 黄昏 内

赵细妹回家，发现赵山杠在屋内。

赵细妹："爸！"

赵山杠："细妹。"

赵细妹："爸，咱那院门可走扇子了，你得赶紧修一下。"

赵山杠应声出了屋子。

赵细妹眼看赵山杠出屋子，急忙到柜子里翻找户口本。

⊙ 柳家坪赵书和家院外小路 夜 外

赵细妹急急走了过来。

柳秋玲迎上："细妹！细妹！慢点，咋样？"

赵细妹："拿到了。"

柳秋玲："太好了。谢谢你细妹，我现在就寻你哥去。"

赵细妹担忧地："姐，这天都黑了，连车都没有，你咋去呀。"

柳秋玲："你别管，我自己想办法，我早去早回，细妹，你记着一定等我回来。"

赵细妹："姐，好。你路上小心。"

柳秋玲："好，你回吧，我走了。"

赵细妹："路上小心！姐！"

柳秋玲扭头叮嘱道："等我回来啊。"

⊙ 天阳市学习班课堂上 日 内

柳大满与赵书和在学习科学种植小麦。

老师在讲课:"病,虫,倒伏,早衰,干旱,盐碱,瘠薄以及冻害这八种危险,直接可能就造成了小麦不同程度的减产,这些问题咱们在实践中常常会遇到。"

⊙ 柳家坪村道 日 外

叶鳖娃手里拎着两斤五花肉,面露喜色,带着叶英子和叶小秋进了村子,众人在围观。

几个小孩子从叶鳖娃旁边跑过。

叶鳖娃:"慢点小娃。"

一小孩喊着:"新娘子来啦、新娘子来啦。"

叶鳖娃:"慢点,别摔了,英子快点走。小秋,给你娶媳妇我看我比你还急。快点,快点。"

一村妇:"给谁家女子定亲娶媳妇呢?"

赵二梁看着眼前的一幕:"咋样?"

赵元宝:"美得很嘛。"

赵二梁:"怂样子,口水都流出来了。"

赵元宝问:"这谁嘛?"

赵二梁:"山杠叔给书和介绍的对象吧?"

赵元宝:"还有这好事呢?"

赵二梁:"走,看看去。"

赵元宝:"走走走。白净得很。"

另一边,柳多金一摆手:"柳根柳根,来了来了来了。"

柳根:"谁来了嘛?"

柳多金:"来了个女子,美得很。"

柳根:"谁嘛?"

叶鳖娃炫耀地朝围观的人群说道:"我们去书和家。我英子嫁给书和了。"

⊙ 柳家坪赵书和家院外 日 外

叶鳖娃快步领着英子和小秋走进院子,朝屋内喊:"山杠,山杠哥。山杠,山杠哥。"

赵山杠闻声忙迎了出来:"你看你还客气的,来了就……"

叶鳖娃嘻嘻笑着,举起五花肉:"礼节不能少嘛,离娘的肉嘛。"

赵山杠:"快快,快屋里坐。"

围观的赵刚子趴在矮墙边看着叶英子:"呀,这女的长得真白,跟白面馍一样嘛,这弄啥嘛?"

赵元宝:"山杠叔给书和哥找的媳妇。"

赵刚子不解地:"书和不是跟柳秋玲谈着呢嘛?咋和这又在一起了?"

⊙ 柳家坪赵书和家屋内 日 内

赵山杠带着叶鳖娃、小秋和英子三人进了屋。

叶鳖娃问:"书和没在屋?"

赵山杠:"到市里开会去了。"

叶鳖娃:"明白、明白。那咱抓紧办事嘛。"

赵山杠:"对、对。细妹!细妹!你看这就是爸给你说的那个石头村你大伯。"

赵细妹手里拎着包裹,闻声从里屋走了出来。

叶鳖娃:"细妹,你俩相看相看,我这娃老实得很,长得也排场。"

叶小秋望着赵细妹:"你好,我是叶小秋。"

赵细妹看看叶小秋,目露羞涩转过脸。

叶鳖娃:"我看俩娃都没意见。"

赵山杠:"好得很。"

叶鳖娃:"那我就走了啊。"

赵山杠:"你刚来,叫娃给你弄些吃的,吃了再走嘛。"

叶鳖娃:"咱都是亲家了,以后吃饭的机会多着呢。"

赵山杠:"那对。"

叶英子:"爸。"

叶鳖娃:"英子,你以后就跟书和好好过,好人家。"

叶鳖娃:"那就走,走走咱走。"

说罢哽咽地:"英子,爸走了啊。小秋,走!"

叶小秋想帮赵细妹拿东西:"我帮你拿。"

赵细妹直接转身走了出去。

柳家坪赵书和家屋外 日 外

众人："出来了、出来了。"

柳多金疑惑地："细妹咋出来了？"

柳根："看，还背着包袱。"

⊙ **柳家坪赵书和家屋内 日 内**

叶小秋对赵山杠一笑："走了，叔。"

叶英子："哥！"

叶小秋神情复杂："你好好的，哥会来看你。"

⊙ **柳家坪赵书和家屋外 日 外**

围观的人群在议论纷纷。

赵元宝："细妹这是去哪呢嘛？"

柳根："换走了，这不是送来的。"

柳满仓："对对，换亲！"

柳根："是换亲呢嘛，把细妹给换走了！"

叶鳖娃："回头请你们吃喜糖啊。"

众人："好好好。"

一村妇："得是把细妹带走了？"

叶鳖娃喜不拢嘴："带回去了。给我儿子当媳妇呢嘛。"

⊙ **天阳市学习班课堂上 日 内**

农科所老师在台上讲课。

老师："它会遭遇夏天更严重的高温热害，因此呢，我们如何做到一喷八防，一喷当然要喷洒农药了，那八防呢，就是防止这八种威胁，是省工省力，更加安全，更加高产的稳定的高效措施。"

⊙ **石头村古树小路 日 外**

叶鳖娃笑容满面在前头走着，后面叶小秋和赵细妹跟着走来。

叶鳖娃一路热情地给村民们打着招呼，不停地炫耀着："我儿子结媳妇，到时候都来啊。"

村民们:"没问题。"

叶鳖娃:"别忘了带红包。"

村民:"恭喜恭喜。"

叶鳖娃:"没带洋糖,下回给大家分糖。"

村民:"好好。"

叶鳖娃:"结婚的时候都去啊。"

村民:"好好。"

叶鳖娃:"我儿结婚了。"

说罢扭头催促儿子和赵细妹:"快点、快点嘛。"

叶小秋:"慢点嘛。"

叶鳖娃:"啊呀,你俩搞得好像给我结婚一样,乡亲们,我儿结婚了啊。来喝喜酒啊。"

画外音(赵雅奇):虽然进入九十年代了,但在某些深度贫困地区,换亲这种方式还在延续,这种现象令人心痛。

⊙ 柳家坪村老井旁 日 外

村民七嘴八舌在议论着。

赵刚子:"我看咱村,还是人家山杠叔最有经济头脑,拿女儿给他儿子换了个儿媳妇,一个换一个嘛。"

一个老汉:"咱村拿麦子换洋芋那是常事,但要拿亲女儿换个儿媳妇这可是头一回。"

赵刚子:"你懂个啥嘛,人家那是一个换一个,叫不吃亏。"

赵山惋惜道:"那石头村穷得跟啥一样,连馍都吃不起,把细妹嫁过去那不是吃苦呢吗?秋玲可咋办?咱赵家村这小孩子没有人家秋玲,连字都不识,好好想想。"

赵刚子:"你问一下他书和,他敢娶秋玲吗?你看他爸不把他腿给卸了,让他胆大的试一下。"

众人哄笑。

⊙ 柳家坪村打谷场麦垛 日 外

柳根感叹着:"哎呀,这赵书和胆子大得很呀!这边好着秋玲,那边还娶个小女孩。"

柳满囤躺在麦垛上怪声怪调地唱着，讥讽地："赵书和，骑白马，手里拉着大骡子。"

柳满仓哈哈笑着："你唱的啥你唱的。"

⊙ 天阳市某招待所楼下 日 外

柳秋玲匆匆进了大院，来到赵书和住的招待所楼下，大喊："赵书和！赵书和！赵书和！我是秋玲。你出来。"

赵书和推开屋门出来，站在楼道走廊朝下看着："秋玲！"

柳秋玲朝上看着："书和！"

赵书和疑惑地："你咋来了？"

柳秋玲："我有急事找你。你下来。"

柳大满望着楼下的柳秋玲："秋玲，你厉害得很嘛，这你都能寻见。"

柳秋玲焦急地："快点。我等下跟你说。"

⊙ 石头村叶鳖娃家院内 日 外

叶小秋和赵细妹婚礼上，一派热闹。

鞭炮齐鸣。

村民："来，喝酒喝喜酒啊。"

叶小秋领着赵细妹给乡亲们挨个敬酒："谢谢！谢谢谢谢。"

叶鳖娃笑着："一会儿红包拿来啊。"

村民："谁还没酒，谁还没酒。"

⊙ 泥河乡民政所婚姻登记处 夜 外

赵书和和柳秋玲急火火赶来。

赵书和在敲门："有人吗，有人吗？"

柳秋玲失望地："别敲了，下班了。"

赵书和不甘心："万一里面有人值班呢。"

柳秋玲："上锁了。"

赵书和急忙拦下一个过路人："同志，我问一下民政所的人住哪儿。"

路人摇摇头："我不知道。"

赵书和问："那你们是哪个单位的？"

路人:"俺是农机站的。"

赵书和:"农机站的,谢谢啊。"

路人:"没事没事。"

赵书和看着柳秋玲:"弄不成了。"

柳秋玲:"只能明天再来了。"

赵书和:"咱先找个地方住下,走,明天天不亮咱就过来。"

柳秋玲点头:"好。"

⊙ **柳家坪赵书和家屋内 夜 外**

英子神情凝重目露伤感地坐在门口。

赵山杠:"英子,早点歇着。"

英子茫然无语。

⊙ **石头村叶鳖娃家洞房内 夜 内**

叶小秋和身穿红嫁衣的赵细妹并排坐在床边。

二人凝神对视,各自激动且羞涩。

⊙ **柳家坪赵书和家院子外 日 外**

赵山着急地问赵亮。

赵山:"书和咋还没回来?"

赵亮:"学习去了嘛。"

赵山:"人家女娃都等了一晚上了,不是个事。"

赵元宝:"对着呢嘛,那他啥时候回来嘛。"

赵亮:"我真不知道。"

赵元宝暴躁地:"你又……你知道啥嘛?你问啥啥不知道。"

柳满囤:"书和没在,书和他爸,给他来了个生米煮成熟饭。"

赵山白了柳满囤一眼:"在那咬舌头,咬啥舌头呢嘛?有意思没?"

柳满仓:"不让人说话嘛。"

这时,赵书和领着柳秋玲匆匆而来。

赵元宝:"书和哥,你来,你快点。"

一村民:"可算回来了。"

赵书和和柳秋玲急急进了屋子。

⊙ 柳家坪赵书和家屋内 日 内

赵书和："爸。"

赵山杠扭头："书和啊，你……"

赵书和："咋回事？"

赵山杠看见两人亲热地手拉手，顿时暴怒："咋回事，你先给我说一下咋回事，把手放开，放开！"

柳秋玲："叔。"

赵书和："秋玲，咋还叫叔呢，叫爸。"

赵山杠："胡说！胡说！"

赵书和："爸，我和秋玲结婚了。"

赵山杠大惊失色："结婚了？"

赵书和："嗯。"

赵山杠："你想得美，你想结婚就结婚啊。"

赵书和掏出新领的结婚证："你看嘛，你看，这是我俩刚领的结婚证。"

赵山杠啪地将结婚证打在地上："我不认这！"

赵书和拾起结婚证："你干啥呢！"

赵山杠："我不认！"

赵书和："你不认国家认，你看看这章子，这受法律保护的。"

赵山杠："你不要跟我讲那大道理，我先问你，你先问一下这村里的赵姓人看认不认，你问一下你老祖宗还认不认！对，你再问一下他爸，你看他爸认不认。"

柳秋玲："我爸，他没意见。"

赵山杠："你哄谁呢，我不信。"

赵书和："爸！"

赵山杠："你。"

赵书和："秋玲说的是真的。"

赵山杠："好，我现在就寻他去，赵书和，你娃这村支书算是当到头了。"

说罢，气呼呼走出屋子。

⊙ 柳家坪赵书和家屋外 日 外

赵山杠出来。

看热闹的柳满仓凑上来："叔，你干啥去？"

赵山杠不理朝前走去。

⊙ 柳家坪赵书和家屋内 日 内

叶英子怯怯地望着赵书和："你就是书和哥？"

赵书和："你就是英子？"

叶英子应声。

柳秋玲问英子："细妹呢？"

叶英子："昨天我来的时候，我爸把细妹带到我家去了。"

柳秋玲望着赵书和，沮丧地："回来晚了，咋办？"

赵书和焦急地："赶紧，把英子送回去，把我妹接回来。"

柳秋玲："对，好。"

⊙ 柳家坪赵书和家屋外 日 外

柳满仓一头雾水："那这是干啥呢嘛？"

柳满囤："这还看不出来？"

赵书和和柳秋玲领着英子走了过来。

赵书和："山子，让他们散了。"

柳秋玲："别看了，别看了，回去吧！"

柳满囤："秋玲，咋回事嘛？"

赵亮："散了！"

赵山子："赶紧，赶紧，别看了，人都走了，还在这等啥呢嘛？等着吃席呢得是？"

⊙ 柳家坪柳光泉家院子 日 外

赵山杠气呼呼责问柳光泉："柳光泉，我问你，两个娃领结婚证事情，你知道不知道？"

柳光泉一怔，略一思忖，突然起身："哎呀，等一下，等一下等一下，等一下。"

说罢转身奔进了屋子。

不一会，只见柳光泉端着一个木凳子出来，热情地："亲家哥，来来来，坐，坐坐坐。坐！"

123

赵山杠:"我跟你说,你先别胡叫,别胡叫。你想认这个亲,我还没应承呢。"

柳光泉:"亲家哥,来来来。"

赵山杠:"你不要忙活了。"

柳光泉:"先喝口水嘛。"

赵山杠:"说事情!"

柳光泉:"来来来,来来。先抽一锅烟。来。"

赵山杠挥了挥自己手里的烟袋锅:"我有呢,别让。"

柳光泉:"是这,娃的事咱俩应承不应承那一点用都没有,俩娃已经把那大红本本结婚证都领了。这就说明咱俩不都是亲家了嘛。"

赵山杠连连摆手:"这是你自己想的啊。我没有应承这件事情,你可以不遵守你柳家先人定的规矩,我还得遵守我赵家定的规矩。"

柳光泉:"你看,这生米都煮成熟饭了,你还能把吃到肚子里的面,再吐到地里去?你家书和是个好娃,我家秋玲也不差嘛!你娃愿意,我娃也愿意,只要俩娃过的幸福,他先人就是知道了,那也得睁只眼闭只眼嘛。"

赵山杠顿时冒火:"哎!这脸咋比那城墙还厚,柳光泉,你不想好好活人,我还想好好活人呢!"

⊙ 石头村叶鳖娃家院子内 日 外

叶英子进了院子,神情轻松地朝屋内叫着:"爸,爸我回来了。"

叶鳖娃闻声出来,一怔:"英子,你咋给回来了?"

叶英子:"书和哥和嫂子把我送回来了。"

叶鳖娃瞪大了眼睛,愕然地:"他们凭啥把你送回来。"

赵书和和秋玲进来。

赵书和:"叔。"

柳秋玲:"叔。"

赵书和:"我是赵书和。"

叶鳖娃冷着脸:"我知道。"

赵书和:"这是秋玲。"

柳秋玲:"叔。"

赵书和:"我俩结婚了。"

叶鳖娃浑身一震:"啥?你俩结婚了,那英子咋办呢?"

叶英子："爸，人家那是受法律保护的。"

叶鳖娃："你闭嘴！别管。"

赵书和拿出结婚证："叔，你和我爸那个换婚不合法，这是合法的，换不了，闹不成了。"

叶鳖娃望着赵书和手里的结婚证，顿时暴躁地："啥合法不合法，我不认，你拿走！"

赵书和："我把英子送回来了，我妹呢？"

叶鳖娃："你管呢！细妹现在已经是我儿媳妇了，你管不着。"

赵书和朝屋内走去："细妹！"

叶鳖娃拦住："你干啥！"

叶英子："爸。"

叶鳖娃："你想弄啥！"

正说着，赵细妹和叶小秋闻讯回来了。

赵细妹："哥！"

柳秋玲："细妹！"

赵细妹："秋玲姐。"

赵书和："叫嫂子。"

赵细妹："嫂子。"

柳秋玲："细妹，对不起，我回来晚了，我和你哥接你回去。"

赵细妹一怔："嫂子，哥，我就不回去了。"

赵书和一愣："啥！你！细妹，你别怕，哥在呢，不管咋，跟我回家！"

叶鳖娃叫嚷着："回不去，细妹已经跟我儿把婚礼都办了！"

赵书和："我是她哥。"

叶鳖娃："我是他爸，你想弄啥。"

赵细妹："秋玲姐，你过来一下。"

叶鳖娃："你想弄啥你想。"

柳秋玲："叔、叔，等一下、等一下。"

叶小秋："听一下，听一下嘛。"

柳秋玲看着细妹："咋回事。"

赵细妹垂头，羞涩地："嫂子，我……昨个……"

柳秋玲："那……他们屋人对你咋样？"

125

赵细妹:"他们对我挺好的。昨个还摆了席了。"

柳秋玲神情复杂,关切地问:"细妹,你跟我说实话,受没受委屈?"

赵细妹:"嫂子,我真没受委屈,我跟小秋挺好的,我想跟他过日子。"

柳秋玲:"真的?"

赵细妹点头:"真的。"

赵书和和秋玲对视,沉默。

⊙ 石头村外田间地头 日 外

赵细妹拎着筐走在田间小路。

村民:"送饭呢?"

赵细妹:"嗯,回去呀?"

村妇:"送饭呢。"

细妹应声。

赵细妹来到玉米地旁,不见人,喊着:"小秋、小秋。"

叶小秋从玉米林里探出笑脸:"细妹。"

赵细妹莞尔一笑:"吃饭了。"

两人坐在大树下。

叶小秋:"细妹,我想选村主任,你觉得咋样?"

赵细妹看着叶小秋:"你选那做啥?你忙得过来吗?你看看我哥,每天难成啥了都。"

叶小秋:"难不怕呀,他也是为了让大家都能过上好日子嘛,我虽然没啥本事,但我也想通过自己的努力,让咱村都能过上好日子,让你,也过上好日子。"

赵细妹听罢定神地看着新婚的丈夫,目露幸福。

画外音(赵雅奇):这场因贫穷而产生的换亲,却意外地成全了我姑姑和姑父一生的幸福。而我父母的婚姻反倒是面临着巨大的考验。

⊙ 柳家坪村柳光泉屋内 日 内

柳秋玲回家进了屋子:"爸,我回来了。我做饭去。"

柳光泉心事重重:"秋玲,你先坐下。"

柳秋玲:"咋了。"

柳光泉:"爸给你说个事。"

柳秋玲："哦。"

柳光泉："秋玲，你跟书和已经把结婚证都领了，你就算是婆家的人了。你是婆家的人，不回婆家，你老往娘家待着，你就不怕人笑话吗？你跟书和好好商量商量，赶紧把这婚事办了。"

柳秋玲："爸，婚事肯定要办的，书和有他的难处，他爸那边不好过。"

柳光泉："你公公赵山杠我了解，年轻的时候那就是个杠头，你俩的事我想得开，你让他？那就是井头打拳——悬。"

⊙ 柳家坪村委会 日 内

众人商量赵书和婚事。

赵山："结婚嘛，人生大事，秋玲人家又是头婚，书和不给人家大办？你柳家人咋看书和？你咋让书和以后过日子？对着吗？"

村干部："对着呢。"

夏大禹："这事不好弄嘛，村长，就咱村那几个人，那两口酒一下肚，到时候把桌子掀了，你说难看不难看？"

赵亮："那就别叫他们嘛。"

夏大禹："那都长的是狗鼻子，闻着味就来了。"

柳大满："对了、对了。看把你一个个激动的，是人家结婚嘛你结婚？人家是新郎嘛你是新郎？"

赵山："书和是新郎官。"

柳大满："那让新郎官说嘛。"

柳大满："书和。"

赵书和："嗯。"

柳大满："你结婚这事是你自己的事，你不要着急，慢慢想，你想清楚了，你说咋弄咱就咋弄。好，我还有点事，我出去一趟。"

赵书和："你别走、你别走。"

柳大满回头看赵书和。

赵书和："我想好了。办！"

柳大满瞪大了眼珠子："啥？"

赵山："办！"

赵亮："办！"

柳大满怔住，焦虑地："夏大禹，你坐那去。"

夏大禹闻令把位置让给柳大满。

柳大满斜眼看着赵书和："你刚说了个啥？"

赵书和："我说办嘛。"

柳大满目露担忧："书和，我是这么想的，你看，你俩结婚证已经领了，受国家法律保护的，你就悄悄地好好过你俩那小日子。你非得要大操大办一下，那把人弄到一块了，那肯定就打起来了，万一再打你一铁锨，那可咋办。"

赵书和："我要是不办，之前那一铁锨，那就白挨了。"

赵山："对着呢嘛，那是白挨了。"

柳大满眼珠瞪成了铜铃："你啥意思嘛，你非得办？"

赵书和："不但要办，还要办好，办大，办热闹！"

柳大满："这事真的不能办。"

赵书和："为啥呢嘛。"

柳大满："你想一下嘛，这两家人弄到一块去，那就百分之百就打起来了嘛，这太……太影响团结了嘛！"

赵书和站起身："我办这个婚礼，就是团结两个村的好事嘛。你想一下，两个村的人坐在一桌席上，说着、吃着、喝着、美着呢。我就不信这么大的好事他们能打起来。"

赵山："就是的，这是喜事嘛，咋能打起来。"

赵书和："你再想，赵家柳家不通婚的老规矩，是不是早该破了，对不？"

柳大满无奈点头。

赵书和："我这当村支书的，正好，我要带这个头呢。"

柳大满："对！你带这个头带得好，带得对！我是你的伙计，你要结婚我肯定得给你大操大办，把所有人弄来，弄得热热闹闹的。"

赵书和："好嘛。"

柳大满一脸忧愁："但是，你爸来吗？你爸来不来结婚现场？你见过结婚老人不在吗？你爸不来，你这事咋办？咋弄嘛！"

赵书和思忖着："我爸，我想办法。"

柳大满撇嘴："你想办法？你有啥办法嘛。"

赵书和："你让我想一下嘛，你别管，你去张罗去。"

柳大满："我去张罗啥嘛？"

赵山:"主任,你刚说了,你是我兄弟,我给你要大操大办呢。"

赵亮:"就是嘛,主任,你咋不承认呢?"

其他人:"说了、说了。"

夏大禹:"你说了,都听见了。"

赵书和:"你刚说的。"

柳大满被噎住了。

⊙ 柳家坪柳三爷家窑洞内 日 内

国文给柳三爷递上一坨砖茶:"三爷,上次我看你爱喝茶叶,专门给你带了一点好砖茶。"

柳三爷:"你看你这还客气的。"

国文:"应该的、应该的。三爷,上次我来虽然你啥也没有说,但是我知道,这两个村子的疙瘩是咋结下来的,你肯定知道。"

柳三爷不说话。

国文:"今天这时间也合适,我是专门等着你睡好了午觉才来的,你跟我聊一聊嘛,三爷。"

柳三爷看着国文,还是没吱声。

国文:"你看这两个村子的合并,是我提出来的,我想借这个机会,把历史的问题给它解决了。你这要是不解决了,那这不是个好办法嘛。"

柳三爷依然不语。

国文:"我呀是这两个村子合并具体的负责人,那你说这个问题要不解决,那我这负责人……说明我这工作是失职了。"

柳三爷还是不说话。

国文一时找不到话头了,思忖片刻道:"三爷,你想一下,咱以前那老一代、老一辈,为了咱大秦山,为了咱新中国的人们能过上好日子,那是心甘情愿付出生命的,那他们要是知道现在这两个村子村民还是为了过去的疙瘩在这打架,闹矛盾,在这受穷,那我们这些后人咋对得起人家,咋对得起这大秦山下泥河岸边的烈士呢?"

柳三爷终于开口道:"我咋忽然想起来,你得是那国正行的儿子?"

国文激动地望着三爷:"对着呢,你咋知道的?"

柳三爷:"你小的时候我就见过,你那时候瘦瘦的,你看你现在啊。"

国文:"长大了嘛。"

柳三爷:"我就看着面熟嘛。"

国文:"是嘛,三爷,你这看着我长大的,那这事你得跟我聊一聊嘛。"

柳三爷又沉默着没出声。

国文看看表:"三爷,你要是今天还是不想说,那我先走。"

三爷不回答。

国文:"那我先走了。"

国文起身,推门走出窑洞。

柳三爷突然说:"你等一下。"

国文转身回到窑洞里。

国文:"三爷。"

柳三爷:"你看,从你刚才出门,又进来,你这等于是到我这来了三回了。有句老话说得好,事不过三,我今天要是不给你说些啥,我都对不起你这三顾窑洞。"

国文:"三爷,你喝口水。"

柳三爷缓缓说道:"那是清朝的时候了,就在这个泥河岸边上,就有咱这柳家村和赵家村,赵家村的人少,几十户人,我们柳家村有二百多户……"

国文看着三爷,认真听他说话。

柳三爷语气缓重:"开始的时候也都相安无事,井水不犯河水的,可是到了光绪六年的时候,发洪水以后就把这两个村子一下就给冲没有了,这可咋弄啊?后来人家赵姓的人就看上现在柳家坪这个地方,人家就开荒、种地、盖房子,后来人家又新建了一个赵家村。这一下柳姓人看见了,眼红了,就想把人家赵姓的人赶走,我们来这住下。"

国文听着,不动声色。

柳三爷顿了一下,接着说:"有了这想法人家赵家人能干吗?就打起来了,咱这柳姓的人多,结果赵姓的人叫柳姓人打死了几个,我们柳姓也死了几个,这就是硬生生地把人家赵姓的人给赶到山上去了,人家没办法才在半山坡弄了个半山村。这后来就到了六零年了,那时候自然灾害,为了争抢救济粮,又打起来了,这才有了赵刚子他爷把满仓满囤他爷打死的事情,这一下这两个大姓人家的仇彻底解不开了……说来说去,是我们柳姓的人对不起人家赵姓的人,亏欠下人家的,我这个柳姓的后代,一直不敢把这个实话说出来,我一是怕得罪我的先人,二是怕人家赵姓人看不起咱,三是怕我的族人说我胳膊肘往外拐。现在我把这话说给了你这副县长,我相信你是有办法能叫我这柳姓和赵姓再不要闹了，打来打去的没啥意思。"

国文："是。"

柳三爷："我这柳姓的后代给人家赵姓的赔个不是，道个歉。"

国文："三爷，真是太感谢你了。"

柳三爷："感谢的话就不要说。"

国文一脸激动："真的是，三爷，我代表柳家坪村、半山村的人得好好谢谢你。三爷，你喝水、喝水。"

画外音（赵雅奇）：经过国文伯伯的不断努力，终于从三太爷那里知晓了两村敌对的原因。持续了百年的矛盾，有了化解的开始。

⊙ 柳家坪村委会屋内 日 内

柳大满惊奇地望着国文："真的是三爷说的，三爷亲口说的？"

国文："就是的。"

柳大满半天缓不过劲来，侧脸看着同样吃惊的赵书和："这闹了半天，是赵家的人先来的这柳家坪，然后柳家人把赵家人给撵走了。那我这柳家的人不是一直亏欠着你赵家人的嘛。"

赵书和："哎呀，大满，你也不要这么说，你看咱赵家、柳家这些年争来争去的，谁都有错。我就是觉得先人的事就留给先人，咱后人过好咱后人的日子，这才对得起咱先人。"

国文："书和这话讲的对着呢，只要是两个姓两家人相互放弃成见，齐心协力，两个村一定能融合在一起。咱这当支书的，当村主任的，这后续的工作还要继续做。"

赵书和："就是。"

柳大满："没问题。国文，这两个村子的仇疙瘩到底咋结下的，今天终于弄清楚了。我这心里一下亮堂得多了。"

赵书和："嗯，亮堂多了。"

柳大满敬佩地看着国文："回头这赵家柳家都谢谢你呢。"

国文："是是是，这个事解决了，你和秋玲的婚事也好办了。"

赵书和："嗯。"

国文："啥时候摆席呀。你一定要通知我，我必须来随一个份子。"

赵书和："你放心，还跑了你了？"

⊙ **柳家坪赵书和家屋内 日 内**

气氛紧张。

赵山杠与赵书和在屋内说话。

赵山杠一脸固执:"你这事硬要办,我挡不住你,我,不参加。"

赵书和:"爸,你看人家大满,都忙前忙后张罗差不多了。该通知都通知到了。"

赵山杠:"你张罗也罢,通知也行,与我无关,反正我是不参加。"

赵书和:"呀,你儿结婚,当爸不参加?这啥事嘛?"

赵山杠霍然起身:"你给你另寻个爸去!"

说罢大步离开。

赵书和愣住原地。

第七集

⊙ **柳家坪村内 日 外**

几个柳姓人散坐一起聊天。

柳满仓一脸的不相信："你说，三爷是不是老糊涂了，把这个事记错了？"

柳根："这柳家坪是赵家人先来的这个事，说出去谁信呢？"

柳满仓："就是嘛。"

柳多金凑过来："咋？人家三爷说的话你们都不信了。"

柳三喜："对着呢，打我出生的时候，三爷就没说过假话嘛，对着嘛。"

村民们："对着呢、对着呢。"

柳满仓愤愤不平："要按三爷说的，咱姓柳的跟姓赵的仇就算了？那我爷就白死了？就是想把柳家坪改成赵家坪嘛！"

柳多金："人家三爷说了，咱们柳家先人亏欠人家赵家呢，再说了，村已经合了，咱柳家坪还是叫柳家坪嘛。"

柳三喜："那人家赵家人打的那井，我看你也没少喝。"

说罢看着柳满仓："还有你！"

柳满仓不悦地："你俩啥意思嘛？你是不是姓柳的。"

说罢看向一直不说话的柳春田："收破烂的，你说句话嘛。"

柳春田："我说啥？咱三爷都发了话了咱还在这争啥？争来争去的看把日子都过成个啥样子了！馍都快吃不上了，有这聊天的功夫好好地给家里挣点钱。我走了，我还挣钱娶媳妇呢。"

说罢，起身拍拍屁股离去。

柳多金："我也走了。三喜走，打水去。都别看了、别看了。散了回呀。"

柳根捅了一下发呆的柳满囤："满囤，你倒是说句话嘛。"

柳满囤半躺着，半晌说道："先人的事情让先人自己解决去。"

柳根："赵刚子马上接着盖房了，你也不管嘛！"

柳满囤不吱声。

⊙ 柳家坪赵刚子家盖房工地 日 外

赵家众人："一二，嘿！"

赵元宝："赵师傅，都高兴地唱歌了。"

赵山子："看把你高兴的。"

赵刚子："你们帮我把房盖好，我请你们吃臊子面。"

夏大禹提着油漆桶在不远处的土墙上写着标语："两村并一村建设新农村。"

⊙ 小河沟大树下 日 外

叶英子独坐在大树下若有所思。

柳小江走过。

叶英子站起身："哎，你又去乡里借书去了？"

柳小江笑着："你咋知道呢？"

叶英子脉脉含情："我就是知道，我听我村人说你老去我村转悠呢。你去干啥？你寻谁呢？我问你话呢！"

柳小江热辣辣看着叶英子："我去寻你去了。我喜欢你。你喜不喜欢我？"

叶英子羞涩垂头。

柳小江："咋？你得是不喜欢我？"

叶英子："我不喜欢你，我在这等你干啥？"

⊙ 柳家坪村街上 夜 外

赵书和匆匆而来。

柳大满迎上："终于来了。"

赵书和目露疑惑："这么晚了，干啥呢嘛。"

柳大满："肯定是好事嘛。"

赵书和："啥事快说，我还忙着婚礼的事呢。"

柳大满："你跟秋玲结婚这事，我本来想着弄不成，没想到你连证都领了，你太牛了。我是你伙计嘛，你这终身大事，我总得表示一下嘛，给你准备了一份薄礼。"

赵书和："薄礼啊，这还差不多。"

柳大满："走，走。"

赵书和："去哪嘛。"

柳大满："走嘛。"

说罢朝前走去。

赵书和跟上："噢，在你屋呢。"

柳大满："好不容易才把它弄出来的。"

赵书和："弄出来的？谁啊。"

柳大满拐到自己家院墙后面，看着不远处的一只羊："这。"

赵书和一怔："这这，谁的？"

柳大满："你的嘛。"

赵书和："我的。"

柳大满："你，你把那绳子一解，弄回去啊，赶紧。"

赵书和："你给我啊。"

柳大满："那肯定么。"

赵书和高声推辞："不行不行不行，这礼太大了。"

柳大满："你声音小点嘛，不要吵醒艳丽了，把她吵醒，她就不让我送了，新婚快乐啊，你赶紧把它弄回去。"

赵书和："不是，你这礼太重了。"

⊙ **柳家坪赵书和家院子内 日 外**

赵家几个乡亲们正为婚事忙碌着。

大柱和二梁正在给墙上贴着大红的喜字。

赵书和："二梁，柱子。别贴歪了。"

赵二梁："没问题，你放心。看，正不正！"

赵书和："正得很嘛。"

赵大柱："好着呢，美得很嘛。"

赵书和走到正在忙碌的柳大满身边："几点了？"

柳大满满脸愁容："十点半了。这咋来这么少人呢。"

赵书和："还早得很嘛。来的路上还要时间了嘛。别着急。"

说罢走到父亲屋子门口，敲门。

赵书和："爸！"

屋内没有回音。

赵刚子笑吟吟地进了院子："书和，主任。"

柳大满："快来、快来。"

赵书和过来："刚子，来了。"

赵刚子四下看看："书和，是不是我来早了，咋没人嘛。"

赵书和："哼！来早了？你来晚了！干活去！"

赵刚子："我以为来早了呢。"

赵山上前说道："咱赵家人都在来的路上了。主任！柳家人呢嘛？"

柳大满："我都通知了。"

赵书和："花生，瓜子，快点啊。"

赵亮："好。"

赵书和看见老人甲，上前热情地："叔！你来了。"

老人甲："叔给你道喜了。"

赵书和："你赶紧坐嘛。叔、叔。"

老人乙："书和，恭喜恭喜恭喜。"

赵书和笑着："谢谢啊，赶紧坐，赶紧坐。"

这时，叶小秋与赵细妹到来。

柳大满招呼着："细妹来了、细妹来了。"

赵细妹："大满哥。"

叶小秋望着赵书和："哥，新婚快乐。"

赵书和："来了。"

赵细妹望着哥哥："哥，你今儿精神得很！"

赵书和："是吗？"

赵细妹："嗯。"

赵书和笑。

赵细妹问："我嫂子呢？"

赵书和:"接过来了,在屋里呢。去看一下。"

赵细妹:"我不看了。咱爸呢?"

赵书和面色沉重地指了指屋门。

赵细妹:"那你等我一下,我去喊去。"

赵书和:"好嘛。"

赵细妹和叶小秋走了过去。

赵细妹敲门。

赵细妹:"爸,爸,我是细妹,爸,我是细妹,我回来看你了。"

接着又敲门:"爸,我和小秋来看你了。爸,我是细妹,我回来看你了。"

屋内没有任何动静。

赵细妹与叶小秋面面相觑。

柳大满皱着眉头脱掉外套:"夏大禹。"

夏大禹急忙奔了过来:"村长。"

柳大满瞪着眼睛问:"到底咋回事嘛,咱柳家坪人呢!"

夏大禹:"我挨家挨户通知的嘛。"

柳大满:"为啥没来呢?"

夏大禹:"村长,得是人家不买我的帐,不想来嘛。"

柳大满暴躁地:"这伙人我就不信了,我亲自叫去。"

夏大禹:"主任,不敢生气,好好说。"

柳大满往出走。

赵书和一愣:"干啥去?"

柳大满:"叫人嘛!"

屋门前,叶小秋敲着门:"爸,我是小秋。你要不把门先开开。"

⊙ 柳家坪赵书和家屋内 日 内

屋内赵山杠闷声坐着。

赵山杠语气生硬地:"你要喝你哥的喜酒,你就去喝,不要来叫我。"

屋门外赵细妹的声音:"爸,今儿是哥的大喜日子,你不出来这席咋开嘛。爸,你再别犟了行不行,这天底下哪有儿子结婚爸不出席的道理嘛。"

赵山杠:"你就不要再劝了,你今天再劝,我也不会出这个门!"

⊙ 柳家坪赵书和家屋门前及院子内 日 外

叶小秋语气诚恳："爸，要不你出来转一圈。你打个招呼也行，你说呢？爸！"

赵细妹几乎哀求："爸，我哥好歹也是村支书，你今儿不出来，我哥以后在村里咋做人呀。爸！"

屋内没有动静。

⊙ 柳家坪柳满仓家门口 日 外

柳大满叫柳满仓去吃喜酒。

柳满仓在家门口，躺在草堆上睡觉。

柳大满匆匆到来，踢了一下柳满仓。

柳满仓睁开眼："干啥呢？谁啊！满哥？"

柳大满："你在这还睡的舒服，满囤呢？"

柳满仓："满囤？我又没拿绳子拴着他嘛，我不知道。"

柳大满："你不是爱喝酒吗？今天书和秋玲结婚大喜日子，有喜酒你咋不去喝呢？再说。秋玲也是你本家堂妹呢！"

柳满仓嘟囔着："秋玲是个好妹子，但是他不该嫁给赵书和，这不合规矩嘛。"

柳大满瞪眼："你到底去不去？"

柳满仓一口拒绝："不去！"

⊙ 柳家坪柳三喜家门口 日 外

柳大满朝三喜家走来，迎面看见一柳姓妇女："王姐，今儿秋玲结婚！"

村妇连连摆手："不去不去。"

柳三喜从家门走了出来。

柳大满："三喜！"

柳三喜："啊？"

柳大满："弄啥呢？你知道我寻你干啥吗？"

柳三喜："那还用说？肯定是让我参加赵书和的婚礼。"

柳大满："你知道还在屋子干啥？"

柳三喜略一思忖："行行行，我去！你村主任都发话了，那谁还能怨了我。让我先把柴火一收拾。"

柳大满："你快点！快点！"

⊙ **柳家坪赵书和家院子 日 外**

柳秋玲从婚房里出来。

赵书和:"你咋出来了呢。"

柳秋玲:"我出来,搭把手。"

赵书和:"你先进去,快点。"

柳秋玲看看周围:"书和,就算一个人都不来,我也是你媳妇。"

赵书和:"好嘛。"

正说着,赵家人都来了。

赵书和和柳秋玲忙上前招呼:"来了。"

大林哥:"书和,今天精神得很嘛。"

赵书和:"赶紧坐啊。"

一村民:"恭喜恭喜。"

赵书和:"谢谢、谢谢。"

柳秋玲:"婶子,坐坐坐。"

赵书和:"臭蛋来了。"

另一村民:"恭喜恭喜。"

赵书和:"赶紧坐,吃花生啊。"

村妇:"好。"

赵家人入席。

⊙ **柳家坪柳春田家门口 日 外**

柳大满拉着柳春田走。

柳春田:"主任。"

柳大满:"走!"

柳春田面含顾虑地:"大满哥呀,你再别拉我了。我在咱村的辈分小,我去不合适。"

柳大满又瞪起了眼睛:"有啥不合适的?我带你去喝喜酒又不是让你上刑场,有啥不合适?"

柳春田托词着:"我还忙着呢。"

说罢挣脱跑去。

柳大满:"哎,你别……"

柳春田已经不见踪影。

柳大满呆立着,叹气。

⊙ 柳家坪赵书和家院子内 日 外

赵书和看看已经落座的乡亲:"赵家的来得差不多了。"

柳秋玲:"我爸还没来呢。"

赵书和:"没事。"

赵山:"嫂子来。"

灶台前,黄艳丽在忙碌着:"山子,把菜给端上去。"

赵山过来:"没问题。"

赵山端菜给桌子上摆:"来来来,慢点啊。"

正说着,柳三喜进了院子:"书和哥、书和哥。"

赵山一愣:"柳家来人了、柳家来人了。"

赵大柱笑着:"三喜来了。"

柳三喜:"来了。"

赵书和:"来了。"

柳三喜:"书和哥。"

柳三喜:"秋玲姐,新婚快乐。"

柳秋玲:"快请进。坐!"

三喜身后跟着几个柳姓村民:"新婚快乐。"

柳秋玲回礼:"谢谢、谢谢。"

柳秋玲问柳大满:"咱就这几个人呢。"

柳大满沮丧地:"我都挨家挨户叫了,硬拉都拉不来。"

赵山过来:"书和,这柳家人也来了,时间也差不多了,开席吧。"

赵书和:"再等一下。"

赵元宝:"还等啥呢?肚子都饿了。"

赵书和:"我之前说过,今天不光是我和秋玲的婚事,也是姓赵的和姓柳的喜事!这人都没到齐,咋开席呢嘛。"

说罢对柳大满说道:"大满,我和秋玲结婚,你不是送了只羊嘛。杀了。"

柳大满一愣:"今天就杀?"

赵书和:"我就不信了,我今天一定要让全村的人喝上我的羊汤。"

赵山喜不拢嘴,高声喊道:"元宝!二梁!杀羊了!"

众人一片激动:"好!"

⊙ 柳家坪村委会屋内 日 内

柳大满快步走了进来,来到桌子前,打开扩音器,对着话筒喊。

柳大满:"乡党们,乡党们,都在家呢,知道今天是个啥日子吗?今天是咱柳家坪柳秋玲和赵书和结婚的日子,这绝对是个大喜的日子。咱村已经好长时间没有喜事了,我再跟大家宣布一个更大的喜事,柳秋玲和赵书和人家要杀羊呢。你都想一下,这羊啊,煮到锅里,那肉白白的,嫩嫩的,那羊汤你再盛到咱这碗里,那上面漂着一层亮晶晶的油啊,再把你家那馍往里头一掰,一块一块的,这就是咱柳家坪的羊肉泡啊,你想一下,那喝到嘴里、胃里都暖暖的。"

说罢端起茶缸喝了一口水。

柳大满声情并茂地:"美得很呀乡党们,不要在屋里再待着了。"

⊙ 柳家坪村头 日 外

柳多金和柳根听着大喇叭,心神不定。

柳多金咽了一口唾沫:"管他啥规矩,咱先喝饱了羊汤再说!"

柳根:"那走?"

柳多金:"走!"

⊙ 柳家坪老井旁 日 外

大喇叭里柳大满的声音更大了:"都来柳秋玲和赵书和家参加婚礼,都来柳秋玲和赵书和家喝羊汤。"

两个村民对视一眼。

村民:"走。"

村民甲:"婶,刚才喇叭说了,今儿个秋玲结婚呢,让喝羊汤去呢,走嘛。"

村民乙:"走些,走些。"

柳光泉走了过来。

村民乙:"叔。"

柳光泉:"今天秋玲结婚,咋说都是咱柳家的大事嘛,走走走,咱去给凑个热闹,走。"

⊙ 柳家坪赵书和家院子内 日 外
众人围着一大锅热腾腾的羊汤看。

赵二梁兴奋地:"这羊是我杀的,我和元宝杀的。"

赵大柱:"美得很、美得很!"

夏大禹:"你俩得是没见过啥嘛。"

柳根:"你见过?"

赵大柱媳妇:"行了行了,都起开、起开。"

⊙ 柳家坪赵书和家上面高处一矮墙 日 外
矮墙后面,柳满囤、柳满仓哥俩趴在上面,居高临下观望着院子里的动静。

柳满仓似有心动:"都去喝羊汤了。"

柳满囤讥讽道:"柳家的人嘛,丢人的。为了那碗羊汤脸都不要了。"

柳满仓:"要不,咱看看去?"

柳满囤阴沉着脸:"咋了,你也想喝人家的羊汤了?"

柳满仓口是心非地:"我才不想喝羊汤呢。我是说去看一下,谁喝羊汤了给他记下来。"

⊙ 柳家坪赵书和家院子内 日 外
夏大禹看见柳光泉走了进来:"支书,柳大伯来了、柳大伯来了。"

柳秋玲激动迎上:"爸!爸!快进来。"

柳光泉:"书和,办得可以。"

赵书和:"差不多都来了。"

柳光泉四下看看:"书和,你爸呢?"

赵书和黯然:"还没出来呢!"

赵书和:"爸,你先坐嘛。"

柳光泉:"好好好,我坐哪?"

赵书和:"坐这。"

柳光泉:"好。"

夏大禹:"大伯来。大伯坐这里。"

柳光泉跟随落座。

赵山看着赵书和："书和，你老丈人都来了，开席吧。"

柳大满看着赵山杠紧闭的屋门，眉头紧皱："不能开、不能开。山杠叔还没出来呢，咋开嘛！"

众人闻言无奈沉默。

柳大满望着赵书和："咱们该用的办法都用完了，你爸还是不出来，咋办嘛。你不是说你有办法的嘛？啥办法？这人都来得差不多了。"

赵书和未置可否。

⊙ 柳家坪村口 日 外

国文的车驶进村子。

⊙ 柳家坪赵书和家上面高处一矮墙 日 外

柳满囤、柳满仓望着底下院子里的动静。

村妇："葱要不要，等一下、等一下。"

柳满囤："柳家的，丧眼得很，为了一碗羊汤全跑来了。"

柳满仓不停地舔着嘴唇："你看那一大锅油乎乎的羊汤，放点辣子，再泡个馍，美得很嘛。"

柳满囤白了一眼满仓："你就是想喝人家羊汤！"

柳满仓："我就是喝了羊汤也不同意这门婚事嘛。"

柳满囤："回！"

柳满仓不情愿地："你不下去看一下？"

柳满囤："走走。"

⊙ 柳家坪赵书和家院子内 日 外

国文进来院子："书和！"

国正行跟在身后，国正行："书和。"

赵书和惊喜地上前："伯伯！"

柳大满："国文。"

赵书和："国文！你们来了。"

国文笑着："必须来嘛。"

国正行看着赵书和："国文跟我介绍了你们的婚礼，不容易，通过了阻力走到今天，所以说无论如何我和国文都要参加你们的婚礼。"

赵书和："就等你们来呢，这是秋玲。"

柳秋玲莞尔一笑："伯伯好。"

国正行："秋玲，你好，你好。书和是我看着长大的，念书、参军、复员回家，有志气。你我不太熟悉，不过呢，他看上的人呢。"

说罢伸出大拇指："是这个！祝贺你们，祝你们白头偕老，早生贵子。"

赵书和和柳秋玲："谢谢、谢谢。"

国正行看看四下："你爸呢？怎么没见他呢。"

赵书和："我爸在屋里，咋都不出来嘛。就等你来呢。"

国正行："嗯。"

说罢走到屋门前，敲门。

国正行："山杠，我来你们家来喝喜酒了。"

国文对赵书和说道："你给我的任务我完成了。"

赵书和："好着呢。"

突然，屋内传来赵山杠的声音："谁啊？"

国正行："我啊，国正行。"

赵山杠开了门。

赵山杠激动地："国大哥！快快快快快。"

国正行走进去。

屋门被关上。

柳大满恍然大悟："书和，这就是你说的办法？"

赵书和得意不语。

⊙ **柳家坪赵书和家赵山杠屋内 日 内**

赵山杠打量着国正行："国大哥，你咋来了？你看，你还是当年离开半山村的那副模样，一点都没变。"

国正行："老了、老了。你坐、坐这。"

赵山杠："好。"

二人在炕头并排而坐。

国正行："我呢，在听说半山村遭了灾之后，我这心里挺着急的，我就想过来看看，但是这两年我这身体不争气，听国文告诉我，书和和秋玲今天要举行婚礼，我太高兴了，我无论如何得参加这个婚礼。一来给他们祝贺，二来看看你，也来看看乡亲们。"

赵山杠顿时脸色阴沉："国大哥，你不知道，书和这娃……"

国正行："这事，兄弟，我得要说你几句。赵家人和柳家人不能通婚这个规矩，早就应该破了，我是个什么人，你是了解的，我一辈子带兵打仗，咱共产党的军队凭什么以弱胜强，以少胜多，走到今天！其中最重要的一条，是团结。上上下下团结一心，没有克服不了的困难，没有打败不了的敌人。柳家人和赵家人不能通婚，就是因为历史上那么一点疙瘩，永远地仇视起来，这合适吗？这不好！"

赵山杠："国大哥，我不怕说一句丢人的话，我把这老命都扑上，我跟人家把话都说绝了，都说死了，我这么大个人了，我总不能说话不算话嘛。"

国正行："兄弟，要我说，书和和秋玲这个婚姻，这是后生们做的一件好事，咱们做长辈的，无论如何得支持他们，你刚才说的那些话，我理解，你不就是个面子吗？你说是你的面子重要，还是娃们的幸福生活重要？"

⊙ 柳家坪赵书和家赵山杠屋门外 日 外

屋门外。

国文望着屋门："书和，你放心，交给我爸，一定没问题，一会我给你们多拍几张照片。"

赵书和："好嘛。"

柳大满望着国文手里的照相机，羡慕地："你这东西洋气得很嘛。"

⊙ 柳家坪赵书和家赵山杠屋内 日 内

赵山杠抬眼望着国正行，心里耿耿于怀："那你说，这两个娃的事情，他俩就决定了！"

国正行："当然，好事啊！赵家柳家，团结起来，咱们这个村的面貌才能真正地改变！他们俩带了个好头啊。"

⊙ 柳家坪赵书和家院子内 日 内

屋门打开，国正行笑着走出屋门来到院子："来来来。"

赵山杠跟在后面走了出来。

村民们:"好!出来了。"

众人鼓掌。

赵书和神情激动:"放炮。"

柳大满兴奋地:"开席、放炮!"

画外音(赵雅奇):我父母的爱情,炙热而深沉,他们更执拗地要以他们的婚姻来化解两村人百年的矛盾,在他俩的坚持下,终于打破了两个姓氏永不通婚的坚冰,一年后,我出生了。父母给我取名,赵雅奇。

⊙ 柳家坪赵书和家院子 日 外

字幕:1996年。夏。

柳光泉在带着已经四岁的外孙女赵雅奇玩。

柳光泉:"油馍,串串,猪肉,扇扇,我娃是个福蛋蛋。"

说罢唱了起来:"福蛋蛋的那个开花哟,红艳艳。"

赵书和过来:"爸,你还是搬过来吧,这白天看娃,晚上还要回去,来回跑辛苦得很嘛。"

柳秋玲:"就是,爸,书和说了好几回了,你就过来住嘛。"

柳光泉:"爸也看了,你俩都是心疼爸的娃,那你俩要都是商量好的话,那过两天我抽空就搬过来住,行吗。"

柳秋玲:"好着呢!"

赵书和:"这就对了嘛。"

柳光泉:"雅奇。"

赵雅奇:"嗯?"

柳光泉:"外爷搬过来以后可以天天陪着你耍,好不好。"

赵雅奇抬起稚嫩的小脸笑:"好。"

柳光泉:"雅奇,来,耍这个。"

说罢,语气凝重:"可惜娃他爷没福气,走得太早了,没有看到娃一下长这么大了。"

⊙ 山南县一建筑工地 日 外

柳大满领着一众柳姓青壮劳力在工地打工。

柳大满戴着安全帽走了过来,望着正在弯腰干活的柳多金:"多金,你得是下午要绑钢筋呢？"

柳多金抹了一把汗："就是。"

柳大满："你下午活一定要好好干呢，人家上会甲方不满意知道吗？还有，现在这活不好找得很，你要好好干呢，听见没有，竞争多激烈的。"

柳根给柳大满递烟。

柳大满摆手不要，欲走。

柳根跟在后面问："村长，你又干啥去呀？"

柳大满："找活去嘛，干啥去呀，走了。"

柳满囤嘟囔道："这监工的又胡挑事呢。"

⊙ 柳家坪村外田间 日 外

赵书和和柳光泉带着几个赵姓人，唱着秦腔去地里干活。

⊙ 县建筑工地工棚 日 内

一众柳姓青壮打工人回到工棚。

柳多金："我就奇怪了，这春田咋天天都不在呢？工地工地不见，棚子棚子不见，整天干啥呢嘛？"

柳满仓："人家春田看不上咱工地，肯定是出去拾破烂去了。"

柳根："你咋知道？"

柳满仓："我咋知道？春田天天晚上挤着我睡呢，我能不知道。"

柳满囤："这春田脑子真的是有问题呢，丢人嘛！"

柳三喜："你说这话就不对，人家拾破烂咋了嘛，城里人拾破烂跟咱那不一样，人家城里人拾破烂有公司，起名字叫啥，废品回收公司，人家……"

话音未落，只见柳春田穿着一件西装拎着一个西瓜来到工棚。

柳根接过西瓜："春田啊，今天这个瓜看着比昨天大嘛。哎，你这穿了个啥？"

柳春田一脸炫耀："见过嘛？西服。"

柳根："你能的，还西服。你把那裤腰带勒到脖子上，去人家那婚礼给人家当主持去呀。"

柳春田："我觉得你说的对着呢。人家那婚礼上的瓶瓶罐罐肯定多，我明天就去。"

柳多金："别说这，人家春田明天去婚礼现场，把新娘子拾回来了。"

柳春田："这早晚的事，拿刀去，杀西瓜嘛。"

柳多金："我去拿刀了，杀瓜了。"

柳大满走了过来："春田，来来，我给你说几句话。"

柳大满与柳春田来到了床边。

柳春田疑惑地："咋了？"

柳大满担忧地："你这一天天的，都不在工地上，干啥嘛？"

柳春田："我拾破烂去了，拾破烂挣得又多，还不累。在工地上干一天，把人弄的腰疼的。"

柳大满埋怨地："你不干了也得跟我说一声，我得给人家工地上有个交代，这都是一个萝卜一个坑。"

柳春田："你都不知道，大满哥，人家那城里不要的好东西多得很，我那天拾破烂的时候我拾了个啥？信封，一打开，你猜是个啥？"

柳大满不语。

柳春田："我的妈呀，金戒指！金的！"

柳大满："戒指呢？"

柳春田："我卖了。"

柳大满："好，你要真的想干拾破烂这活我不拦你，但我必须交代你几句，咱穷归穷，该捡的捡，不该捡的不能捡，咱不能丢了柳家坪的人，知道吗？"

柳春田："知道。"

有人喊柳春田去吃瓜。

柳春田走过去，吃起西瓜："美得很。来来来，好吃得很。甜着呢。"

⊙ **山南县建筑工地工棚外电话亭 夜 外**

柳大满在商店买了一瓶醋。

柳大满："来，一块五。"

突然 BP 机响。

柳大满："我回个电话。"

老板应声。

柳大满拨通电话，手握话筒："乡长，你寻我呢？"

话筒里聂爱林的声音："大满，你咋回事嘛？就你村上退耕还林的亩数报不上来！人家全乡其它村都报上来了，就差你一个村了。我跟你说，你不要影响人家其他村拿不到款。"

柳大满："书和在村里面嘛，这事你寻书和。"

聂爱林："你是村主任嘛书和是村主任？"

柳大满："我不是在城里忙着呢嘛，乡长。"

⊙ 泥河乡政府聂爱林办公室 夜 内

聂爱林不悦地："你忙啥呢忙，你忙着挣钱呢，村上的事都不重要了得是！"

话筒里柳大满的声音："重要、重要。那是这，我过两天我就回去，行吗？"

聂爱林："啥过几天，我跟你说，明天早上一起床就给我往回走，这很简单嘛，二十五度以上的坡地，你把那量完了数字赶紧给我报上来就完了嘛，就这么个事还弄不了，就这！"

说罢挂了电话。

⊙ 泥河岸边 日 外

国文站在岸边凝神地看着泥河。

几个人在一旁拿着仪器勘探测量。

刘刚："国副县长，已经勘测完了，我给你汇报一下。"

国文一摆手："具体的数据，你就不用给我说了，小刘，这一带水文和地质的情况你们一定要详细地掌握。"

刘刚："你放心。"

国文："行了，我现在要去一趟泥河乡办一点事，顺便去柳家坪看两个朋友，就不在这陪你了啊。辛苦啊，小刘。"

刘刚："应该的，国副县长我不送你了啊。"

国文："好！好。"

⊙ 柳家坪柳大满家院子 日 外

柳大满从外匆匆回来。

柳大满："艳丽！艳丽！"

黄艳丽一怔："咋不打招呼就回来了。"

柳大满拿出腰上插着的BP机，得意地："看。"

黄艳丽看着："把你美的，这是个啥嘛？"

柳大满掏出BP机："这叫BP机，你别看这小，这厉害得很，功能强大得很，你

149

打个电话这就响呢,然后你再寻个电话给人回个电话,两人就联系上了,厉害吗!"

黄艳丽:"这美得很嘛,给我也买一个。"

柳大满:"你要这干啥,你天天在家呢。"

说罢问道:"枫枫娃呢。"

黄艳丽:"娃在屋头里。"

柳大满:"枫枫娃。"

黄艳丽:"枫娃,来。"

高枫从屋里跑出来抱住柳大满。

高枫:"大满叔,你回来了。"

柳大满满脸疼爱地:"你想大满叔了没有?"

高枫:"想了。"

柳大满:"大满叔也想你得很呀。"

柳大满:"别急。"

黄艳丽:"快快快。"

柳大满:"看大满叔给你买了个啥。"

柳大满掏出小汽车:"小汽车。"

黄艳丽:"这么好看的小汽车。"

柳大满:"去玩一下。"

高枫拿着小汽车玩。

柳大满:"枫枫娃在咱家待了多长时间了。"

黄艳丽:"也快一个月了吧,这不我正收拾东西呢,明天打算把他送到赵家那边去。"

柳大满:"不送了。"

黄艳丽:"咋?"

黄艳丽:"咱让枫枫娃给咱俩当儿子,你看行不?"

黄艳丽:"真的,那太好了。"

柳大满:"我爸妈要是知道咱有个娃了,肯定也高兴。"

柳大满说着叫高枫到身边:"枫枫娃,来来来,来,你过来。枫枫娃我问你,看着我,从明天开始你把大满叔叫爸,把你艳丽婶叫妈,好不好?"

高枫:"不好。"

黄艳丽不悦地:"为啥。"

150

高枫："我有爸。"

说完跑了。

⊙ 柳家坪村口 日 外

国文的小汽车进了村子。

⊙ 柳家坪村委会屋内 日 内

赵书和靠着桌子站着，忧心忡忡。

柳大满进来。

柳大满："书和，我还以为是啥事呢，乡长给我打电话让我专门跑一趟，多大个事嘛。看把你给愁的，这退耕还林，不就是咱村那坡度在二十五度以上的耕地，退了，种上树不就完了嘛。"

赵书和："还用你说，我都研究半天了。你看，咱废了这么大的劲开了荒地种了粮，说退就退了？我想不通嘛。"

柳大满瞪起了眼睛："有啥想不通的，当年国家让咱开荒，咱就开荒，现在让咱种树，咱就种树。咱跟着国家政策走不就完了嘛。"

赵书和："你说的简单，跟着政策走，到时没粮了，我看你咋办！'两征'的时候交不上去，我看你咋弄！"

柳大满："所以人家国家又是补钱，又是补粮的嘛。"

赵书和："钱钱钱，你呀！你就认得钱。"

正说着国文进了屋子："吵啥呢？"

柳大满一怔："国文！你咋来了。"

赵书和："国文，你坐、你坐下。"

柳大满："你咋跑来了。"

赵书和："正好，你来得正好，我跟你说，退耕还林这政策不合理嘛。"

国文望着赵书和："这咋不合理了。"

柳大满："我刚跟他说了老半天了，他就说不通嘛。"

国文："是这，这些年由于西部地区这个贫困的问题，大家盲目地毁林开垦，进行陡坡耕种，造成了水土流失，造成了泥石流等自然灾害，严重地破坏了国家的生态环境。"

赵书和："国文，你说的道理我都知道，咱半山村就是让泥石流冲没了嘛，对不？我也知道种树的重要性，但问题是咱开的荒地之前就没有树嘛。"

国文："别急，你先坐下、坐下。你俩都坐下。"

赵书和："我不坐了，你说吧。"

国文："咱们国家为了保护生态环境，决定将容易造成水土流失的耕地和沙化的耕地，有计划分步骤地停止耕种。就像你刚才讲的，原来没有种树的荒地现在都要把树种上去，这样可以避免水土流失的危险。"

赵书和："国文，你是不知道，我眼睁睁地看着这个耕地被收走了，我心疼得很。"

国文："书和，我知道你对土地有感情，但是你要是和国家、和社会发展的大局融合在一起，那就更好了。"

柳大满瞪着赵书和："你看国文说得多好，咱的目光要看远一点嘛，你这个子比我高的人比我这个子低的看的还近。你的目光要看远一点，国文，你接着给他上课。"

国文："上啥课嘛，我今天来还要告诉你们两个人一个好消息。"

柳大满和赵书和："啥好消息。"

国文："为了加快脱贫的步伐，山南县政府和银行做了协调，现在要给柳家坪三万块钱的贴息贷款，鼓励农民种地。"

赵书和："这还真是个好消息。到时候农民用贷款种地、买农具、买化肥啥的，好着呢、好着呢。"

柳大满有些迫不及待："国文，这三万块钱贷款啥时候能到位呢。"

国文："手续一齐，马上就到位了。回头你们商量一个方案给我报上来。"

柳大满："书和，那这退耕还林这事你当着国文面你说一句，定了啊。"

国文："是，表个态。"

柳大满："说话。"

赵书和："定了定了定了。"

柳大满："太好了，你看国文亏了你来了，要不然这个死脑筋他就死活转不过来嘛。"

国文："给你们带来这么好的消息，你们咋表现一下，我现在还没吃饭。"

柳大满："那到我家吃饭，我家包饺子。"

赵书和："那走吧、走吧。"

国文："走！"

⊙ 山南县县政府会议室 日 内

县政府常务会议，林县长以及其他县部门领导在座。

林县长："同志们，今天的会，是关于泥河水坝工程项目的专题会议。国文同志，你谈一下。"

国文："好，说实话，泥河水坝这个工程确实是非常的艰难，但是我们通过六年的努力，现在完成了立项和一系列手续的审批，资金是由省市县三级财政共同承担。"

财政局长："即便是有省市两级政府的配套资金，但对咱县财政来说这也是相当大的一笔开支。"

国文："张局长，这水坝的建设是对洪灾治理最好的举措，财政有困难你克服一下嘛，你只要是渡过了难关，水坝要是建成了，那就是功在当代、利在千秋嘛。"

林县长："我今天表个态，咱山南县就是砸锅卖铁，也要把配套资金和后续建设承担起来。国文同志，省市两级配套资金的申请就你多费心，毕竟你比较熟悉。"

国文一脸坚定："好，我去跑，我去把这个资金落实了。"

林县长："好。"

⊙ 柳家坪柳大满家屋内 夜 内

高枫看着小画书上的大狗熊问柳大满："叔，你会学大狗熊叫不？"

柳大满："叔没有见过大狗熊，不会。"

黄艳丽端着馒头进来。

黄艳丽："你叔不会叫狗熊叫，你叔会驴叫呢，让他给你叫。"

柳大满随即学着驴叫。

黄艳丽："好了好了，行了，来吃饭了。"

柳大满："好，走，咱吃饭，看你婶做啥好吃的。"

第八集

⊙ **柳家坪柳大满家 夜 内**

柳大满把高枫抱到桌子前。

柳大满:"来,就坐在这。"

三人开始吃饭。

黄艳丽:"娃,你吃不了一个馍,吃半个,好吗?"

柳大满:"好,来,给。你看,婶子做这么多好吃的。"

说罢夹起肉菜大口吃了起来。

黄艳丽:"你看你不长眼的,肉给娃吃嘛,娃正长身体着呢,真是的。"

柳大满:"好好好好。"

黄艳丽给高枫碗里加肉:"枫娃,吃肉。"

柳大满:"对。"

黄艳丽:"你多吃点肉,长得高。"

黄艳丽:"婶子做的饭好吃吗?"

高枫:"好吃。"

黄艳丽:"好吃就多吃点。"

高枫:"叔,再学一个驴叫呗。"

柳大满:"你让叔先吃饭嘛,吃完我才有劲再给你叫,好不好?"

高枫:"不好。"

柳大满笑。

黄艳丽："吃饭，吃饭，先吃饭。"

柳大满："枫娃，叔给你说，你不只是在大满叔家和你婶儿家吃过饭，你在咱全村都吃过饭，所以你长大了以后，等你有本事了，挣了钱了，你得记着大家对你的好，好不好？"

高枫："好。"

柳大满："能记住不？"

高枫："能。"

黄艳丽："乖得很。"

柳大满："乖得很。"

⊙ 柳家坪赵书和家 夜 内

赵书和、柳秋玲在说话。

赵书和："秋玲，我把咱屋那五亩坡地都退了。"

柳秋玲："想通了？"

赵书和："想通了。"

柳秋玲："真的？"

赵书和点头。

柳秋玲："喝点不？"

赵书和："好嘛。"

柳秋玲："我拿酒去。"

柳大满大步走了进来。

柳秋玲："大满来了。"

柳大满四下看看："嫂子，光泉叔和雅奇没在？"

柳秋玲："在我爸那屋写作业呢。"

柳大满："我跟书和聊点事。"

柳秋玲："我烧水去。"

柳大满："好，好，好。"

柳秋玲拿着水壶出去。

柳大满掏出一张纸。

赵书和："啥嘛？"

柳大满："我大概先算了一下，咱村那退耕还林这么报，你看行吗？"

说罢将手里的纸递给了赵书和。

赵书和接过一看，愕然地："六十亩？咋算的？"

柳大满："就这么算的，我跟夏大禹折腾了一下午呢。"

赵书和脸色不悦地："咱村有多少符合规定的坡地，我不清楚？之前三十亩，后面我带人撅屁股流汗又开了不到二十亩，这十几亩哪来的？你变出来的？"

柳大满："村东头那十几亩也算上了嘛。"

赵书和："东边那根本就不是坡地嘛。"

柳大满："那咋能不是坡地呢嘛！"

赵书和："那不到二十五度嘛。"

柳大满瞪着赵书和："你量过？"

赵书和："我开的我当然量了。"

柳大满："人家也不可能跑到咱村来专门量那够不够，再说了，别的村肯定比咱报的多得多。"

赵书和一脸固执："别的村咋报，我不管，咱不能这么报。"

柳大满："那到底咋报嘛。"

赵书和："实事求是嘛，该多少亩多少亩嘛！"

柳大满："书和，你算一下啊，这每亩地一年一百多公斤粮食，还有二十块钱补助呢，这连续五年，这是多少钱？"

赵书和严肃地："柳大满，你想一下，你当村主任的，你哄上头，你底下人呢？跟你一样？哄你！以后工作咋干嘛？你这是带了个坏头！"

柳大满："你不要把这事说得这么严重嘛。"

赵书和："咋没有这么严重。"

柳大满："这钱又不是进了我的兜了，我还不是为了老百姓，为了咱村的村民！"

赵书和："好了好了，不说了，就这么定了，重算！"

柳大满："死脑筋。"

说罢要走，柳秋玲进来。

柳秋玲："大满，喝水。"

柳大满气呼呼地："饱了。"

柳秋玲一头雾水："咋了？"

说罢来到赵书和身边。

柳秋玲："你俩又咋了？"

⊙ 天阳市财政局办公室走廊 日 内

财政局长拎着公文包正要出去。

国文将其拦下。

国文:"陶局长,你好,陶局长。你是要出门呀?"

陶局长:"对啊,我要去开个会,你这是?"

国文:"陶局长,你看,还是这泥河水坝的事情嘛,这泥河水坝的建设是事关泥河流域治理的关键举措,现在市里、县里都非常重视,你看咱市财政这块能不能支持一下,拨给我们一点钱?"

陶局长面露难色:"国副县长,我这里也是四处漏水的船,今天人大会上通过的市本级财政预算,最多只能保证百分之七十,这还是蚂蚱腿上刮油,精打细算,我这也实在是没钱给你呀。"

国文一脸诚恳:"陶局长,你说的情况我理解,你看我都来了,你也别让我空着手回去嘛是吧,你这油还是刮下来一点给我嘛,你支持一下我们嘛。"

陶局长有些不耐烦:"我实在是没钱给你,不过,我可以给你提供一条很有价值的信息。"

国文眼前一亮:"啥信息?"

陶局长:"省财政厅最近给省水利厅拨发了一笔水利建设基金,你可以去找他们,在这条大象腿上刮刮油,比我这油水多多了。行,那我要开会了,我先走了。"

⊙ 柳家坪中心小学操场上 日 外

两个老师在学校空地聊天。

柳秋玲抱着一沓学生作业走过来:"你们转公办教师的考试报名了没?"

男老师:"没有报,我这底子太差,报了也恐怕考不上,我就不费那劲了。"

柳秋玲:"王老师呢?"

王老师:"我也没有,秋玲你报了吗?"

柳秋玲:"我想试一下。"

王老师:"你可以,你大学考得好,一定能考上。"

柳秋玲:"那不是也没考上吗?我是想,要是真能转公办的话,咱们老师的工资有保障不说,也能给娃们争取更好的条件。"

王老师顾虑重重:"我也是怕考不上嘛。"

柳秋玲鼓励道："试一下嘛，不试一下咋知道呢？"

王老师犹豫地："那我想一下。"

柳秋玲："好嘛。上课了。"

王老师："上课了，快，走。"

⊙ 石头村叶小秋家屋内 日 内

赵细妹、叶小秋和儿子狗蛋及父亲叶鳖娃正在围桌吃饭。

叶鳖娃给孙子夹菜："狗蛋，多吃点。"

赵细妹："小秋，咱好长时间没有回去看我哥和嫂子了。咱啥时候回去一趟呀？"

叶小秋："你不说，我都没感觉，时间过得太快了。是这，明天，明天不管说啥都要带狗蛋去看下咱哥和嫂子。"

叶鳖娃："对！带上两只大公鸡，空手不好看。"

叶小秋："行，这油泼面香得很啊。"

⊙ 山南县某公司大堂 日 内

柳大满带着柳三喜来到公司大堂沙发前。

柳三喜四下看看："大满哥，这地方豪华得很嘛。"

柳大满："赶紧，坐坐坐、坐。"

柳三喜："大满哥，这啥地方嘛？高档得很。"

柳大满："这只是人家公司的大堂，看你那没见过市面的样子。"

柳三喜坐在沙发上："这皮软得很嘛，这地光得很嘛，都能当镜子了。"

柳大满："你别乱动，你别动了，弄坏了要赔呢！你再胡整，下回就不带你出来了。"

柳三喜："好。"

柳大满："别动了，别动了，老实点。"

一位女秘书袅袅婷婷地走了过来，莞尔一笑："你好。"

柳大满："你好、你好。"

女秘书："您是柳先生对吧？"

柳大满："我是柳大满。"

女秘书："您请坐、请坐。这样的，我们高经理一会儿就到，这是合同，您先看一下，好吧。"

柳大满接过合同："好，我看一下。"

看完说道："我看这工期啥的都对着呢。"

这时，高经理走了过来："抱歉！让二位久等了，久等了。"

女秘书："高经理，您来了。"

柳大满起身："高经理。"

高经理："快坐、快坐。怎么样，合同都看了吧？"

柳大满："高经理，我想在签这个合同之前，能不能把我上回的尾款给我结了，我这兄弟们都等着呢。"

高经理："你放心，肯定给你结，咱们今天先办新项目的事，好吧，来来来。"

柳大满："好好好。"

⊙ **县建筑工地工棚 日 内**

柳春田等人在一块喝酒吃饭。

柳春田："我给你几个买的包子，一人一个，不敢多拿，吃！"

柳多金："对着呢、对着呢，破烂大王柳春田买的包子。"

柳根讥讽地："春田，你也太抠门了，买个包子还按人头数着买。"

柳满仓："就是嘛。抠门！"

柳春田："这不是钱？这不是钱买下的？"

柳满仓："柳春田，我吃你个包子，你钱钱钱，你在我们这住了，是不是要收你住宿费啊？"

柳根："就是的嘛。"

柳春田不悦地："人家大满哥都没有说啥，你们几个在这叨叨叨、叨叨叨，叨叨啥呢嘛？"

柳满仓："看在包子的面子上啊，让你住一晚上。明天，明天再接着买啊。"

柳根："明天就该羊肉泡馍，包子都不行了。"

柳春田："快快快，吃包子。"

柳大满和柳三喜走了进来。

柳大满："还有包子呢？"

柳春田："我买的。"

柳大满一笑："春田今天表现好啊。"

柳满仓："破烂包子嘛。"

柳大满:"给你们讲一个今天的好消息,我先卖个关子,我先不说,让三喜给大家说一下,他今天都看见啥了?三喜,你说。"

柳三喜:"好,我给大家说,我今天跟大满哥去那个叫啥?大公堂去了。"

柳大满:"不是,那叫公司大堂。"

柳三喜:"对对对,公司大堂。公司大堂,你们听我说嘛!就说错一句话嘛!"

柳春田:"你说。"

柳三喜:"我跟着大满哥进去之后,里面呀美得很,豪华得很,高档得很。签合同的时候,有个女娃,长得漂亮得很、漂亮得很。人家手里拿着个文件夹,柳先生,签一下我们这个合同,好不好?"

柳大满:"我再给咱说个好消息,咱下一个活的合同,今天签了啊。"

众人喜不拢嘴:"好着呢嘛,太好了。"

柳大满:"为了庆祝今天都是好事,给大家买些好吃的,来来来。"

众人:"包子不吃了。"

BP机响。

众人:"美得很,筷子、筷子。"

柳大满:"你们先吃着,我去回个电话。"

众人:"好好好。"

⊙ **山南县一建筑工地工棚外电话亭 日 外**

柳大满回电话。

柳大满:"聂乡长,你打电话寻我?啥事嘛。啥?这三万块钱的贴息贷款到位了,快得很嘛,那我赶紧收拾一下就回去,对对对,没问题,再见、再见。"

⊙ **柳家坪赵书和家屋内 日 内**

赵细妹一家三口与赵书和一家四口在吃饭。

柳秋玲喂女儿赵雅奇吃饭。

柳秋玲:"好吃不?问问弟弟。"

赵雅奇看着狗蛋:"弟弟,妈妈炒的木耳可好吃了,你爱吃吗?"

狗蛋:"爱。"

赵雅奇:"那你就多吃一点。"

众人笑。

柳秋玲："来。"

赵细妹："你看看，雅奇就比狗蛋大一岁，看着这么懂事的。"

柳光泉笑着："关键看她外爷带得咋样嘛。"

柳秋玲："爸，看你美的。"

叶小秋："大伯有这么好的外孙女咋能不美嘛，我们当姑、当姑父的都高兴。"

赵书和："小秋，你现在是石头村的村支书了，人家选你说明信任你，你现在不是一般的村民了，肩膀上有担子了，知道吗？"

叶小秋："哥，我们石头村条件比不上你们柳家坪，要是以后你们有啥好事，把我带上。"

赵书和："还用你说？我还指望我妹跟着你过好日子呢，好好干，可不敢让我妹把你看错了。"

叶小秋点头："你放心。"

柳光泉："书和说得对，做人啊一定要有志气，有志气的人苦一阵子，没有志气的人苦一辈子。我也看了，你们这些年轻人都有志气，以后咱这日子会过得更好。"

柳秋玲笑："好着嘞。"

赵书和："好着呢。"

叶小秋："对着呢。"

⊙ 柳家坪村委会屋内 日 内

夏大禹走过来对赵书和说道："支书你看，总共多少亩地我算出来了。"

赵书和："算出来了？"

夏大禹："都对着呢。"

赵书和："赵家的呢？"

夏大禹："赵家的我现在算。"

赵书和："我看一下。"

夏大禹："你看。"

说罢将手里的账单递给赵书和。

柳大满走了进来。

夏大禹："村长回来了。"

柳大满："忙着呢？"

赵书和："这不是主任嘛。"

柳大满甩头。

赵书和:"你咋回来了?我之前找你商量个事,比登天还难,咋了?"

柳大满:"国文那三万块钱贷款得是到位了?"

赵书和惊讶地:"消息灵通得很嘛。"

柳大满笑着:"我是谁嘛,我闻着就回来了。"

夏大禹:"正好两个领导都在呢,领导商量一下看咱这事咋弄呢嘛。"

柳大满:"我回来的路上都想好了,平均分配嘛,一碗水端得平平的,你看,让咱村各家各户每个人都享受这党的好政策。"

赵书和:"啥?平均分配?"

柳大满:"咱村这伙人都没有见过银行长啥样子,银行门都寻不见,让每个人都贷一点点,多好呢。"

几个村干部进入。

赵山:"老远都听着村主任的声音,主任你回来了?"

村民:"主任。"

赵亮:"书和,该通知的人都到了。"

赵书和:"开会了啊。"

夏大禹:"坐坐,都坐、都坐。"

柳大满:"咱一块聊一下、咱一块聊一下。"

村干部甲:"我听说今儿这会是关于贷款的会?"

村干部乙:"啥时候发钱呢,能发多少?"

赵亮:"听书和说。"

赵书和:"是这,这次贷款呢,是政府给咱种地的专项贷款,不是救济款。我是这样想的,就按种地的亩数分,多种的多贷,少种的少贷,不种的不能贷。"

村民甲:"那不公平嘛,那我村不种地的人就分不了钱了?"

赵书和:"没有钱嘛。"

村民乙:"那国家政策肯定不是那样子的,钱都要你们拿走,我们都不要了,得是?"

村民丙:"人人都有份的嘛。"

柳大满:"书和,你这明摆着咱赵家种地的人多,我柳家的都在外头打工呢嘛,你这么一弄,两家人弄到一块,万一打起来可咋弄呢嘛。"

村干部甲:"就是的嘛。"

赵山:"主任,你也说了,你柳家人都跟你在外头打工挣钱着呢,屋里没人种地嘛,还想拿贷款呢?一个萝卜两头甜呢?"

赵亮:"就是的嘛。"

村干部甲:"你这话说的就不对,那不能给你赵家人贷,给我柳家人就不贷了,那啥事都要公平呢嘛。"

赵书和:"你等一下,你等一下,是不是不知道啥是贷款?"

村民:"咋不知道?国家给的钱嘛。"

夏大禹:"行了、行了。那钱可不是白给你们的,到时候得还呢。"

村干部乙一怔:"还呢还?"

夏大禹:"那当然了。"

赵书和:"还有利息呢。"

村干部甲:"啥?还有利息呢?"

赵亮:"你呀财迷,啥钱都想要。"

村干部甲:"大满哥,那你就没说清楚嘛。"

村干部:"主任,咋还有利息呢?"

柳大满又瞪起了眼睛:"你看,一个利息,一个利息看把你们几个吓得!他们能还咱不能还?咱先把钱贷下嘛,咱以后想办法不就完了嘛。"

村干部:"对对对,这话说得好着呢。"

赵山:"贷款还不上到时候要吃牢饭,你当开玩笑呢?"

众人七嘴八舌。

村民甲:"你能还上,我就能还上。"

夏大禹:"行了,行了,再别喊了,一个个还干部呢,喊啥呢喊,让领导商量一下嘛,咱都走,咱都走,快快快,走啊,还坐着干啥。"

村干部甲:"大满哥,我贷一个。"

柳大满:"对!"

村干部:"领导,我也贷呢啊。"

柳大满:"好好好。"

赵书和:"大满。"

柳大满:"你等一下,夏大禹,你觉得我说得对不对?"

夏大禹:"对着呢嘛。"

柳大满:"对着就按我说的办,按着平均分配把这账算得明明白白的,每个人贷

163

多少，明天早上交给我。我先回屋看一下啊，书和。"

说罢离去。

夏大禹望着赵书和："支书，我觉得这件事情你是对的，不种地就不能贷款嘛。"

赵书和："刚才你为啥不说话呢？"

夏大禹："我没敢吭气。"

赵书和："你没……"

夏大禹一脸憋屈地："我都跟了村主任这么多年了，我难得很，我这一天头大的。"

赵书和："好了好了。那是这啊，你要是同意我的想法，就按我说的去办。"

夏大禹："好，支书，你说的就是有道理，就应该按你说的办嘛。支书，我给咱再算一下。"

赵书和："好。"

夏大禹："我再算一下，这可不敢错，这得算好。十五亩……"

⊙ 柳家坪赵书和家屋内 日 内

柳秋玲在家复习。

柳光泉带着赵雅奇，给外孙女教唱秦腔。

柳光泉："我唱秦腔……名扬四海。"

赵雅奇："名扬四海。"

赵书和从里屋出来。

赵书和："爸，别唱了，秋玲马上考试了，正复习呢，这段时间你多带奇奇。"

柳光泉："你做啥呀？"

赵书和："我？我下地干活去。奇奇、奇奇，不敢大声，不要吵到妈妈，妈妈咋看书呢？"

柳光泉："要不是娃，我还能帮你干点活呢。"

赵书和扛起锄头："没事没事，我走了。"

柳光泉："好好。"

赵书和对埋头复习功课的妻子说道："秋玲，我干活去了。"

⊙ 柳家坪村委会屋内 日 内

柳大满拎着包匆匆进门："大禹。"

夏大禹抬头："村长。"

柳大满："贷款那事办得咋样了？"

夏大禹："我办完了。"

柳大满问道："按我的意思办的？"

夏大禹："我，我是按支书的意思办的。"

柳大满顿时不悦："我说的话当空气呢是不是？你听得进去听不进去？"

夏大禹："我能听进去。"

柳大满指责道："能听进去你按支书的意思办的？你得是忘了你咋来的柳家坪了？你咋当上这个会计你忘了？忘得干干净净的？我看你就是墙头草两边倒，你就是一边倒！"

夏大禹左右为难："村长，你说你两个领导说事情，你老拉着我站啥队嘛，我就是个耍算盘的，这队站不站能咋嘛。"

夏大禹刚说完，赵书和走进了村委会。

赵书和："咋了？"

柳大满没好气地："没事，好着呢。"

夏大禹："支书，贷款的事情我是按你的意思办的。"

赵书和："对着呢嘛。"

赵书和："大满，我给你说过嘛，你……"

柳大满不等赵书和说完话："我有事，我不跟你说。"

赵书和："大满！"

柳大满："我不说！"

说着气呼呼地走出村委会。

赵书和追出："大满！"

⊙ **柳家坪村委会屋内院子内 日 外**

赵书和追上柳大满："话没说完呢！你着急走啥嘛？"

柳大满："我赶时间呢！"

赵书和："赶啥时间？"

柳大满："赶车呢！"

赵书和："一个村主任，你说走就走了？村里事咋办嘛。"

柳大满："有你这村支书呢嘛，我在这也没啥干的！"

赵书和："我一个光杆司令有啥用嘛，你把那年轻的能干的全带进城里走了，地咋弄嘛。"

柳大满："没有都带走嘛，你那赵家的还有一堆人呢。"

赵书和："那柳家的地呢？不弄了？"

柳大满："咱都合村了，你看你现在可分这赵家的柳家的，你一块就全弄了就完了。再说了，我在那城里打工，那是签了合同、盖了章、摁了手印的，那是受法律保护的，我要把那活干不完人家要制裁我呢。"

赵书和："好好，走走走，走！合同重要，地不重要，走吧。"

柳大满："我带这伙人要挣钱呢。"

赵书和："去吧，干活去吧，好好干。"

⊙ 柳家坪老井旁 日 外

赵元宝与赵刚子跑来寻找二梁、大柱。

赵元宝："二梁哥，你得是把那款都贷了。你这胆子大得很嘛，还不上咋弄嘛。"

赵刚子："就是。"

赵大柱："人家书和都不害怕，咱害怕啥。"

赵二梁："元宝，咱没钱的时候穷的驴叫唤，现在国家有这么好的政策，那钱凭啥不贷嘛。"

赵大柱："对着呢。"

赵刚子："那么多钱你拿回来往哪放，放到家里丢了咋办？"

赵二梁："那咋能丢，你花出来那不就不丢了。"

赵刚子："往哪花呢？"

赵二梁扳起手指头："买种子，买化肥，买农具，你啥不要钱，以前穷的时候能种地，现在有钱了还种不了地了？"

赵刚子："那当然种地有钱了好嘛，但是我就害怕……"

赵二梁："但是啥呢但是，你呀就是前怕狼后怕虎，你啥都弄不成。我俩买化肥去，走。"

赵大柱和赵二梁起身就走，留下赵刚子与赵元宝。

赵刚子看着元宝："你贷吗？"

赵元宝："我贷嘛，我算一下这钱咋花，你看那种子跟化……"

赵元宝话说一半突然追向赵二梁两人。

赵元宝:"二梁哥,等一下,我问你那化肥是在哪里买的,多少钱嘛。"

⊙ 柳家坪赵书和家屋内 夜 内

赵书和和柳秋玲在说话。

柳秋玲:"要我说,大满也没错。"

赵书和一怔:"啥?"

柳秋玲:"以前咱们山里的娃没机会出去见世面,现在好了,国家鼓励咱们农民进城务工,让娃们去见见世面也是好的嘛。"

赵书和一脸忧虑:"那地咋办呢?"

柳秋玲:"有喜欢打工的,就有喜欢种地的,都是正常的,再说了,国家现在鼓励,你想拦着,拦得住嘛?"

赵书和一脸坚毅地:"你说得对,我拦也拦不住,好嘛好嘛。把村里的地都留给我,我种!"

⊙ 柳家坪柳大满家屋内 夜 内

黄艳丽嗑着瓜子在家里看电视。

柳大满阴沉着脸走进屋子顺手将电视关了,坐在桌前凳子上。

黄艳丽:"哎,你干啥呀,我那个童养媳电视剧快开始了。"

柳大满一脸郁闷:"看啥童养媳呢,看我就行了,我一天就是个童养媳,我受的就是夹板气。"

黄艳丽:"咋了,咋了?别生气了,赶紧吃饭。"

柳大满:"我不吃,以后村里的事我彻底不管了,让书和一个人管。"

黄艳丽凑了过来坐到柳大满身边劝慰:"对了对了,别生气了,我给你说,明儿陪我到城里耍个浪漫?咋样?"

柳大满:"要浪你自己浪去,爱咋浪咋浪。我明天去不成,有事呢。"

黄艳丽:"哼,每次让你陪我转,都有事呢。"

柳大满:"就是有事呢嘛。"

黄艳丽:"对对对,你有事,你有事,把你忙的,你是大忙人,你忙你的,我看我的电视。我不管,爱吃不吃,我的电视快开始咯。"

说罢打开了电视。

柳大满阴着脸独坐不语。

黄艳丽："别生气了，吃点饭吧。"

柳大满："我现在练的是气功，气功大师。"

⊙ 石头村村小树林 日 外

柳小江将编好的柳条帽给叶英子戴上。

柳小江："别动。"

叶英子摘下："我不要。"

柳小江："走，咱打枣子去。"

叶英子心事重重，站着不动。

柳小江："走嘛。"

叶英子还是不动，柳小江发现不对。

柳小江："咋了？你爸又说你了？"

叶英子："我爸张罗着要给我说媒提亲呢，你赶紧想想办法，也寻个人来我屋提亲。"

柳小江："咱俩好你爸知道，他张罗啥？"

叶英子："光好知道有啥用嘛！你得把这事定下来。"

柳小江："定下来，对，那你爸彩礼咋说？"

叶英子："我也不知道。你想办法把这事定下来，彩礼再说嘛。"

柳小江："能行。"

叶英子笑面如花点着头。

柳小江拉着叶英子的手作势要走。

柳小江："走，打枣子去。"

叶英子："我不去了，我是偷跑出来的，还得赶紧回去呢。"

柳小江："还早呢。"

叶英子叮嘱道："这事你赶紧想办法，别耽搁了。"

柳小江："你放心吧。"

叶英子将柳条帽子给柳小江戴上笑着跑了。

叶英子："快点想办法啊。"

柳小江望着英子俏丽的背影："好。"

⊙ 泥河乡政府聂爱林办公室 日 内

聂爱林愕然地盯视着一脸怨气的柳大满："啥？你？辞职不干了，你咋，身体有问题？"

柳大满："没问题。"

聂爱林的声音高起来："那就是你脑子有问题。"

柳大满："我脑子也没问题。"

聂爱林："脑子没问题，你是啥好好地不干了，又是跟谁咋了？"

柳大满："能跟谁咋么，我出了一大堆的好主意，根本就没人听么，没人配合么，你说这工作咋干，干不成了，我不干了。"

聂爱林："哎呀，你一天就是个娃娃性格，你俩商量着干嘛。那工作上的事情有啥嘛，你又辞职弄啥。"

柳大满苦笑一笑："你说让我咋干嘛，我根本就干不下去了嘛。我想好了，不干了。"

聂爱林神情严肃地："好。不吃凉粉腾板凳，写辞职报告。"

柳大满："我给你说一下就行了嘛，非得写啥辞职报告呢嘛。"

聂爱林："任职的时候，人家乡里给你有个任命书，凭啥你要辞职拿嘴一张就行了。"

柳大满："好好好，写，写就写，笔。"

聂爱林："给。"

柳大满："纸。"

聂爱林："写。"

柳大满拿着笔，一脸难色望着聂爱林："辞，辞字咋写。"

聂爱林："你羞你先人呢。"

电话铃响。

聂爱林站起接起电话："是！领导，对对对，你说，363……，对！那我等一下给他打电话。国副县长，我这还有个事，人家柳大满到我这来了说是要辞职不干了。"

⊙ 山南县政府国文办公室 日 内

国文坐在桌前手握话筒："大满辞职？为啥？"

话筒里聂爱林的声音："不知道嘛。"

国文："他人呢？"

⊙ **泥河乡政府聂爱林办公室 日 内**

聂爱林："在我旁边。"

话筒里国文的声音："你让他接。"

柳大满接过电话："国文，我我我。"

话筒里国文的声音："你咋，你要辞职不干了？"

柳大满："工作实在是太难了嘛，干不下去咧。"

话筒里国文的声音："工作难我理解，但是你辞职也得跟我商量一下嘛，咱一起不干了嘛，咋了嘛，柳家坪是个烂摊子，我才是个副县长，你一个这么大的主任都陷进去了。那咱俩一起不干算了。"

柳大满："国文，国文，你不敢再说了，你再说我这脸都不知道往哪放了，咱以后见面了好好聊，以后再说，我向你保证，我一定好好配合书和的工作，我保证，你等一下，还要跟乡长说，你等一下。"

聂爱林接过电话："喂，领导。"

话筒里国文的声音："聂乡长，我跟大满已经说过了。"

聂爱林："噢。"

⊙ **山南县政府国文办公室 日 内**

国文手握话筒："他呀，就是之前这不是选支书嘛，没选上。对乡党委包括我，还有书和都有意见，你回头劝他一下。"

话筒里聂爱林的声音："好嘛。"

国文："你跟他说，他这个主任的级别比较高，他要辞职必须我这个副县长亲自批准才行。"

⊙ **泥河乡政府聂爱林办公室 日 内**

聂爱林："好，对，我知道了领导。"

说罢挂了电话。

柳大满惴惴不安："他说啥？"

聂爱林："你猜。"

柳大满："我刚才要听你也不让我听，我哪能猜的见呢。"

聂爱林："人家领导说，你这个主任级别比较高，要辞职必须他亲自批准。"

柳大满一愣："我辞职，国文批准。"

聂爱林："对！来，我教你辞字咋写。先写个舌头的舌，写。"

柳大满略一思忖："乡长，是这，我回去写，我那儿有字典，我查一下好不好。"

聂爱林："我这就给你讲。"

柳大满："我写好了给你交。"

聂爱林："不用，就在这写。"

柳大满："我，回去写。"

说罢起身匆匆离去。

聂爱林："别急别急，把你能的，还辞职。"

⊙ 柳家坪赵书和家 夜 内

深夜，柳秋玲在桌前刻苦复习。

赵书和在一旁扇着扇子陪着。

柳光泉走进来。

柳光泉关切地："这……这都后半夜了，还不睡觉？"

赵书和："学着呢，娃呢？"

柳光泉："娃在我屋睡着了，早点休息吧。"

赵书和："好嘛，你睡吧。"

柳光泉："秋玲。"

柳秋玲："爸。"

柳光泉："考一个公办老师是很重要，但是身体更重要，知道吗。"

柳秋玲："爸，我知道了，我再坚持一下，等我考上了，我就美美的睡它三天三夜。"

柳光泉："好好好。"

⊙ 中原省医院某干部病房 日 内

孟主任正在跟两个干部说话。

孟主任："好吧。"

国文拎着一袋水果敲门。

孟主任："进来。"

国文进门。

孟主任一怔："国文，你咋来了？"

国文:"孟主任,我来看望你了。你这还有客人,我在外边等一会儿。"

孟主任摆手道:"不用不用,他们马上就该走了。"

孟主任看向两位干部。

孟主任:"行,就这。"

干部甲:"那孟主任,你安心养病,祝你早日康复。"

孟主任:"好。"

国文:"再见、再见。"

国文关门。

孟主任热情地:"国文,坐。"

国文:"孟主任,我今天来就是想看望看望你。"

孟主任:"来就来嘛,还拎着啥东西。"

国文:"这是我个人的一点心意。"

孟主任:"你不光是来看我的,是不是又为了水坝的那个项目来的?"

国文:"你看你这住着院呢,我都不好意思提了,但是现在孟主任,这个事太着急了,现在我们这个项目所有的手续、程序全都走完了,就差你部门这个章了。你一盖,这事就成了。"

孟主任:"你为了这个项目,是前后的奔波,很辛苦。"

国文:"没事。"

孟主任:"是这,我给你出个主意。你先到洪主任那去盖个章,然后呢,再到我这来,走正常的程序。"

国文:"洪主任说是应该你这个部门把章盖了,我再到他那去走正常的程序,你看。"

孟主任:"这老洪咋能这么说嘛。"

国文:"洪主任就是这么说的,那⋯⋯"

孟主任:"你啊,还是先到老洪那把章先盖了,然后再到我这来,走正常的程序。"

孟主任招手,国文上前俯身倾听。

孟主任:"你现在这个事情⋯⋯"

⊙ **石头村叶鳖娃家屋内 日 内**

柳春田拘谨地坐在凳子上看着叶鳖娃:"叔,我对咱英子满意得很,确实长得心疼。"

叶鳖娃:"那就知道该办啥事了吧?"

柳春田笑着:"知道!知道!彩礼我都给你带过来了。这是我的全部家当。"

说罢将一沓钱递给叶鳖娃。

叶鳖娃接过钱,面露喜色:"你娶我的乖女儿做媳妇,这些银子根本不吃亏嘛。"

柳春田:"不亏、不亏。叔,你先过过数。"

叶鳖娃:"你看你这娃真会说话,那我就数一下。"

柳春田:"数、数。"

叶鳖娃:"好、好。"

叶鳖娃数着钱,嘴里说着:"二百、三百、四百……"

⊙ 石头村叶鳖娃家屋内院子 日 外

叶英子神情痛苦地蹲在屋檐下无声落泪。

叶小秋与赵细妹回家。

赵细妹:"英子?"

叶小秋:"英子,在这干啥呢?咋了嘛,说话?"

叶小秋:"英子,咋了?跟哥说,咋了嘛!"

叶英子痛苦摇头。

⊙ 石头村叶鳖娃家屋内 日 内

叶小秋进屋。

叶小秋:"爸。"

叶鳖娃:"小秋,回来了?"

叶小秋看着柳春田:"你谁?你干啥的?"

叶鳖娃:"这是咱英子的对象,以后就是你妹夫了。"

柳春田亲热地:"哥!"

叶小秋冷脸:"我不是你哥!"

说罢,盯视着父亲叶鳖娃:"你说啥呢?你不知道英子跟柳小江在一起?你收人多钱?你给人退回去。你是嫁闺女还是卖闺女,你这干的啥事嘛!"

柳春田见状欲走:"叔,那是这,你先办正事,我这就回去呀。"

叶鳖娃命令道:"你别走,坐下!你坐下!这屋里是我说了算还是他说了算?钱我收了事就这么办了!挑个好日子来接人!"

叶小秋火了，指着父亲："你咋能说这话呢嘛！你让英子在外边咋想呢！你把她当你女儿看不？"

叶鳖娃暴躁地："你赶紧闭嘴，你吃我的、住我的，媳妇也是我给你找下的。"

叶小秋："那你也不能……也不能干这事！你把……"

叶鳖娃吼起来："闭嘴！"

说罢看着目露尴尬的柳春田："柳春田，你得答应我一个条件，你以后敢欺负英子，老天爷都不饶你！天打雷劈你。"

柳春田信誓旦旦："你放心！我肯定对英子好。"

⊙ 石头村外树林 日 外

叶英子在树林等着柳小江。

柳小江从景深处走来。

叶英子急切迎上："小江，我想给你说个事。"

柳小江："不用说了，我都知道了。"

叶英子："你知道啥了？"

柳小江："全村都知道了，柳春田给你爸三千块钱彩礼。"

叶英子："我现在咋办嘛！"

柳小江："我去寻柳春田。"

叶英子拦住："你寻他干啥嘛，我爸把钱都收了。"

柳小江："那我去寻你爸。"

叶英子："我哥和我爸都吵起来了，也没有用。"

柳小江急了："那这也没用，那也没用，啥有用嘛。我看你得是想嫁给柳春田！"

叶英子哭泣起来："我啥时候想嫁给柳春田了，我就想跟你在一块。"

柳小江："这话是你说的？"

叶英子含泪点头。

柳小江："那明天一早我在村口等你，咱俩走。"

叶英子："去哪呀？"

柳小江："走得远远的，去南方，打工！"

叶英子突然抱向柳小江。

叶英子泪流满面："好，明天你等我。"

⊙ 石头村叶鳖娃家院门前 日 外

叶英子拿着包袱悄然出门却见叶鳖娃迎面进门,不由一惊。

叶鳖娃仔细打量着神情慌乱的女儿:"英子,你干啥呀?昨天晚上看着你就不对劲,偷偷摸摸在那收拾东西,你得是想跑,你准备跟那个柳小江私奔呀。"

叶英子:"我不喜欢柳春田,我不想嫁给他。"

叶鳖娃:"你不喜欢他,可爸拿了人家三千块钱呀。咱家这日子,过得本来就艰难,有这三千块钱,能把咱欠债的窟窿补上一点,你这一走,不是把爸架在二梁上了?以后爸咋做人嘛。娃呀,做人不敢太自私。你走,你要走了,爸也就不活了。"

叶英子望着枯瘦落泪的父亲,僵在原地,一动不动。

第九集

⊙ 石头村外小树林 日 外

柳小江拿着行囊在焦急地苦等叶英子。

⊙ 柳家坪柳春田家门前院子 日 外

一片喧闹声。

柳根兴奋地叫喊："新媳妇来啦,新媳妇来啦!放炮。"

众人："新郎官来啦,来啦。"

一阵喜庆的鞭炮声。

柳根对一身新郎官打扮的柳春田说道："春田,咱柳家坪的规矩,新媳妇进门,脚不能沾地,你得背进去!"

女村民："对,背进去!"

众人："背进去!"

大柱媳妇："来,上上上,背了,背了。"

众人："背媳妇、背媳妇!"

穿着红嫁衣的叶英子神情呆滞地任由柳春田背在身上,朝院前的酒席走来。

大柱媳妇："慢点、慢点。"

柳多金："上菜了。"

柳根："开席了。"

又是一阵喜庆的鞭炮声和众人的嬉闹声。

不远处的麦草垛后面，柳小江呆若木鸡，望着自己最爱的女子嫁为别人的新娘，心如刀割，欲哭无泪，转身默然离去。

⊙ 柳家坪村子外 日 外

柳小江背着行囊走来，手里拿着一本《叶赛宁诗选》，刚走出村口，突然站住，默然回望着家乡，潸然泪下。

柳小江抹了一把眼泪，转身，神情坚定地朝村外土路大步离去。

⊙ 柳家坪村委会屋内 夜 内

昏暗的灯光下。

赵书和长叹一声："小江这娃，太可惜了。"

柳大满惋惜而又担忧地："他是咱村唯一的高才生，还指望他能考上大学，给咱争点光，这就跑到南方打工去了，那连筐都不会编，你说他在南方咋活呢嘛。再说，你走就走，起码打个招呼嘛。"

赵书和："凭啥打招呼，没恨咱就不错了。"

柳大满："凭啥恨咱呢嘛，咱对他多好？"

赵书和自责道："小江为啥离开咱这，为啥呢嘛？为啥跟英子没成，还不是因为穷，你说我这个当支书的，你当村主任的，咱就没有责任？"

柳大满欲言又止，默然无语。

⊙ 天阳市某学校考场里 日 内

柳秋玲与其他参加民办老师转正考试的考生一同坐在考场内。

监考人男："考试开始。"

众人开始答卷。

⊙ 山南县一建筑工地工棚 日 内

柳家等一众人在大通铺上睡觉。

柳大满将饭菜给大家带回来："起来吃饭了。"

无一人起床。

柳大满无奈思索。

⊙ 柳家坪赵书和家屋内 日 内

赵书和一家四口围坐在桌前吃饭。

赵书和:"奇奇,吃口红薯。"

然后关切地问柳秋玲:"秋玲,你那公办教师考试啥时候出结果嘛,我还等着给你包饺子呢。"

秋玲不回答。

赵书和:"我问你话呢,秋玲。"

柳秋玲:"没考上。"

柳光泉将赵雅奇抱走喂饭。

柳光泉:"奇奇,来,外爷给你喂,走走走。"

柳秋玲:"慢点。"

赵书和不相信地望着妻子:"你没考上啊,咋可能呢,为啥呢。"

柳秋玲:"英语太难了,我没考好。"

赵书和:"呀,咋还考英语呢,没事没事没事,这次咱轻敌了,下次再考。"

柳秋玲淡然地:"书和,不考了。我想通了,转不转正我都教娃读书,转不转正我一辈子都是老师。"

说完不再强颜欢笑,起身捡起碗筷。

⊙ 中原省水利厅规划处办公室外走廊 日 内

国文与两名干部模样的人坐在椅上焦急等待,还有一名干事模样的人干脆站在自己领导身边。

国文看见门开了,出来一个人,急忙起身朝办公室走去。

⊙ 中原省水利厅规划处办公室内 日 内

敲门声。

周处长头也不抬:"进!"

国文走了进来:"周处长,你好!"

周处长抬头:"你好!"

国文:"我是山南县的县委书记国文,之前李市长给你打过招呼了。"

周处长一怔:"是是是,李市长给我打过电话。"

国文落座,从文件袋中拿出规划方案双手递过。

周处长单手接过，看了一眼封面放到了桌上。

国文："泥河水坝这个项目是我们县今年的重点工程……"

周处长打断道："到我这来的都是重点工程，李市长真是给我出了个难题……国文书记，是吧？我先问一下，咱们山南县的这个水利工程是国家政策支持的重点项目吗？"

国文："咋说呢。"

周处长："我知道，我明白。我再问一下是省规划项目吗？"

国文："周处长，这事咋说呢，因为……"

周处长再次打断："你不用说了，我明白，我清楚。那咱的这个项目呢就只能按新项目落实，咱得一步一步来，你得先去跑立项和审批。"

国文："是，我明白，周处长，你看是这，我给你汇报一下。因为现在呢我已经完成了前期的一些工作了，到现场进行了实地的勘测，你看能不能让咱厅的人提前介入一下，这样项目进度能快一些。"

周处长："好嘛，这没问题，我让人提前介入。"

国文："太感谢你了，周处长。真是太谢谢你了，我代表山南县的老乡们真是感谢你。"

周处长敷衍笑容："应该的，应该的，不用谢。"

国文："太好了。"

周处长："但是这一切都得按规章和程序来。你看，情况我了解了，你把这个材料呢给我放到这里，我回头慢慢看，好不好。"

国文："是这，周处长。"

周处长："对不起，我这有个急事，我得马上走。"

国文："我再占用一点时间。"

周处长："就谈到这，今天就谈到这。"

说罢拿起公文包起身。

国文："泥河水坝这个工程对于山南县整个脱贫的工作……"

周处长一边朝门口走着一边说："我明白，国文书记，你放心，我现在有个急事，咱明天再说。"

说罢出门。

国文跟出。

⊙ **中原省水利厅办公楼下 日 外**

周处长匆匆走来，奔向一辆小轿车。

国文追出门，追到车旁。

周处长："不是给你说了，下一回再说。"

国文恳求道："你再给我十分钟时间，我把情况再给你说一下，行不？"

周处长不耐烦地："对不起，时间来不及了、来不及了。"

说罢上车。

国文敲着车窗。

国文："周处长，周处长，周处长。"

周处长："你轻点轻点，玻璃碎了。"

说罢，摇下了车窗玻璃。

国文："周处长，你看这样，行不，我到车里把这事给你说一下，很快的。"

周处长："我到前边还得接两个人呢，这车里很挤，坐不下。"

国文："你接上人我这事就说完了，我就下来了。"

周处长不耐烦地："人就在前边等着呢，马上就见上了。"

国文："这样的，周处长，你看，我这山南县是个贫困县，这都多少年了，水坝这个问题太重要了。"

周处长："你放心，我记到心里头了。开车。"

国文："那你多费点心，拜托你了。"

周处长敷衍笑着："好，我知道，我知道，我知道。"

国文："泥河流域这个洪灾都泛滥了，水坝要是能成这事就解决了。"

周处长："好好好，再见啊。"

国文："周处长，那你多费心。"

小轿车驶去。

⊙ **柳家坪中心小学教室内 日 内**

柳秋玲正在给学生们上课。

柳秋玲："小燕子。"

同学们："小燕子。"

柳秋玲："飞呀飞。"

同学们："飞呀飞。"

柳秋玲:"一把剪刀身上背。"

同学们:"一把剪刀身上背。"

柳秋玲:"飞来又飞去。"

同学们:"飞来又飞去。"

柳秋玲:"剪刀挥呀挥。"

同学们:"剪刀挥呀挥。"

乡上赵专员来到教室门口,朝里面一望。

柳秋玲见状,对学生们:"好,同学们,我们自习,把这一段抄写一遍,争取能默写。"

同学们:"好。"

柳秋玲走出教室。

⊙ 柳家坪中心小学教室外 日 外

柳秋玲疑惑地:"赵专员,咋了?"

赵专员:"秋玲,你看一下。"

说罢掏出文件。

赵专员:"我们乡上接到县教育局的文件,上级根据教学成果和工作年限决定破格转正公办教师,一批像你这样的代课老师,咱泥河乡就你一个。"

柳秋玲意外地:"赵专员,你是说我转公办教师了?"

赵专员笑着点头:"转公办教师了,你看嘛,这有你名字了嘛。恭贺、恭贺。"

说罢,将文件递给柳秋玲。

柳秋玲接过文件看着上面自己的名字,百感交集。

赵专员:"那是这,你有时间去到乡政府把这手续办一下。"

柳秋玲:"好。"

赵专员:"我有事,先走了。"

说罢离去。

柳秋玲:"谢谢赵专员。"

说罢,激动又欣喜地拿着文件看着,热泪盈眶。

⊙ 柳家坪村外田间 日 外

赵书和、柳光泉等村里的老弱病残在田里干活,已经干了一段时间。

柳光泉:"书和,这干了半天了,让大伙歇会儿,喝点水嘛。"

赵书和:"好嘛。"

说罢朝众人:"歇一下、歇一下,都歇一下啊。"

大柱:"都歇一下。"

众人停下手中的活。

赵书和擦了一把汗独自一人继续干。

赵二梁喝着水:"这说是民以食为天,你看人家那柳姓人,能干活的都让大满带到县城打工,留下咱这帮人在家种地,这地种不出来个金疙瘩。"

赵元宝:"种不出来也种呢嘛,农民不种地种啥嘛,地不种都荒了嘛。"

赵刚子:"就是的嘛。"

柳光泉:"种地就是咱农民的本分,咱跟人家城里人不一样。"

村民甲:"话虽然这么说,我看,种地的好日子过去了,等大满回来,我求大满带我到城里去干活呀。"

赵二梁:"对。"

村民乙:"你这老家伙,头上的毛都光了,你还想去。"

村民丙:"你都求了大满八回了,人家硬是不搭理你嘛,你看你。"

赵大柱笑着:"你个老汉,大满带的都是灵光、能干活的年轻人,带你这老汉去能干啥嘛。"

赵二梁:"人家要青壮呢。"

赵书和过来坐下。

柳光泉:"鸡不撒尿各有各的道,咱只要把这地守住,城里人有城里人的活法,城里的人也不好混。"

众人:"对着呢。"

赵亮:"书和哥,我想跟你说个事。"

赵书和:"啥事。"

赵亮:"大满跟我说过两回了,他那边缺个会计,大禹又去不了,你看我……"

赵书和:"啥意思?"

赵亮:"你看我去不去嘛。"

赵书和:"你?你想不想去嘛。"

赵亮:"我咋都行。"

赵书和:"咋都?想去就去嘛。"

赵二梁:"书和,我也想去城里看一下。"

赵书和:"你也想去?"

赵二梁:"啊。"

赵书和神情黯然:"去吧,是这啊,你们想去城里看一下的,你们就去,想留下种地的咱就继续。干活。"

赵大柱:"书和有眼光,听书和的。"

赵刚子:"干活。"

老人:"想去人家还不要嘛。"

赵书和:"不要就留下种地嘛。"

老人:"对,对对。"

众人继续干活。

⊙ 山南县一街道油条摊 日 外

柳家一众进城务工的青壮在柳三喜开的油条摊上吃早饭。

三喜女朋友:"要几个?一个?五毛。"

柳三喜:"给。"

柳多金大口吃着问:"这两天咋没见大满过来?"

柳多金:"别说你没见满哥,我也一直没见满哥。"

赵亮:"大满哥在外面给咱们找活呢。"

柳满囤:"人家大满哥现在跟老板,好吃的、好喝的,得是的?"

柳三喜:"大满哥现在混好了,怕是看不起我这小摊贩了。"

柳满仓斜眼望着三喜女朋友:"三喜,那女娃是谁嘛?"

柳三喜:"你吃你油条,管的宽得很。"

柳满囤:"管的宽得。"

三喜女朋友招呼着客人:"吃好喝好。"

众客人:"好好。"

说罢对几个吃完饭的街上的混混说:"不许走,你还没给钱呢。"

一混混:"你胡说啥呢?我明明给你了。"

说罢欲走。

三喜女朋友上前拦住:"吃饭给钱,天经地义,不许走。"

柳三喜急忙奔过来:"不敢不敢不敢,做啥,做啥呀?"

一混混:"你给我松手!"

柳三喜赔笑:"不敢打、不敢打、不敢打。那个,兄弟,也算是我请你了,咱都和气生财,和气生财。"

混混轻蔑地:"你个怂包。"

另一混混:"还是老板会来事。"

柳三喜:"好好好,下回再请你啊。"

混混们离去。

柳满囤过来:"三喜,咋了?啥情况嘛?"

柳三喜:"往回走,小生意,犯不着。"

柳满囤讥讽地:"你丢人得很嘛?你咋回事嘛?你来了城里了怕人家城里人,你丢人的。"

柳根:"你害怕啥呢嘛?这事咱占着理呢嘛,咱人都在这还能叫你受这欺负?以后要有这事你吭气,咱在城里钱不多,人有呢嘛。"

柳满囤:"对着呢嘛。"

柳满仓:"打架不怕嘛。"

柳三喜:"弟兄们向着我,我高兴,可这话说回来了,和气生财呢嘛。"

柳多金:"这你别说啊,三喜城里干的时间长了,说话还真有道理呢。"

柳三喜无奈苦笑:"没办法嘛,人总要变通,这不变没饭吃嘛。行,哥几个你们先吃着,不够再跟我说,好吧?"

众人:"好好。"

柳满仓望着三喜背影:"就是胆子小了嘛。"

柳多金:"你别说,人家三喜是活明白了。"

三喜女朋友忧虑地:"三喜哥,他们以后不会再来找咱麻烦吧?"

柳三喜:"不会的,咱又没要他钱,让他们白吃,对了,这以后再有这事,你别出去了,叫我就行了。"

三喜女朋友:"好,我以后都听你的。"

⊙ 山南县某麻将馆屋内 日 内

柳大满陪着老板们打麻将。

柳大满:"五万。"

黄老板:"九万。"

老板甲："五饼。"

老板乙："北风。"

柳大满："这张好，五条。"

黄老板："等一下，和了，单调五条。"

柳大满："可又和了？"

老板乙："黄老板，今儿盛得很嘛，今赢一天了。"

黄老板咧嘴笑着："给钱，给钱，给钱。"

柳大满："黄老板，你不敢再赢了，再赢我连饭都吃不起了。"

黄老板："这是个啥呢嘛，赌场如战场，你手气不好，不能怪我呀。"

老板甲："饭吃不起这好办嘛，回头让黄老板给你介绍点生意做不就行了嘛，简单跟啥一样。"

柳大满："老板，这么大个老板，哪看得起咱这。"

黄老板："这说啥呢嘛？我姓黄但不是黄世仁，我看你这人挺懂事的，美得很，是个这，过几天你到我公司，咱俩喝喝茶聊聊？看看我能给你介绍点小活吗，咋样？"

柳大满兴奋地："黄老板，那我能不能留一个你的电话？"

黄老板："先打牌嘛，先打牌、先打牌。"

⊙ 山南县一建筑工地工棚内上下铺 日 内

柳家众人工作完回到工棚。

柳大满闷闷不乐地拎着西凤酒回来。

赵亮："大满哥来了？"

柳多金："村长。"

柳满囤望着柳大满手里的酒，明知故问："满哥回来了。你那手里头拿了个啥嘛。"

柳大满："酒嘛。"

柳满仓："来都来了，还带个……"

柳满囤："发财了，发财了。"

柳大满："发啥财呢，我给人家送，人家不要，看不上。"

柳多金："看不上，我看上了。"

说罢，从大满手里抢过酒。

柳根："拿来，多金，拿过来，这么贵的酒你给村主任留着，他下回不是还能送

185

别人？咱几个喝了，太浪费了。"

柳大满："不浪费、不浪费，咱自己把它喝了，来！"

柳满囤："对着呢。喝！"

众人："好。"

柳多金："我去买菜去了。"

柳大满："对，你们两个去。"

柳多金："走，我们两个走，走走。"

柳满仓："多买些菜啊。"

柳多金："走了。"

柳满仓："多买些。"

柳根："买些肉。"

柳满囤："满哥，这么长时间没见了，又干啥去了？"

柳大满："你们几个在工地上忙呢，我也没闲着，给你们找活去了嘛，干啥去了？我这两天碰见了一个南方的老板，他也干过村主任，他说他村跟咱柳家坪差不多大，人家一个村子就有三个工厂，那的村民不出门就把钱挣了，你说那日子多好，咱啥时候能过上那日子呢。"

柳满囤："一个村几个厂子我不管，我就愿意跟着满哥，我就愿意待在咱工棚。风不吹，雨不淋，管吃管喝，比山里边好，比山里美太多了。"

柳满仓："我也喜欢、我也喜欢。"

柳大满看着柳满囤兄弟俩："这现在学的，嘴甜得很。你俩我跟你说，要好好干，不敢再偷懒了，不能像村里人一样。"

柳满仓："我干着呢。"

柳大满："话说回来，我觉得咱啊，把眼光看远一点，咱不能在这干一辈子，咱不能在这棚子里住一辈子，对着吗？"

柳满囤："我觉得好着呢。"

柳大满："我有点想咱柳家坪了。你们几个不想家？"

柳根："想嘛，咋能不想。"

柳满仓："满哥，我看你不是想柳家坪，你是想嫂子了。"

众人坏笑。

BP机响。

柳满仓："嫂子打传呼了。"

柳大满:"我去回个电话,你把酒弄好。"

柳根:"好了就叫你啊。"

柳大满:"好。"

说着走出工棚。

⊙ 中原省水利厅规划处办公室内 日 内

国文坐下。

周处长:"你这次又给我带啥新材料来了。"

国文地上的一个文件袋:"这是我们水利专家按照要求又补充的。"

周处长接过。

国文:"我听说国家给咱省又增加了一批这个专项的水利资金,你看能不能把这笔钱向我们县这个项目倾斜一下呢?"

周处长:"你这个消息还灵通得很,但是不巧,前些日子西南两个省连续发生严重水灾和次生地质灾害,部里本着全国一盘棋的大局考虑,决定把拨给咱省的这一笔资金紧急调整给了这两个省。一方有难八方支援嘛对不对,所以你们县泥河水坝项目这次可能……国文书记,请你理解一下咱厅的困难好不好。"

国文闻言一怔:"但是周处长,我们山南县的情况你是了解的。"

周处长:"对对对,我了解我了解。"

国文一脸恳求:"那你能不能把这个项目推动一下,你帮我想想办法行吗?"

周处长:"我想办法是吧。"

国文:"嗯。"

周处长嘴里喃喃着:"办法、办法。我倒是有一个办法。"

国文期待地:"你说。"

周处长:"你去把这个补充材料直接给我们厅长拿上去,只要他支持,我这没问题。"

⊙ 山南县国文县委办公室 日 内

刘刚敲门。

刘刚:"国书记。"

国文:"小刘,坐坐坐。"

刘刚:"我想问一下,你前几天去省里说水坝的事情咋说的?"

国文苦笑了一下："没弄成，水利厅也是心有余而力不足。"

刘刚闻言神情失望。

刘刚："没想到咱们费那么多心血弄的项目，只能停留在图纸上了。"

国文："小刘，你不要泄气，这个事我一定要跑下来，我有这个信心。"

刘刚："国书记，我不是泄气，我是觉得你太难了。"

国文举重若轻地："我不难谁难，这么大的事情能不难嘛。"

⊙ 柳家坪赵书和家屋内 夜 内

赵书和、柳秋玲、柳光泉、雅奇围在桌前吃饭。

柳秋玲："爸，书和，我想着让高枫娃去县里上高中去。"

赵书和："为啥呢？"

柳秋玲："县里的学校肯定比乡里教得好，娃以后能考个好点的大学。"

赵书和："那是要住县里吗？"

柳秋玲点头："县里的学校有宿舍。"

柳光泉："高枫这娃吃百家饭长大的，学习这个事情上，咱不操心谁操心？要是钱不够的话我……我可以出一点。"

赵书和："爸，你别管。"

柳秋玲："谁都不用想，大满说了高枫娃的学费他出。"

赵雅奇："爸，我以后上高中也要去县里！"

赵书和："嗯，好嘛。"

柳秋玲："雅奇，讲普通话。"

赵雅奇："我就是要去县里上高中。"

柳秋玲："好。"

赵书和："普通话，记住了。"

赵雅奇："嗯。"

⊙ 山南县一小饭馆内 日 内

柳大满跟毕哥一起吃饭。

柳大满给毕哥倒满酒："毕哥，我把你约出来，就是想跟你打听一下，你那地方的农村都有些啥厂子，啥企业？"

毕哥一腔南方口音："我们周边呢，厂子还不少，你像这个手套厂、乳胶厂、五金建材、装饰材料，好多啦。"

柳大满羡慕地："毕大哥，我也是村主任，我就想着看看你有没有机会给我介绍个厂子，让我村也能建个厂子，让我村的人也能不出门就能上班挣到钱。"

毕哥："你呀，你当老哥我是什么大领导啊？这个事情不是我这个级别可以说了算的。我建议你，找你们县里面、乡里面，这里面的事情好复杂的，没有那么简单。"

⊙ 泥河乡政府聂爱林办公室 日 内

柳秋玲去乡政府找聂爱林要资金修葺学校，跟着赵专员进屋看见聂爱林躺在长沙发上休息，一愣："聂乡长休息呢。算了算了。"

赵专员："没事没事。"

说罢叫醒聂爱林："乡长，我把秋玲领过来了。"

聂爱林起身："秋玲来了。"

柳秋玲："影响你睡觉了。"

聂爱林："没有没有，我这就是中午眯一下。没带娃？"

柳秋玲："带下那烦得很。我今天来乡里办事的。"

聂爱林应声："噢。"

赵专员："聂乡长，秋玲老师他们学校里缺一些桌椅板凳，你给她想办法解决一下。"

聂爱林："桌椅板凳？"

柳秋玲："是这，这么多年了，我们村的娃一直都没有像样的桌椅板凳，好多娃趴在地上写字，可怜得很。我今天来办事，顺便过来看一下，能不能帮我们想想办法嘛。"

赵专员："就是。"

聂爱林："桌椅板凳这属于固定资产，不是我一个人说了就能马上给你解决的，但是是这，城里的学校经常人家会替换一些桌椅板凳下来，我会给咱留心着。"

柳秋玲激动地："好、好、好！"

聂爱林："还有这些个爱心人士、爱心企业，人家有这个捐助教育事业意愿的，我也给咱留意着。"

赵专员："就是。"

柳秋玲："好着呢。"

聂爱林看着赵专员："老赵，你也把这个事记一下，咱一块儿尽快把秋玲这个问题解决了。"

赵专员："好的，好的，没问题。"

柳秋玲感激地："我代表娃们谢谢聂乡长，谢谢专员。"

聂爱林神情复杂："你这才说了个反话，应该是我代表娃们家感谢你。你看，这么多年你一个人在学校里头给娃教学，你说中间走了多少老师，你一个人不容易啊。"

柳秋玲："应该的，这是应该的。"

聂爱林真诚地："谢谢，谢谢。"

⊙ 山南县国文县委办公室内 日 内

国文在跟妻子打电话。

国文："小华啊。"

电话里国文妻子的声音："最近怎么样，你说你都多久没回来了。"

国文："我最近也是忙，实在是抽不出时间回去，你去看咱爸了，怎么样，现在咱爸什么情况？"

电话里国文妻子的声音："……咱爸最近身体不太好，血压不稳，你有时间多去看看老爸，几个春节你都不着家，老爸每天都要念叨你好几遍呢！"

国文："行，那你就多费心了啊，我过几天要去省里开个会，我回去一趟。"

说罢挂断电话。

⊙ 省城干休所国正行家客厅 夜 内

国文："爸。"

国正行应声回答。

国文关切地："喝点水，我听小华说前两天您的血压有点高。"

国正行："现在吃着药，好多了，这血压呢，忽高忽低。"

国文："那您晚上吃饭怎么样？"

国正行："吃饭，反正现在胃消化不好，晚上不敢吃。"

国文："是，爸，您晚上就少吃点。"

国正行："是是是。"

国文："含糖量高的东西咱尽量。"

国正行:"不吃不吃,吃点菜吧。"

国文:"您喝点水。"

国正行:"你这次回来要准备待几天?"

国文:"看情况,这事要办得顺利的话,我估计能在这陪您两天。"

国正行:"办什么事呢?"

国文:"这不是省里开会吗,我借这个机会把我负责的这个项目,几个部门我再跑一跑。"

国文手机响起:"我接个电话。"

国正行点头。

国文握着手机:"你说,手续?你之前咋弄的?我知道,我之前在会议上不是说过,不是这样的事情你这时候咋还能手续上出问题了,之前在会议上都讲过了吧,都过会了嘛,那啥问题?行行行,我知道了,我知道了,等我回去吧,好吧。好嘛好嘛。"

国正行:"国文。"

国文:"爸。"

国正行:"怎么了?工作上不顺了?"

国文:"爸,我也不用瞒您了,我这当年当副县长的时候,这山南不是发洪灾了嘛,我当时就想着要在泥河的上游修建一个大型的水坝。这么多年了,到现在也没落实,不是这边出问题就是那边出问题。我就觉着心里愧对大伙,觉着有点受挫。"

国正行闻言沉吟片刻:"我讲一下我亲身经历的一点事吧,就是过去我们打仗的时候,那敌人是人多势众,他武器又好,表面上看我们打不过他,我们怎么办呢?我们就集中兵力,专挑敌人落单的打,然后一小股一小股的把他吃了,直到最后把他们全部消灭。我说这话什么意思?就是你一时大水库建不了,你看能不能建个中型的或者小型的……我不了解情况。"

国文点头:"是是是,之前,这些方式我们也都考虑过,我这不还是想着一把把这件事彻底解决了吗,一劳永逸嘛。不然这山南县你说泥河流域这一带受穷这么多年了,这根源就是这样。"

⊙ 山南县国文县委办公室 日 内

刘刚跟着国文走进办公室。

刘刚:"国书记,你找我来啥事情。"

国文:"我又琢磨了一下,小刘。咱原来想的在泥河上游建一座大坝的事,还是想得太理想化了,现在的现状是省市县的资金要想建大坝弄不成。"

刘刚沮丧地:"那咋办?"

国文:"大的弄不成,咱建个小的。咱搞一个中小型的水坝,虽然是解决不了整个泥河流域的问题,但是解决几个乡的没问题吧?"

刘刚:"对。"

国文:"所以你受累再把规划重新做一下,我把报批材料也重新再梳理一下,咱一步一步来。"

刘刚:"那我现在回去就整理。国书记那我先走了。"

说罢离去。

秘书进来。

秘书:"国书记,省农科院的廖教授等专家下周一上午要来咱们山南县介绍优质小麦,您看这个会您去嘛?"

国文:"省农科院研究出来的优质小麦介绍会在咱县开嘛?"

秘书:"对。"

国文:"那看来这个优质小麦也是适合在咱县推广。你给他们说我去!"

秘书:"好,我去安排。"

⊙ 柳家坪中心小学教室内 日 内

上课了,柳秋玲走进来。

班长:"起立。"

同学们:"老师好。"

柳秋玲:"同学们好。"

柳秋玲发现几个空座位,眉头一皱。

柳秋玲:"大牛今天为什么没来呀?"

同学们:"不知道。"

柳秋玲:"柳明今天又没来,谁看见柳明了这两天。"

班长:"老师,柳明他爸一直……"

柳秋玲:"普通话。"

班长说着普通话:"柳明的爸爸一直在城里打工,他妈说家里没有干活的娃了,还要这费那费的,她说还不如养头猪呢。"

同学们哄笑。

柳秋玲："好了，好了。咱们现在开始上课。来，一二年级的同学，昨天咱们学了一篇课文对不对，我们把它默写下来，老师一会儿要检查。"

⊙ 柳家坪村外田地 日 外

赵书和领着大家正在浇地。

赵刚子急忙跑来。

赵刚子喊着："书和，国文书记来了，在村委会等你呢。"

赵书和一怔："这么早就来了？"

赵刚子："人家来得早嘛。"

赵书和放下手里的活走出来："我还寻思着浇完地去村委会等他呢。"

⊙ 柳家坪村委会屋内 日 内

国文带着廖教授和其助理面见赵书和。

赵书和："哎呀，国文，这么早就来了。"

国文介绍道："这是咱省农科院的廖教授，这个，他助手。"

赵书和上前握手："教授好、教授好。你好、你好。我是柳家坪的村支书，赵书和。"

国文："这廖教授是专门负责推广省农科院研究出来的高产优质小麦的，将来你种植有啥问题都可以直接咨询廖教授。"

赵书和笑着："美得很嘛，廖教授，我们种地的就是喜欢这样高产的优质小麦，以后你们多费心。"

廖教授："赵支书，你的积极性很高，我们搞农业科技的人可遇到知音了，你放心，我们会全力帮你把小麦种好的。"

赵书和："好好。"

廖教授："咋样，现在到地里看一下去。"

国文："好好。"

赵书和："好好。夏大禹，你带廖教授看一下。"

夏大禹："好嘛好嘛好嘛！"

赵书和："辛苦、辛苦。"

夏大禹："走走走。"

廖教授:"书记,走了啊。"

国文:"费心了,廖教授。"

廖教授:"没事。"

赵书和:"国文,我有事要问你一下呢。"

国文:"你说。"

⊙ 柳家坪柳大满家屋内 日 内

柳大满坐在炕上看文件,黄艳丽进来。

黄艳丽:"大满!"

黄艳丽:"大满,国文来了,我还听说他从省城带了两个种地的专家,正跟书和在村委会说话呢。"

柳大满:"我知道,他不来,我还不回来呢。"

黄艳丽:"那你咋在屋不去陪他呢?"

柳大满:"他俩聊的那种地的事,我没兴趣。"

黄艳丽:"看你这话说的,好像你不是吃粮食长大的一样,还没兴趣,农民不种地干啥嘛,要我说人家书和就是比你踏实。"

柳大满:"他俩聊的种地那事就不挣钱,你看以后是我大满带着咱村致富,还是书和带着咱村致富呢。我都约好了,一会儿跟他喝酒呢。"

黄艳丽起身走。

柳大满:"你干啥去?"

黄艳丽:"洗衣裳,干啥。"

柳大满脱下袜子。

柳大满:"把我袜子洗了。"

黄艳丽:"袜子穿得不硬你不洗。"

⊙ 柳家坪村委会屋内 日 内

赵书和:"你还记得吗?你跟我和大满说的水坝的事。"

国文:"当然记得。"

赵书和:"这么多年了,怎么没有消息?"

国文叹口气:"这不是一件容易的事,修大型水坝需要的资金很大,一直没有筹到钱。所以,我现在想换一个思路,不干大的。"

赵书和："弄个小的？"

国文："准确地说是中小型。"

赵书和："中小型的？够用不？"

国文："周边几个乡没问题，现在省水利厅给我们批了一笔钱，但是呢，只够材料费用，人员、劳务这还差着钱呢，但是这个事咱不能再等了。所以我现在想呢，能不能动员一下，将来收益于这个水坝周边几个乡的村民，让大家出工出力，咱先把这个水坝修起来。"

赵书和："你放心，咱柳家坪我亲自带人去。"

国文："好嘛。"

国文手机响起。

国文："你说，嗯，好，我知道。"

国文挂电话。

国文："书和。"

赵书和："咋了？"

国文："我得马上赶回县里去了，这个县里得安排几个工作。"

赵书和："那晚上吃饭？"

国文："饭吃不成了，下次吧。你和大满也说一下。"

赵书和："好好，你忙你的，我送你一下，走。"

国文："廖教授这块有啥事情就直接问他。"

赵书和："你放心。"

国文："随时咨询。"

两人出门。

⊙ 柳家坪柳大满家 日 内

柳大满站在镜子面前梳头，面前摆着两瓶西凤酒。

黄艳丽叮嘱："少喝点酒，不要把胃喝坏了。"

柳大满："哦。"

⊙ 柳家坪村委会屋内 日 内

柳大满拎着两瓶酒走进来。

屋内没人。

柳大满一愣。

赵书和回到村委会。

柳大满问:"书和,国文呢?"

赵书和:"回去了。"

柳大满瞪大了眼睛,疑惑地:"啥?回去了?咱不是说好了一块喝酒吗?"

第十集

⊙ **柳家坪村委会屋内 日 内**

赵书和："人家说要赶回县里，事情多得很。"

柳大满埋怨地："那我在屋里白等了。"

赵书和："咋能白等嘛，你还记得国文上次跟咱说的水坝的事情吗？"

柳大满："噢。"

赵书和："国文说有眉目了。规模虽然不能这么大，但是还是能解决咱村种地用水的问题，现在你这个村主任的任务就是把你带出去的人给我统统叫回来修水坝。"

柳大满："你是一把手你去叫，我叫不回来。"

赵书和："你弄出去的人，你叫我叫去？"

柳大满："那我问你，人家在县里挣着钱呢，你这回来一分钱不给，义务干，人家谁能愿意？"

赵书和："自己给自己办事还要自己人的钱呢？咱自己村子收益的事，咱不该出人出力吗？我看你现在进城以后，你觉悟高得很嘛你！"

柳大满："你把那帽子再给我戴得高一点嘛！"

说完懊恼离去。

⊙ **柳家坪村委会屋内 日 外**

赵书和站在桌前对着广播话筒声情并茂地说着："修水坝，是国家掏钱出了大头，咱不出点力，咱还是个人不？我还是那句话，水坝修不成，日后还受穷，今天受点累，一辈子不受罪。这水坝不是光给咱修的，还是给后辈修的，咱今天受点累受点苦，你娃你孙子日后就不用再受二次苦了。"

⊙ 柳家坪柳多金家屋内 日 内

柳秋玲在苦口婆心地劝说多金妻子。

多金妻："秋玲，你来俺家家访是负责任的，你走走样子就对了。你看看我家这情况，哪还有余钱给娃上学嘛。"

柳秋玲："红梅，现在咱国家实行有'两免一补'的政策，你屋没钱，娃也能上学，不要钱。"

多金妻："那'两免一补'我知道，那都是看不见摸不着的钱，你要有本事你让国家把这个钱直接发给我。"

柳秋玲："这钱是国家补助给娃上学用的，专款专用，不能发到你手里。"

多金妻："那不等于白说嘛。"

柳秋玲："红梅，你得让娃上学，娃不上学咋能有文化呢，娃没文化咋走出去，走出去了才能挣着钱嘛。"

多金妻："你这么有文化，你走出咱这山沟沟了？你还不是挣那么一点点？咱山里头的人天生就是这个命，咋过不是一辈子，走出去有啥好的，走出去日后就能当个县官不成？"

柳秋玲怒其不争："我发现你……你这个人糊涂得很。"

⊙ 柳家坪村赵大柱赵二梁家院子外 日 外

赵大柱媳妇与二梁媳妇在门外打架，周围一帮村民围观。

大柱妻："大家快来看啊，这王八蛋欠粮不还，打人呢嘛，欠粮不还，打人，你个王八蛋，你不要脸嘛。"

二梁妻："你才不要脸。"

大柱妻："大家给我评评理，那年，交征购粮呢，她从我屋借了三十斤粮，现在都没有还嘛，我今天寻粮来了，她不但不还，还不承认了，还骂我呢，咒我不得好死呢。"

二梁妻："我啥时候拿你粮了嘛，你胡说八道，谁看见了嘛？你说、你说嘛。"

大柱妻："我今天不撕烂你的嘴。"

两人又扭打起来。

大柱、二梁跑来。

赵大柱："咋回事？咋回事！不打不打不打。"

赵二梁："咋了嘛，打起来了嘛？"

赵二梁拉开妻子。

赵二梁："行了！咋回事嘛？"

赵大柱："干啥呢嘛？一家人有话不能好好说嘛！"

大柱妻："谁跟她是一家人，她欠粮不还，多少年了不还，我寻粮来了，不但不还不承认，还咒我不得好死呢嘛，我咋能跟她是一家人。"

赵大柱："老二家的，这就是你不对了嘛，欠粮不还没事嘛，咋能骂人呢嘛。"

二梁妻："二梁，你放屁嘛！"

赵二梁："哥，我不记得有借你家粮这回事了。"

赵大柱一怔："你不记得了？"

大柱妻："赵二梁，你个没良心的白眼狼，你哥对你多好呢，现在有了媳妇了胳膊肘往外拐呢嘛！你向着外人说话呢？"

二梁妻冲上来："谁是外人？你才是外人呢，你不仅是外人，你还在外头偷人呢。"

赵大柱："不敢胡说。别打别打。"

赵书和与赵亮跑来。

赵书和喝止道："干啥呢？让一下。好了，好了，好了！一屋子的人在这出洋相，不嫌丢人啊？咋回事？说。"

大柱妻："她借我屋粮没还。"

二梁妻："我没有借她麦子嘛，她非要说我借了。"

两人又开始争吵起来。

赵书和："好了好了，好了！"

大柱妻："你不要脸。"

赵书和："好了！戳了乌鸦窝了？我一个字没有听清楚。"

说罢看着赵大柱："柱子，你说，咋回事？"

赵大柱："老二家的去年借了我们三十斤麦子没还，就是这事。"

二梁妻："哎呀，活不成了。"

大柱妻："我也不活了。"

赵大柱："行了行了。"

199

赵书和喝止:"好了好了,好了。我听明白了,这个粮借还是没借,还还是没还,我相信所有的人心里都明白,这个理,我不想评,但是我只想说,咱农民种地看天,做人看心,到底是咋回事,摸着自己的心,好好想一下。"

说罢指着大柱、二梁兄弟俩:"还有,你俩,你俩也是,在这闲的磨闲牙,咋不修水坝去呢?跟我走,修水坝去。"

赵大柱:"是这,我们先回屋把这事处理一下,处理一下嘛,书和,是这,这事不处理……"

赵二梁:"对!处理一下。"

赵书和:"水坝不是给我一个人修的,我都说了。"

赵大柱:"我们干活都没闲事嘛,我知道,我知道了。"

众人笑。

赵书和:"别笑了、别笑了、别笑了。大家都在啊,正好,我再说一遍,咱把水坝一修,把优质的小麦一种,咱就过上好日子了,所以说水坝不是给我赵书和一个人修的。"

众人纷纷离去。

赵书和喊道:"我还没说完呢,干啥去,干啥去?都回来!干啥去嘛。"

⊙ 银华村大牛家院子 日 外

柳秋玲叫大牛回去上学,来到大牛家院子。

柳秋玲:"大牛、大牛。在家吗?"

大牛出来。

柳秋玲:"大牛,你三天都没上学了,也没请假,老师来看一下。"

大牛看了一眼屋内。

柳秋玲:"大牛,现在国家有政策,像你这样的情况,上学不用自己花钱了。"

大牛:"老师,我愿意上学。"

柳秋玲:"那你为啥不去呢?"

大牛:"俺屋里离学校远,我去上学就没人给我爷做饭了。"

大牛爷走了出来。

柳秋玲:"叔,慢点,叔,慢点慢点。来,叔,坐下。"

大牛爷坐下。

柳秋玲:"叔,我是秋玲,是大牛的老师。"

⊙ 柳家坪赵书和家屋内 夜 内

柳秋玲焦急地看着赵书和："不行,我不能让大牛不上学。那娃,又聪明又好学,不上学我心里难受得很。这咋办呢,好几天都没上学了。"

赵书和劝慰道："秋玲,你说得对,我知道娃上学咱一个不能少,我再帮你想办法呢。"

柳秋玲："可是没办法,我今天下午……"

赵书和打断："雅奇睡觉呢。"

柳秋玲低声地："要不就让大牛和他爷到咱家来住,咱家离学校近,他可以照顾他爷。"

赵书和："秋玲,你的心情我理解,问题是这不是长久之计嘛。"

柳秋玲："咋?"

赵书和："你想嘛,他们来了,爸和雅奇住哪呢嘛?对吗?"

柳秋玲："那咋办嘛,娃都好几天没上学了……"

赵书和："好好好,打谷场,打谷场那有两间放农具的屋子。"

柳秋玲："那能住人吗?"

赵书和："我把农具腾一下,空出一间,不就能住了?"

柳秋玲急切地："啥时候?"

赵书和："啥……我明天,明天一早,我……"

柳秋玲弯身给赵书和穿鞋子。

赵书和："干啥呢?"

柳秋玲："走,现在就去,我跟你一起,走,走。"

赵书和："你等一下,我穿鞋呢。"

⊙ 柳家坪中心小学教室内 日 内

书声琅琅。

柳秋玲领着学生们在诵读课文："青青园中葵,朝露待日晞。阳春布德泽,万物生光辉。常恐秋节至,焜黄华叶衰。百川东到海,何时复西归?少壮不努力,老大徒伤悲!"

大牛和柳明重新坐在座位上高兴地跟着老师朗读着。

⊙ 柳家坪村外庄稼地 日 外

廖教授在指导众人种田。

赵书和一脸憧憬地:"廖教授,大家都盼着咱这个优质小麦啊,就看明年收成咋样了。"

廖教授:"只要啊,把水跟化肥还有农作物防害搞好,我看啊,一亩上千斤没有问题的。"

赵山吃惊地:"啊,能保证上千斤?"

廖教授:"没问题。"

众人:"好。"

赵书和:"加油干啊。"

赵刚子:"美着呢。"

⊙ 山南县一建筑工地上 日 外

柳多金被几个人追来,倒地,被围殴打。

柳根等众人闻讯赶来。

柳根高声喝问:"干啥呢?住手!"

赵亮:"住手!"

打人者:"跑。"

其他几人闻声而逃。

柳根追上来喊着:"别跑,给我站住,站住!别跑,那边。"

赵亮扶起地上的柳多金:"多金,多金,咋了?"

柳根:"谁打的?"

柳满仓:"你没事吧?"

柳多金痛苦地呻吟着:"三队的。"

柳根:"三队的?"

柳多金:"啊呀,别动别动。我腰……"

柳根:"腰不行了?"

柳满仓:"上医院嘛,抬着走。"

柳多金痛苦不堪:"别动别动别动,疼疼疼。"

柳根:"叫车嘛。"

⊙ 山南县一建筑工地工棚内 日 内

柳大满一脸愤怒地问："那你去医院人家医生咋说的嘛。"

柳多金："诊治片子还没出来呢。"

柳大满："到底是咋回事？"

柳根："那帮人借了咱的工具他们不还，多金就去要去了，结果那帮人不但不承认，说话还难听，等我们几个到的时候，他已经都吃亏了。"

柳满仓："满哥，依我说，直接报警，抓人。"

柳根："报警。"

众人："报警。"

柳满仓："就是，报警。"

柳根："绝不能便宜他们。"

柳满囤："太欺负咱了。"

柳满仓："这吃了亏了。"

打人者的工头进来。

工头："你们谁是？"

赵亮愤然地："就是他的人打的。"

柳根："就是他，就是他。"

柳满仓："你要干啥？"

工头赔笑："啊呀，咱都不要冲动嘛，我现在来就是给大家解决问题的，你是柳老板吧？"

柳大满冷冷地："我是村主任，不是老板。"

工头："柳主任，咱借一步说话，来，咱先抽上根烟。"

柳大满："我不抽烟，有事说事。"

工头："你看，是这样的，我们的人呢，把你们的人给打了，我承认，我们理亏，我呢，也愿意给你们赔偿，可是咱可先说好，你们可不能报警，要是一报警，这钱可就没了。"

柳大满："我们报了警，法院一判，也会给俺钱的。"

工头："等法院判下来，那等到啥时候了？到时候我也不一定有钱赔给你。"

柳大满瞪眼："你啥意思？是要耍赖呢？"

工头："这种事情我处理的多了，你看，我这呢，有一份私了合同，只要你签了字，这是给你准备的六千块钱，赔给你家兄弟。"

柳大满:"你等一下。"

说罢回到躺在床上的柳多金身边。

柳大满:"人家想跟你私了呢,赔钱呢,你咋想的?"

柳多金:"给多少钱?"

柳大满:"六千。"

柳多金一怔:"六千?赔这么多?满哥,我屋我妈病得严重得很,急着用钱呢,我同意私了。"

柳大满:"你那腰咋办呢嘛?"

柳多金:"我这腰没事,养两天就好了,我妈的病严重呢,我要钱我要钱。"

柳满囤:"你可想好了?"

柳多金:"我想好了。"

柳满仓:"六千,你可发大财了。"

柳多金:"我妈看病的钱呢。"

柳大满略一思忖,走过来盯视着那位工头:"要不然是这,你再加上四千块钱,凑个整数一万,我们就同意跟你私了。"

工头:"一万块钱啊?"

柳大满:"就一万,一分都不能少。"

工头迟疑片刻:"行,就给你一万,谁让打伤人的是我们乡长的亲戚呢。"

柳大满一愣:"打伤人的是谁?"

工头:"我们乡长的亲戚。"

柳大满:"那一万不行,必须两万。"

工头一怔:"咱不是刚说的一万嘛。"

柳大满不容置疑:"两万。"

工头:"一万。"

柳大满:"两万,要不然我立马就报警。"

工头认怂地:"先签字。"

柳大满:"先数钱。"

工头:"先签字。"

柳大满死不松口:"先数钱。"

工头无奈给钱。

⊙ 柳家坪村道上 日 外

树干上的大喇叭传来赵书和喑哑的声音:"我再重申一次啊,修水坝的事啊,水坝修不成,日后还受穷,这道理都懂的,水坝很重要!我再重申一遍,水坝很重要。"

⊙ 柳家坪赵书和家屋内 夜 内

赵书和坐在饭桌上愁容满面。

柳秋玲:"爸,吃饭了。"

柳光泉走过来:"来了,雅奇呢?"

柳秋玲:"她补课呢,不等她,我给她留饭了。"

说罢看着发呆的赵书和:"吃饭了。咋了嘛?"

赵书和:"我不饿。"

柳秋玲:"不饿?不是你说的吃饱饭,修水坝。"

赵书和:"修好水坝才能吃饱饭嘛。"

柳秋玲:"那不是一样的?"

柳光泉:"现在这人啊,也不知道咋的,不想出力,光想着享福,书和,这个事情确实是难为你了。"

柳秋玲:"书和,你不能要求全村的人都跟你一样的觉悟,要是那样的话那全村都是村支书了。"

赵书和:"那你啥意思嘛。那……好嘛,全村就我觉悟高,那我一个人去。"

柳秋玲:"你不要置气嘛,你一个人弄不成的。"

柳光泉:"书和,如果没有人去,爸跟你去。"

赵书和:"你去?"

柳秋玲:"爸,你多大岁数了,我去也不能让你去。"

柳光泉:"娃啊,你不懂,这是正事。"

赵书和:"爸,你把你刚才说的话再说一遍。"

柳光泉:"没人去,爸跟你去。"

赵书和:"好,就这么定了。"

柳秋玲:"啥?"

赵书和:"吃饭。"

⊙ 柳家坪村内各处 日 外

一村民:"你再别说那油泼面,我就爱吃肉,一说吃的那油泼面,你说咱那大肉大碗美不美?这弄啥来着?"

赵书和拿着工具和几个老汉走了过来。

一村民疑惑地:"赵支书,这是干啥去呀?"

赵书和:"修水坝去。"

另一村民:"你领着这帮老人,修到猴年马月去呀!"

赵书和:"你们不去那咋弄嘛。"

村民:"我就知道你修不成,所以我才不去呢。"

老人:"你说啥?就是因为你们这帮人不去,我们这帮老人才去修水坝的,你以为这是给谁修的?这是给大家伙修的!我要是你,早就拎着铁锨修水坝去了。"

赵书和:"叔、叔、走了。"

老人:"我要是你爸,我早就把你当响炮摔倒地上,踩到脚底下。"

赵书和:"不愿去就不去嘛,走了走了。"

⊙ 柳家坪村口大树荫下 日 外

几个赵姓人在打牌。

赵刚子:"对八!"

赵大柱:"对九!"

赵元宝:"书和哥,你干啥去嘛?"

赵书和:"修水坝去。"

赵刚子惊讶地:"你领着一帮老人能看水坝能修水坝。"

赵书和:"你们都不去嘛。"

赵二梁:"书和,不是我们不去,你看柳大满,带着人家柳家人进城打工挣钱了,我们几个凭啥给他修水坝嘛。"

赵元宝:"对着呢。咱干活没钱就不说了,还自己管饭,凭啥嘛。"

赵大柱:"就是嘛,他们进城挣钱给自己挣呢,修水坝是大家的事。我们修还没钱,不公平嘛。"

赵刚子:"我就想不通了,咱赵家把啥人亏了嘛?给他修水坝呢?"

大林哥:"就是,凭啥光我们嘛。"

赵书和:"你想不想去,我不强求,但这个水坝我是修定了。修水坝的好处你们都知道，没有水坝的坏处反正我是永远忘不了。咱半山村已经没有了，要是柳家坪再没有了，咱往哪跑呢？"

赵家年轻人闻言沉默。

赵书和对身边的柳光泉说："爸，走。"

赵书和带一帮老人走。

赵家众人看着神情复杂。

⊙ 山南县一建筑工地 日 外

众人送受伤的柳多金回村。

柳多金站住感激地望着柳大满："满哥，你回吧，一会儿还干活呢。"

柳大满叮嘱道："你回去好好休息，好好养伤。"

柳多金："我肯定好好养伤，我伤好了还跟着你干呢，铺给我留着啊。"

柳大满："好好，留着留着。你钱放好了没有？"

柳多金："这呢。"

柳大满："买票的时候可不敢用这钱。"

柳多金："我知道，我这有呢。"

柳大满："对。等有一天，我给咱村盖个厂子，咱就不用出来受着冤枉气了。咱在村里坐着就把钱挣了。"

柳多金："满哥，我就指望你了。"

柳大满："对。回。"

柳多金："我回了，你们回吧。"

柳根："路上小心啊。"

柳多金眼含热泪："回吧。走了走了。"

柳大满："走，回去干活。"

⊙ 泥河水坝工地 日 外

其他村人正在修水坝。

赵书和带人前来一起帮忙。

村民："书和来了。"

赵书和："来了。"

柳光泉："别的村来的真不少。"

赵书和:"对啊。就差咱柳家坪的了。"

叶小秋走过来:"哥,咱都是些老汉,年轻人呢?"

赵书和:"这是一个锦囊妙计,等着,一会儿就来了。"

赵山拿着铁锨前来。

赵山:"书和,来晚了,不好意思。"

赵书和:"没事,干活。"

叶小秋:"哥。锦囊妙计就来一个人?"

赵书和:"别急嘛,干活。"

赵二梁等人前来。

赵刚子:"这人多得很嘛。"

赵元宝:"来晚了我都。"

赵二梁:"书和哥。"

赵刚子:"书和。"

赵二梁:"我们来了。都来了。"

赵书和:"来了。"

赵二梁:"开干。"

赵书和:"干活。"

赵二梁:"好,走。"

赵山:"还算有点自觉性。"

赵二梁面露羞愧地:"不来不行了。人家那大岁数的老汉都干上了嘛。"

⊙ 泥河乡政府聂爱林办公室 日 内

柳大满敲门走进聂爱林办公室。

柳大满:"聂书记。"

聂爱林:"大满来了。发型美得很嘛你。"

柳大满:"现在城里都是这发型。"

聂爱林:"喝水不喝?"

柳大满:"我就不喝了。"

聂爱林:"不喝就不给你倒了。"

柳大满:"对对对,我寻你有个正事呢。"

聂爱林:"你说。"

柳大满："我想问下书记，咱乡上能不能也像人家南方一样办个工厂啥的，哪怕办上一个百八十人的小厂子呢。"

聂爱林："大满，你这一天在外头跑，见识广，脑子还灵光得很。但是实际情况是啥呢，咱这个地方比较穷，人家也不来，咱对外头这个消息也了解的不多，咱是这，我给咱多关注这方面的消息，你跑得多，外头也多留意着，咱俩随时沟通。"

柳大满："好好，我给你打电话。"

聂爱林："对对对。"

⊙ 泥河水坝工地 日 外

骄阳烈日下，夏大禹带人来修水坝。

夏大禹："支书，支书，柳姓的人也自发地过来了，咱人多力量大嘛。"

赵书和："来了。"

夏大禹："来了来了，你看，都来了。"

赵书和："好嘛，那干活嘛，干活了。"

赵刚子："你应该多干活。"

夏大禹："咋了？"

赵刚子："你起下这名字，夏大禹、夏大禹，那不下大雨修水坝弄啥呢嘛。"

夏大禹："大林哥，我给你十斤红薯，你把刚子嘴给我封上。"

大林哥："没问题。"

赵书和："刚子，晚上你加个班啊。还是不累啊。"

⊙ 泥河水坝工地 日 外

柳大满带人来。

赵书和："你……"

柳大满笑。

赵书和："你咋来了呢？"

赵刚子："你啥时候回来的？"

柳满仓："干了半天了。"

柳大满："都来了。"

夏大禹："从天上掉下来的？"

柳满仓："回来干活了，修水坝。"

柳大满："我想了一下，别的事重要，但你这事最重要。"

赵书和："进了城了就是不一样啊。"

柳大满："光泉叔，你就休息一会儿嘛，我们几个年轻的干一会儿。"

柳光泉："我没事，只要你们回来了，就对了。"

⊙ 一试验田 日 外

国文带着一群领导视察。

国文："前面一大片，种的都是毛豆。"

实验员："对，我们今年在这边大概试种了有五十亩左右，如果说明年这个产量好的话，我们打算再把它翻倍种一次。"

国文手机声响："你们先去，我接个电话啊。"

话筒里赵书和的声音："国文，我是书和，俺们今天回去了，水坝修完了。"

国文一脸激动："哎呀，太好了，书和，你们修得够快的啊。辛苦。"

话筒里赵书和的声音："给自己修水坝，不辛苦。"

国文："书和，我祝你们年年丰收。"

⊙ 泥河乡乡政府大院内 日 外

赵书和骑车进来，停车，放车。

叶小秋推着车子走来。

叶小秋："哥。"

赵书和扭头："小秋，来了，咋这一头汗呢。"

叶小秋："不是，我本来一进乡就看见你，我追了半天没追上，你骑得太快了。"

赵书和："你喊一嗓子嘛，比我还轴呢，走。"

叶小秋："哥，那水坝修好了？"

赵书和："嗯。"

叶小秋："水咋样？"

赵书和："美得很嘛。我跟你说，这个水坝再加上省农科院的优质小麦，这一季的收成最少提高三成。"

叶小秋："这么多！"

赵书和："你们村种多少嘛。"

叶小秋笑。

赵书和："笑啥呢嘛！"

叶小秋："我还没种呢。"

赵书和："我跟你说，你当村干部的，你得带头啊……"

有人喊道："开会了、开会了，往进走、往进走。"

赵书和："先走，先走。要带头种呢嘛，水的问题想办法解决嘛，对吗，你想，你先种上，那其他人看到了肯定也跟着种嘛。"

⊙ 山南县—建筑工地上 日 外

柳大满来到干活的众人面前。

柳多金迎上："满哥来了。"

柳大满："来了。"

赵亮："大满哥来了。"

柳大满："给你们几个说一下啊，都听一下，过两天要下雨呢，咱要赶工期，但是一定要注意安全，好不好？"

众人："好好好。"

柳大满："好好干、好好干。"

⊙ 柳家坪麦子地 日 外

麦浪滚滚，一派丰收景象。

画外音（赵雅奇）：虽然国文伯伯心心念念的大水坝没有建成，但小水坝依然给家乡带来了丰收，这给执着于土地和种粮的父亲带来了极大的满足和喜悦。

⊙ 柳家坪赵大柱家屋内 夜 内

字幕：2006 年初冬

赵大柱和赵二梁两家正在吃饭。

电视里放着新闻："观众朋友们晚上好，今天是 2006 年 1 月 1 日，星期日，欢迎收看《新闻联播》节目，这次节目的主要内容有，我国最后一批省份今天起全部取消农业税，下面请看详细内容。"

赵二梁一怔，停下筷子："哥，刚电视里头说了个啥？全部取消农业税？我没听错吧？"

赵大柱:"那是电视嘛,应该不能胡说。"

赵二梁:"也就是说,咱以后得是不用交钱交粮了？"

赵大柱:"那美着呢嘛。"

赵二梁:"那太好了。"

赵大柱:"太好了。"

大柱媳妇:"好事情嘛。"

赵大柱:"要是早几年这两人就不会为了三十斤粮食打架……"

大柱媳妇打断:"你别说了,没完了,给我拿个馒头。"

赵二梁:"给姐道歉。"

二梁媳妇把大馒头递给大柱媳妇:"姐,吃馍吃馍吃馍。"

⊙ 柳家坪赵书和家屋内 夜 内

柳秋玲与赵书和在家看电视新闻。

柳秋玲惊愕地:"废除了农业税了？"

赵书和兴奋地,举起酒杯:"嗯。来吧！"

两人碰杯。

赵书和:"好得很嘛。"

⊙ 柳家坪打谷场一墙边 日 外

夏大禹在一笔一画写着标语:彻底减轻农民负担,全面取消农业税。

⊙ 省城干休所国正行家 日 内

国正行在量着血压。

国文关切地:"您还是得多注意点,勤量着。"

电视里的新闻:"历史上泥河改道平均每二十年一次,这次距上次泥河改道不到九年,这说明泥河改道有频繁的趋势,泥河流域的生态治理迫在眉睫。"

二人一愣。

国正行:"这条泥河呢,它养育了两岸的老百姓,但是呢,它也让两岸的人呢,受了不少的苦,历史上有人就想根治这条泥河,但都没成功。现在国文,这副重担就压在你肩上,就看你啊,能不能不负众望,挺直了腰杆担起这份担子。"

国文:"这些年一直因为资金的问题嘛,在泥河上建了一座小型的水坝,看来还是不行,要是想彻底根治泥河改道,解决泥河的问题,还是要修一座大型的水坝。"

国正行:"泥河可以改道,你的初心可不能改,你只要把这件事做成了,你就没有白当这个县委书记。"

国文:"爸,您放心,不管有多大的困难,我一定能克服,一定要把这座大坝给修起来,把这祸害一方的泥河变成造福百姓的泥河。"

国正行:"对。"

画外音(赵雅奇):国文伯伯明白,仅仅一个小水坝无法阻挡几年来一次的水患,要使泥河流域更广泛地区不再受水患之害就必须要彻底治理泥河,在上游修建更大的水坝。

⊙ 柳家坪赵书和家屋内 日 内

赵书和一脸愁容。

柳光泉:"书和啊,人在做天在看,泥河改道,这是老天爷要磨人呢。水坝不能用,那咱就不用用了嘛,好歹咱也用了几年,也过了几年的好光景,对不对?"

说罢出屋:"遇事啊,心想宽,没有过不去的火焰山,你是村里的主心骨,连你都不精神,那大家伙心里就更没有底了。"

柳秋玲:"说到底,还是穷,越穷,越不重视教育,越不重视教育,就越没文化,越没文化,就更穷。"

赵书和:"你想说啥嘛。"

柳秋玲:"书和,你这个村干部,太难了,咱走吧。"

赵书和:"走?去哪?"

柳秋玲:"雅奇现在在县里上高中,咱寻他去,在县里找个工作,咱陪着娃一起上学好不?"

赵书和一脸固执:"我走不了,我不能走,你刚才不是说了吗,咱村这么穷,我再走了,咱村不是更穷了,不能走,你也不能走,秋玲,你走了,学校娃咋办嘛,我咋办嘛,对吗?"

柳秋玲深情地望着赵书和:"我心疼你。"

赵书和:"没事没事,爸不是都说了嘛,没有过不去的火焰山,没事。"

第十一集

⊙ 柳家坪村委会屋内 日 内

赵书和站在桌前打着电话:"童技术员,你们农科所金小麦的试验田定下来没有。你们要是来,我们柳家坪肯定是全力支持,你要哪的地,我就给你划哪的地,你要多大的地,我就给你划多大的地,我代表村两委向你表个态嘛,好嘛,那你赶紧来嘛,你来的时候我去接你。好。"

赵书和放下电话的同时柳大满匆匆进来。

柳大满:"书和。"

赵书和扭头:"你咋来了?"

柳大满:"让我喝口水。"

说罢,端起赵书和刚泡好的热茶就要喝。

赵书和:"烫、烫!"

柳大满:"美着、美着,我给你说,一个好消息、一个大事、一个美得很的事。"

赵书和:"多大的事。"

柳大满:"在咱村建个水泥厂,行不行?"

赵书和:"水泥厂?"

柳大满:"我这两天在城里听到一个消息,说一个南方的老板要在咱乡建一个水泥厂呢,你知道这个项目现在在谁手里?"

赵书和:"谁?"

柳大满:"聂爱林,聂书记那。"

赵书和:"南方的水泥厂咋在咱乡弄呢?"

柳大满:"北方人也要用水泥呢嘛,不能北方人用水泥跑到南方去调嘛。"

赵书和:"对着呢。"

柳大满:"那路费多贵嘛。"

赵书和:"对着呢。"

柳大满:"走吧,咱去找聂书记把这事敲定下来,走走走。"

赵书和:"我去不了,我现在也有个大事呢。"

柳大满:"啥事?"

赵书和:"农科所金小麦的试验田要在咱村弄呢。"

柳大满不屑地:"又是金小麦,又是试验田,还是种地嘛。"

赵书和:"我没有说完嘛,首先,他们农科所要在咱村租地,给咱租金呢;其次,他们技术员天天在地里干活,我可以天天盯着他们,偷学技术呢;第三,一旦成功,第一批种子,咱村先种,咋样?一举三得吧。"

柳大满:"美着呢,不过我给你说,我这几年在城里算明白了,想要村里人富起来,就得先建厂子,建企业。你想下,如果这水泥厂开在咱村,咱村人不用外出就直接去上班了,下班回来就能照顾老婆、娃,每个月还发着工资呢,那是现金,这事多美嘛,我这也是一举三得。"

赵书和:"也是好事呢。"

柳大满迫不及待地:"走,咱找聂书记。"

赵书和:"你别急、你别急,咱们分头行动,行吗?你弄水泥厂,我弄试验田,双管齐下嘛,好吗。"

柳大满瞪起了眼睛:"不行嘛,我是二把手,我去跟人家聂书记聊,人家觉得不尊重嘛。"

赵书和打趣地:"柳大满,你这头型就是一把手,去吧,不要废话了,去吧。"

柳大满无奈地:"那我就说你让我去的,我代表你,你让我去的。"

赵书和:"好,给聂书记带个好啊。"

⊙ **山南县委国文办公室内 日 内**

国文与县长相对而坐在谈话。

国文凝眉道:"泥河这次改道。让咱建的这个小型水坝失去意义了,现在对整个泥河下游的粮食问题造成了严重影响,这就是逼着咱啥呢?还是要建一个中型或者大型的水坝，才能彻底解决问题。"

县长："国书记，我已经让水利局做新水坝的修建方案和预算了，估计很快能拿出来。不过现在最关键的问题还是。"

国文："钱嘛，钱的问题，我知道。"

县长叹气道："贫困县，处处难，永远都是缺钱，一分钱憋倒英雄汉。"

国文："是，你这个轱辘话说得挺溜的，用啥用嘛得解决问题嘛。"

县长："对，对。"

敲门声。

国文："来。"

县长："我先走了。"

说罢起身离去。

张局长走了进来："书记找我？"

国文："我听说咱县要引进一个南方的水泥厂，有这事？"

张局长："就是，我正准备向你汇报。"

国文："是，办企业嘛，那肯定是能尽快地让村民好起来，但是这事还是要经过认真地科学论证，不能太急。"

张局长："现在叮是发展乡镇企业的黄金时间，我们得抓紧。"

国文："你发展经济，不能以环境为代价嘛。是，经济的代价我们承受不起，但是环境的代价我们更承受不起，这环境关乎几代人呢。所以说，引进水泥厂的事我不是很赞成。"

张局长不置可否。

⊙ 泥河乡党委书记聂爱林办公室 日 内

柳大满匆匆走进："聂书记。"

正在忙碌的聂爱林："大满来了，你先坐。喝水不喝？"

柳大满："我不喝了。"

聂爱林："那我就不倒了。回回是水也不喝，饭也不吃。"

柳大满看见桌上的一兜子水果，拿起来就吃。

聂爱林一怔，走过来："你咋把那弄开了。"

柳大满："这不是人家送的水果吗？咋？不能吃？"

聂爱林："我这是准备给人家退的。"

柳大满："谁给你送的,还要退回去？"

聂爱林："那天来了个南方老板,人家给提了一兜这。我说等过两天再来把这给人家退了去。你可把这弄开了。简直是。"

柳大满目露尴尬："书记,那南方老板得是就是要在咱乡弄水泥厂的那个老板？"

聂爱林："你灵得很,你咋知道？"

柳大满："我听人家说的,你真是不够意思嘛你,我上回都专门来了跟你说了,说要有人想在咱乡里弄厂,你提前给我说一下。"

聂爱林一笑："我给你说啥呢嘛,人家到这才是考察呢,连影都没有,我给你咋说。"

柳大满："那考察你必须得让到我柳家坪去察一下,我村那壮劳力又多,我这条件别的村没有的。"

聂爱林："我知道,咱俩前头不是说过,但是人家作为投资方,人家到哪选址建厂是人家说了算,我说了不算嘛。"

柳大满探问："这个老板叫个啥嘛。"

聂爱林："叫个陈大化。"

柳大满："他是住在县城哪个宾馆呢？"

聂爱林："住哪我可没问。"

柳大满："那你有他电话没有？"

聂爱林："电话……我那天记了个电话,你拿纸跟笔一记。"

柳大满掏出手机："我拿这记。你说。"

⊙ **山南县城一宾馆房间内 日 内**

陈大化在喝茶。

手机铃声响起。

陈大化手握手机,一口广东普通话："你好啊。"

⊙ **山南县城某街道 日 外**

车来人往,街边一角。

柳大满手握手机面露笑容："陈厂长,我是柳家坪的村主任,我叫柳大满,我是聂爱林的朋友,聂书记的朋友。"

手机里陈大化的声音："聂书记的朋友啊,你好你好。"

柳大满:"陈厂长,你看你这么大个企业家,来到俺们这小地方我荣幸得很,咋也得尽地主之谊嘛,我是跟我们村支书一把手骑着自行车从村里赶到咱这县里专门请你吃饭呢,你给个面子可以吗?"

手机里陈大化的声音:"吃饭这个事情我们以后再说啦,我今天晚上已经约了朋友一起吃晚饭啦。"

柳大满:"你约了朋友没事嘛,咱一块儿嘛,加一双筷子的事情嘛。"

说罢,看了一眼身边的赵书和,继续说道:"我跟我村的那村支书一把手那是从村里骑着自行车到县城专门来请你吃饭的,你不给我们面子,你也得给那聂书记个面子嘛,你看行吗?"

手机里陈大化的声音:"今天晚上,那就六点钟啊。"

柳大满兴奋地:"好好好,鸿运酒楼,六点钟,对对对,五点半我们就到,好好,那到时候见。再见、再见。"

说罢挂断电话,侧脸对赵书和道:"书和书和,约好了。"

赵书和:"约好了?"

柳大满:"晚上六点钟,鸿运酒楼。"

赵书和:"鸿运酒楼?"

柳大满:"咱县城最好的酒楼。咱俩今天要把水泥厂这事弄不成,我就不回这柳家坪了。"

赵书和:"好嘛。"

柳大满:"你把你那扣子系上。"

赵书和:"用你提醒?走。鸿运酒楼在哪儿?"

柳大满:"这边、这边,走走,跟着我走。"

⊙ 山南县委国文办公室内 日 内

聂爱林在向国文汇报工作。

聂爱林:"书记,咱山南县能引来一个这么好的企业确实是不容易,你看,就为这水泥厂,整个乡政府一下做了大量的工作,大满的意思还是想叫这个项目能落地到柳家坪,一旦项目落地,我乡上绝对把柳家坪作为排头兵,来带动乡上其他村加快脱贫步伐。"

国文:"之前那个报告我看了,柳家坪附近的石灰石氧化钙的含量比较高,做水泥的必然原材料嘛,就自然资源来讲这是个好事情,是吧。"

聂爱林："对，就是。领导，我知道你是担心环境这块，我就想着如果错过了这个千载难逢的好时候，就害怕群众的脱贫积极性会降低，一旦群众的这个热度降了，那有些工作的推进势必就碰到难度了。"

国文："是，想脱贫的愿望是好的，我理解，但是水泥厂上马这个事情还需要一个科学的论证过程。"

柳大满："是。"

国文："不能操之过急。我再考虑一下嘛。"

聂爱林："行，领导，那你考虑考虑，那我先回去了。"

国文："好好，再见。"

聂爱林离去。

⊙ 山南县鸿运酒楼一包间内 日 内

陈大华走了进来。

赵书和、柳大满热情地招呼陈大化。

柳大满："来来来。陈厂长，太高兴了。"

赵书和："你坐坐坐。"

柳大满："你来了，我太高兴了。我先给你介绍一下，这是我柳家坪的村支书赵书和。"

赵书和："你好。"

柳大满："一把手。"

陈大化："赵支书，你好啊你好啊。"

柳大满："我是二把手，村主任柳大满。"

陈大化："柳主任，就是你打电话的？"

柳大满："对对对，就是我给你打的电话。"

正说着，石泉村的吴主任急急地走了进来："陈厂长，来晚了来晚了。"

陈大化："不晚不晚，来，我给你们介绍一下，这个是石泉村的吴主任。"

柳大满："不用介绍、不用介绍。我认得，认得。"

赵书和："就是的嘛。"

吴主任："陈厂长，我们熟得很，柳家坪的一把手、二把手。我在乡里开会，经常在一起，你说你们两个，吃个饭还悄悄的。"

赵书和："吴主任，你坐这吗？"

吴主任："坐哪都行，你坐那，我坐这。"

柳大满："快坐、快坐、快坐。那这人都到齐了，我就给咱点菜。"

吴主任："不用点，不用点，菜我都点过了，我连钱都给了。"

赵书和一愣："啊？"

柳大满瞪大了眼睛疑惑地看着吴主任："你咋能连钱都给了，这是我叫大家一块聚一下，然后请陈厂长，你给了钱，我咋办呢？"

吴主任："柳大满，你把你的钱存下，这个水泥厂落户到石泉村请你俩吃个饭那是个小事情。我给你俩说，水泥厂建成那一天，我一定把咱乡上所有的村主任、村支书全部叫到这，咱还是这，好好地高兴一下。"

陈大化："今天啊，我们大家聚在一起呢，就是吃菜喝酒，水泥厂的事情呢，不要谈了。"

柳大满和赵书和面面相觑。

⊙ 山南县一宾馆房间内 夜 内

柳大满生气地坐下。

柳大满："我这心里难受得很，这事咋能让石泉村横插一杠子！让他们给捷足先登了。"

赵书和："聂乡长他不知道这事吗？"

柳大满："他应该不知道这里头的事，我听说那石泉村的老吴，人鬼得很，他的妹夫是工商所的所长，人家肯定知道这事早，下手就早。我觉得咱这事估计没戏了。"

赵书和："咋就没戏了？厂子还没有建在石泉村呢嘛！"

柳大满："刚才吃饭的时候你没看老吴那样子，人家把话都说到那份上了。"

赵书和："说到啥份上了，反正我没有听到陈厂长说厂子就建在石泉村，既然没说就说明没定，咱就有机会的嘛。"

柳大满愁容满面："有啥机会嘛。"

赵书和："堵他。到他门口堵他，亲自单独地跟他谈一下，谈一下咱们村的优势。"

柳大满："咱都不知道陈厂长人家住在哪，咱咋堵呢。"

赵书和："我知道。"

柳大满一怔："你知道？"

赵书和："他就住在咱们宾馆的818房间。"

柳大满："你咋知道的？"

赵书和："吃饭的时候他掏烟，我看见他房卡了嘛。"

柳大满盯视着赵书和："我就说你赵书和咋舍得这么大方，让我住这么高档的宾馆。"

赵书和："现在知道了？"

柳大满："细心得很嘛你。"

赵书和："我当然得细心了，你想嘛，厂子建到咱村，得用咱地吧？得用咱山上石头吧？那都是钱。村集体受利的事，能不细心吗？"

柳大满异样地看着赵书和："你这赵书和进了城这脑子灵光得很嘛。你这观察能力也强了。"

赵书和："废话，我在部队是侦察连的。"

柳大满："给你个杆就往上爬呢，还侦察连的。"

赵书和："你干啥去？"

柳大满："我上一个高档厕所，马桶！"

赵书和："哦哦哦。"

第二天一早，柳大满起床惊愣住了。

赵书和不在。

柳大满发现赵书和留下的字条，字条上写着：我已经回村。水泥厂的事就全辛苦你了。

柳大满不悦地嘟囔："啥人嘛，关键时刻，又把我一个人撇下！"

⊙ 山南县一宾馆走廊内 日 内

酒店走廊。

柳大满走来，走到818房间门口，敲门。

柳大满："陈厂长。"

屋内半晌没人反应。

柳大满嘴里喃喃地："咋，一大早就出去了。"

说罢打电话给陈大化。

手机里传来陈大化的声音："喂，柳主任啊。"

柳大满手握手机："陈厂长，我在你的房间门口呢，我想着叫你一块吃个早餐，咱聊一下。"

⊙ **柳家坪村委会屋内 日 内**

夏大禹热情地给农科所的童技术员和小吴倒水。

夏大禹:"这大热天的,辛苦了啊。"

童技术员:"没事、没事。"

夏大禹:"二位、二位喝点水。"

小吴:"谢谢。"

童技术员:"谢谢。"

赵书和:"童技术员,你们这办事效率真的是太高了。"

童技术员:"现在情况是这样,我们农科所已经决定把这个试验田的任务放到咱们村了,我这次来就是代表所里和你们村领导商量商量一些具体细节,咱们尽快把……"

柳大满进了门。

赵书和一愣:"大满,你回来正好,我介绍一下,这是童技术员,这是我们村主任。"

柳大满:"柳大满。"

童技术员:"柳主任好。"

柳大满:"你好、你好。我这试验田的事,就交给你们了,你们辛苦了,由我们村支书全权配合你们。"

童技术员:"太好了,有你们领导全权配合,我们就放心了,赵支书,这样,你们先忙,我到村子地里再看看。"

赵书和:"好,好嘛。"

柳大满:"好好。"

赵书和:"我陪你们一块去。"

柳大满:"书和,你不能走,咱俩说点事。"

说罢对童技术员:"我说点事,让夏大禹陪你去,他陪你去,好吧,他陪你去,我们说个事。"

童技术员:"你们先忙。"

柳大满:"好好、好好好。"

赵书和对童技术员道:"那一会儿我寻你们去。不都已经说了嘛,我偷着要学技术呢。"

屋内只剩赵书和和柳大满。

柳大满顿时脸色阴郁:"你太不够意思了,你把我一个人撇到城里自己就回来了?"

赵书和:"我跟人家农科所的人都约好了,我肯定要回来嘛。"

柳大满:"又是这种地的事,我给你说了多少回,你这事挣不到钱。"

赵书和:"柳大满,你那水泥厂我没有干涉你吧?你也不要干涉我的试验田。"

柳大满:"那不管咋,你支持我,你跑回来你这叫支持我?你知道啥情况吗?"

赵书和:"啥情况?"

柳大满:"我连陈厂长的人面都没见着。"

赵书和一愣:"这咋弄嘛。办不成了?"

柳大满:"回来的路上,我也在想该咋办咋办,我想跟你商量一下,要不然是这,咱能不能先去寻一下聂书记,看他有没有啥办法,聂书记那再不行,咱能不能找国文商量一下。"

赵书和:"国文肯定支持咱们嘛,这是好事嘛。"

柳大满:"咱先给他打个电话问一下。"

赵书和:"好嘛。"

柳大满:"好好好。"

柳大满掏出手机拨通了国文办公室的电话。

柳大满:"你说。"

说罢把电话递给了赵书和。

赵书和接过手机:"我是柳家坪的村支书赵书和,我找一下国书记。"

手机里的声音:"国书记今天不在,下乡去了。"

赵书和:"好嘛、好嘛。下乡去了。"

柳大满:"打手机、打手机。"

说罢,再次拨打。

赵书和失望地看着柳大满:"不在服务区。那咋办嘛?"

柳大满不悦地:"自己跑回来了,还好意思说咋办嘛?我哪知道咋办嘛。还有最后一个办法,明天咱俩再去一趟城里,咱俩在宾馆把那陈厂长堵一下。"

赵书和:"我去不了嘛,农科所的人在,我得陪着呢。"

柳大满:"让夏大禹陪着。我给你说咱村招不上商,引不上资,就是你这支书的问题,就是你得负责任,你必须去。"

⊙ 山南县委会议室 日 内

国文与诸位干部七嘴八舌地讨论着水泥厂的事。

常务副县长:"我说两句,不建企业,农村尤其是贫困村咋能快速发展呢?南方现在很多农村都是建厂才富裕起来的。"

一常委:"就是嘛,咱们有现成的经验为啥不拿来用呢?现在农村工作中脱贫才是最大的任务嘛!"

另一常务:"对,咱们县招商引资的工作这步子不妨迈得再大一些嘛。"

国文一直静静地在倾听,不时在笔记上记录什么。

张局长发言。

张局长:"我再说上两句啊。经过反复调研,柳家坪真的很适合建水泥厂,除了生产水泥所需要的矿质达标以外,地理位置环境都是不错的。"

国文环视众人:"今天的会,大家畅所欲言,很民主,我表个态啊。"

大家顿时安静下来。

国文:"从理论上来说,建企业嘛,那是最快速的发展捷径。大家刚才对这个建厂的想法也表了态了,大部分同志都是同意的,我在这块先保留意见。我想提醒一下,在这个办厂的过程当中,薪资、手续、环评这些问题必须严格把关!"

张局长等与会人员均点头。

画外音(赵雅奇):对引进水泥厂,国文伯伯内心一直很矛盾。他既希望尽快地让村里摆脱贫困,同时也担心会对生态环境造成不利影响,但在残酷的现实面前,他痛苦地选择了妥协。

⊙ 山南县一饭馆包间内 夜 内

赵书和、陈大化、柳大满三人围坐吃饭。

柳大满:"陈厂长,在我说之前,我先干为敬。"

说罢仰头干掉一杯酒。

柳大满:"好事成双,我再来一杯。"

陈大化吃惊地看着柳大满和赵书和:"这什么意思啊,怎么,你们这里都这个样子喝酒啊?"

柳大满:"为了表达俺俩的诚意,我把这也喝了。"

陈大化:"你等一下啦。那么晚你把我从宾馆拽到这里来,什么话也不说,菜也不吃。"

柳大满一仰头将第三杯酒喝完。

柳大满顿时红头涨脸："陈厂长，我就说点真话，我觉得陈厂长你有点不够意思。你看，你还没有把每个村子都看完呢，你就把你的厂定在那石泉村了，不合适嘛，这不公平嘛。"

陈大化："你听我解释一下啦。我从决定来咱们这里投资建造这个水泥厂的时候，接触的第一个就是石泉村，我们做生意人有一个规矩，就是有一个先来后到。"

柳大满："不管咋你都应该每个村子看一下嘛，看完之后你再定到哪，哪适合定哪嘛，你这不公平嘛，对吗……"

赵书和劝阻道："大满、大满。你别说了，你喝多了，我说。"

说罢望着陈大化："陈厂长，这柳主任他也是为了水泥厂的事太着急了。"

陈大化："理解、理解。"

赵书和："是这，我们柳家坪其实是全乡比较穷的一个村子，大满想让你把这个厂子建到柳家坪呢，也是想让大家改善一下生活……"

突然柳大满的手机响了。

赵书和："你电话。"

柳大满接电话。

手机里国文的声音："大满，我是国文。"

柳大满已显醉意："国文，俺正喝酒呢，美得很，你赶紧过来。"

赵书和："不要说话了、不要说话了。"

柳大满："让他来呢。"

赵书和抢过电话。

赵书和："不要说话了，国文、国文，我，书和。大满喝多了，你有啥事嘛？"

国文："我听说你昨天寻我，啥事？"

赵书和："我寻你，对对对，我寻你，我确实有个事情，我现在正谈着呢，回头我再跟你细说，好吗，好，好，好。"

说罢挂断手机。

赵书和："我接着说，我说到哪了？最重要的是，我们村的人能吃苦呢。"

陈大化："不好意思啦，我打断你一下。你刚才接的那个电话，我知道的一个国文是不是咱们县的县委书记国文呢？"

柳大满："不是他接的电话，是我接的电话。"

赵书和："你接的、你接的。"

柳大满:"我这全县就一个姓国的,国文是我的兄弟,从小跟我俩一块耍大的。"那小时候……"

赵书和:"你说这干啥嘛!"

柳大满:"让我说嘛,他游泳差点掉到那下头,我把他捞上来,我救了他的命。"

赵书和:"好了好了好了。"

陈大化略一思忖:"哎呀,赵支书,我突然想起来了,我有点紧急的事情要去处理一下,今天呢,我就不陪你们了。"

赵书和一愣:"菜还没有吃呢。"

陈大化:"谢谢你们的款待。"

说罢起身离去。

赵书和一头雾水:"这啥意思嘛。"

⊙ 山南县城一宾馆陈大化房间 夜 内

陈大化坐在沙发上,手机突然响起来。

陈大化急忙接起电话:"喂。"

手机里的声音:"陈总,柳家坪的村支书赵书和和村主任柳大满确实是县委书记国文关系非常好的朋友,他们没有吹牛,他们真的是发小。"

陈大化:"好,我知道了。辛苦你啦。"

⊙ 柳家坪村委会院子内 日 外

陈大化坐着车来到柳家坪村委会院子,下车。

大家都在围观。

夏大禹:"这么好的车,谁的嘛?"

陈大化笑着看着众人:"你们好。"

说罢朝屋内大喊:"赵支书,柳主任。"

夏大禹:"主任,有人寻你。"

赵书和与柳大满闻声从屋内出来。

柳大满意外地:"陈厂长,你咋来了,欢迎、欢迎。"

赵书和:"你咋来了。"

陈大化:"赵支书,你好、你好。"

赵书和:"你好、你好。"

陈大化："我今天来，是想跟你们说两件事情，第一件呢，是昨天晚上我提前离场，的确是有一点点小事情。第二件事情，我正式宣布，我不把水泥厂建在石泉村了。"

柳大满："那在哪？"

赵书和："在哪建嘛？"

陈大化："我要把水泥厂建在咱们柳家坪村。"

柳大满顿时惊愕而又激动："真的！陈厂长，谢谢你，太感谢了，太有眼光了，谢谢。"

赵书和："陈厂长，感谢你，我代表村两委、代表全体村民感谢你，也欢迎你到咱村建厂。"

柳大满："谢谢！"

赵书和："感谢、感谢、感谢。"

陈大化："感谢的话就不用说啦，是你们的真诚感动了我。"

赵书和："感谢、感谢。"

众人："好！好着呢、好着呢……"

柳大满喜不拢嘴地跑上台阶高声道："欢迎陈厂长，欢迎陈厂长。"

⊙ 泥河乡政府会议室 日 内

柳大满代表柳家坪与陈大化签字建厂。

⊙ 柳家坪水泥厂大门 日 外

字幕：2007年

一辆卡车驶出厂门，水泥厂首次出货。

⊙ 柳家坪村街上 日 外

柳春田骑着自行车回村，后座上捆着一大包行礼，遇上柳大满，停不住车摇摇晃晃地下车。

柳春田："大满哥。"

柳大满："呀呀呀，你会不会骑自行车嘛你。春田，你咋跑回来了？"

柳春田："对不起，我这车没有闸。"

柳大满："没事没事。咋回事嘛？"

柳春田："城里那活没法干嘛，人家那环卫工人，半夜起来就把街道打扫得干干净净的，我连个啥都捡不到了。还有个啥，人家那拾破烂的，现在分帮派呢，叫丐帮，划区域划的是一片一片的，我个单蹦蹦，人家就撵我呢，我就回来，投奔你来了。"

柳大满："投奔我干啥呢嘛？我又不是丐帮。"

柳春田："你是咱村的主任嘛，你比丐帮厉害得多嘛。"

柳大满："你那拾破烂的事我帮不了你。"

柳春田："不是拾破烂的事嘛。"

柳大满："那是啥事？"

柳春田："咱村里不是开了个水泥厂嘛，我也想去上班呢。"

柳大满一口答应："就这事？没问题，我回头跟陈厂长说一声就去。"

柳春田："还是我大满哥好。"

柳大满："但是春田，我要提前跟你说好，你要去上班可以，但是你一定不能像在城里打工一样，干一半跑了，要弄就好好弄呢，知道吗？"

柳春田："没问题，肯定的嘛，你放心。"

柳大满："好好好，那就这，我走了。"

柳春田："等等等，大满哥。大满哥，你把这一拿。"

柳大满："你这拾下的啥嘛，你给我呢。"

柳春田："这不是拾下的嘛，这专门给你买的。人家城里人都吃这。"

柳大满："我不要、我不要，你赶紧回去收拾一下你屋，我还忙着呢。"

柳春田："我收拾。我给你放在这了，我走了。"

柳大满："你。"

柳春田："我给你放下了，城里人都吃这呢，你拿下。走了大满哥。"

柳大满看着一大包食品："这是啥嘛这。这洋玩意。"

⊙ **柳家坪赵书和家屋内 夜 内**

赵书和一家和高枫在吃晚饭。

柳光泉："雅奇。"

赵雅奇："够了。"

柳光泉："吃肉、吃肉。高枫，吃吃吃。"

柳秋玲："爸！"

赵书和:"爸。你自己吃。"

柳光泉:"好好好。多吃、多吃。"

柳秋玲:"高枫。"

高枫:"嗯。"

柳秋玲:"你最近复习得咋样了?"

高枫:"婶,我不想复读了。"

柳秋玲一怔:"不复读咋考大学?"

高枫:"就是不上大学了。"

赵书和:"为啥呢嘛?"

高枫:"我就不是上大学的那材料嘛。"

柳光泉:"高枫,咱可不敢有这想法,学还是要好好上呢,能上大学咱就上大学,实在上不了那回农村也不是啥坏事情。"

柳秋玲皱眉:"爸!"

赵书和:"对着呢。努力了就行了嘛。"

柳光泉看着高枫:"娃只要努力了就行了,来,快吃。"

柳秋玲盯视着高枫:"高枫,那不上大学咋走出这山沟沟。再坚持一下,学费啥的不用你操心。"

高枫:"婶,我主要是不想再给咱村人添麻烦了。我就是不上大学,我照样能走出去嘛。"

柳秋玲:"你不上大学你咋能走出去。"

高枫看看赵书和:"我就跟我叔一样,我当兵去就完了嘛。我知道你是为了我好,但我实在是不想读了。"

柳光泉:"当兵?"

柳秋玲:"当兵?"

赵书和:"当兵好呀。"

柳秋玲不悦地:"当兵咋好!"

赵书和:"我就是当兵的嘛。秋玲,时代不一样了。"

赵雅奇开口道:"爸妈,不要再争了,叫我哥自己决定。"

柳光泉:"雅奇说得对,秋玲,高枫长大了,他的事情就让他自己做决定。"

赵雅奇:"就是。"

柳光泉:"你也只能管他一时,你还能管娃一辈子?"

柳秋玲:"爸,你不要添乱了。"

赵书和:"你就是……"

柳秋玲:"不要说话。"

赵书和:"好嘛。"

柳秋玲:"高枫,你想好了?做了决定就不能后悔了!"

高枫:"婶,你放心,我已经想好了,就去当兵,我不后悔。"

赵书和:"好着呢。"

柳秋玲顿时神情痛苦。

高枫:"婶,咋了嘛。"

赵书和:"秋玲、秋玲、别生气嘛。高枫,你当兵的时候是不是也要读书呢?"

柳光泉:"对对,不敢放松啊。"

赵书和:"你要学技术呢。"

高枫:"肯定的嘛。"

柳光泉:"走到部队也不要忘了学习。"

赵书和:"对。"

高枫:"肯定的。"

赵书和:"吃饭,吃点饭嘛,吃饭。"

柳秋玲端起酒杯,喝酒,一下被呛住,不停地咳嗽起来。

高枫望着柳秋玲神情复杂。

⊙ 柳家坪中心小学 日 外

装修工人在翻新学校。

柳秋玲:"师傅,喝水。"

工人:"不喝了,不喝了,谢谢了。"

柳秋玲:"辛苦了。"

柳秋玲:"来,喝水。"

工人:"不急、不急,干完再喝。"

柳秋玲:"干完再喝?辛苦了。"

柳秋玲抬桌子。

柳秋玲:"小心手。好。"

柳秋玲拎着水桶走来。

柳秋玲:"来来来,水来了。同学们,咱们现在有了新的教室和新的课桌椅,好不好?"

同学们:"好。"

柳秋玲:"咱们现在把教室打扫干净,明天呢会有老师来支教,到这里来跟我们一起上学,一起学习,你们说好不好?"

同学们:"好。"

⊙ 柳家坪村委会门口 日 外

修葺一新的村委会门前,众人正在将村两委的新牌子挂上门口。

柳大满仔细端详着:"好着呢,正着呢,美得很,看这,一闪一闪亮晶晶的,多美的。"

赵书和:"就是不一样。"

柳大满:"这会儿就应该放炮。烟花。"

⊙ 柳家坪村路上 日 外

柳大满骑着一辆摩托回村。

赵亮:"主任。"

柳大满:"美着呢。"

赵二梁:"这车好得很呢。"

二梁媳妇:"这是不是个托摩的车啊?"

柳大满:"这是摩托车。"

柳满仓:"主任,买了车以后让我给你当司机嘛。"

柳大满:"你会不会骑嘛。"

柳满仓:"我会骑自行车嘛。"

柳满囤:"大满哥,这得是你买的?"

柳大满:"不是我的还是你的?哎哎,别动我的车钥匙。"

柳根凑过来:"村长,叫我溜一下。"

柳大满:"你回头嘛,等你学会了,咱都溜一下。"

柳根:"我溜一下嘛。"

赵刚子:"那把我拉上溜一圈。"

说罢一屁股坐在了后座上。

赵二梁："刚子，你赶紧下来。"

柳大满："赶紧。"

柳根："赶紧下来。"

柳大满："赶紧下来。我媳妇没坐你先坐了。"

众人笑。

⊙ 柳家坪村口 日 外

柳多金喜滋滋地牵着一头秦川牛走过来。

柳满仓迎上："多金，在哪偷这么大头牛。"

柳多金："啥偷的，我挣钱买的。"

柳满囤："哪来的这么多钱嘛？"

柳多金："哪来的钱，我挣工资买的。"

柳满囤："得是水泥厂？"

柳多金："就是，咋了？"

柳满仓："买这么大头牛你一个人吃得完嘛？"

柳多金："我跟你俩说不着，给我滚。"

柳满仓："不就买个牛嘛，你牛气啥呢。"

此刻，赵大柱、赵二梁骑三轮回来，上面装着一辆新买的洗衣机。

柳满仓："这是个啥？"

赵二梁："咋样？美吗？来，给我把上面的字念一下。"

柳满囤看着包装盒子上的字："洗衣机嘛。"

赵二梁："双筒洗衣机。"

柳满仓："洗衣机嘛。"

赵大柱："咋样？"

柳满囤："你的嘛还是你的。"

赵二梁："我俩的嘛。"

柳满仓："二梁，借谁钱买的？"

赵二梁："我打工挣下的钱嘛。还借谁的？跟你俩一样懒的跟啥一样。"

柳满囤拍着洗衣机。

赵二梁："你别胡动，动坏了你俩赔不起我跟你说。"

柳满仓不悦地："洗衣机嘛不就是。"

赵二梁："走，走！不跟他俩说了。"

⊙ **柳家坪赵大柱家院内 日 外**

大柱和二梁将洗衣机从包装盒里取出。

赵二梁："咋样嫂子，美吗？"

大柱媳妇："好得很嘛，我都没见过。"

赵二梁："放到哪嘛？"

大柱媳妇："放这。"

赵二梁："放这行吗？"

大柱媳妇："放这。"

赵二梁："行。"

赵大柱："来。"

赵二梁："看这颜色，我哥专门给你选的。"

大柱媳妇满脸喜色："好看，好着呢。"

⊙ **柳家坪中心小学教室 日 内**

男老师："从第一个自然段我们说到直接描写的流水的小溪潺潺，柳枝婀娜，波光粼粼，这些都是咱们这次的生字啊。咱们先把这个字一起读一遍，好不好？"

同学们："好。"

男老师："来，开始。"

同学们："潺。"

男老师："第二个。"

同学们："婀。粼。涸。缀。"

⊙ **柳家坪中心小学另一教室 日 内**

讲台上，柳秋玲领读课文："听听秋的声音。"

同学们："听听秋的声音。"

柳秋玲："大树抖抖手臂。"

同学们："大树抖抖手臂。"

柳秋玲："刷刷，是黄叶道别的话音。"

同学们："刷刷，是黄叶道别的话音。"

⊙ 柳家坪柳大满家屋内 日 内

柳大满正准备出门。

柳满仓、柳满囤上前挡住。

柳满仓、柳满囤："满哥。"

柳大满皱眉："满仓、满囤，你俩跑到我屋来干啥来了？"

柳满仓："我看水泥厂生意好得很嘛，想跟你挣个钱嘛。"

柳大满眉头一展："你俩能来我就高兴，水泥厂刚开就让你俩去呢，你俩死活不去嘛。好，这事交给我了，明天就上班。"

柳满囤："满哥，我俩去干啥呀？"

柳满仓："对。干啥？"

柳大满："大家干啥你俩就干啥嘛。"

柳满囤面呈难色："又累又脏又呛，弄不成。"

柳大满："咋？你俩还挑上了，想得美，就这活，能干了干，不能干了算了，我还忙着呢。"

柳满仓："柳大满，全村人跟着你都挣钱了，你不让我们挣钱，你是个啥村长嘛你。"

柳满囤："柳大满，你看你，像个当哥的样子吗？"

柳满仓："我跟你说，今天你要是不安排，你出不了这个门。来，堵门！"

说罢，两人一左一右将门堵住。

柳大满看着忍不住笑了："看把你俩这门神能的……好着呢。去厂里当看门的保安！"

⊙ 柳家坪水泥厂大门 日 外

柳满囤和柳满仓穿着崭新的保安服，在厂门前当起了保安，检查着进进出出的运水泥的车辆。

第十二集

⊙ **柳家坪水泥厂车间内 日 内**

水泥生产车间，工人们一片忙碌景象。

⊙ **柳家坪村外试验田 日 外**

众人："小心小心，慢点。"

赵刚子："就没见过这么大的播种机。"

赵书和："童技术员，这种的就是金小麦啊。"

童技术员："对。"

赵书和："今年就全看它了啊，好嘛好嘛。来，弄。"

众人："弄！上车，来来来，怕这机器把你卷进去了。"

⊙ **柳家坪赵书和家屋内 日 内**

高枫准备去当兵，恋恋不舍地看着家里的一切。

雅奇突然从学校回来。

赵雅奇："哥、哥，我回来了。"

高枫一怔："你咋回来了。"

赵雅奇："翘课了。"

高枫："翘课？你不怕婶子揍你！"

赵雅奇："你一走三年，还不让我来送你？"

高枫叹气。

赵雅奇："哥，东西收拾完没，我帮你来收拾。"

高枫："都收拾差不多了，不用收拾了，到了部队啥都会发。"

赵雅奇："部队这么好呢？"

高枫："嗯。"

赵雅奇："哥，你到了部队，穿了新军装，拍个照片寄给我。"

高枫："好。你也要答应我，一定要在县城好好上学，一定要考上大学，不要让婶子再伤心了。"

赵雅奇："就知道你会说这些，放心吧，北京考不上，省城的大学没问题。"

高枫："吹牛吧你。"

赵雅奇："哥，你走了，我爸我妈我们会想你的。"

高枫："我也会想你们的。"

⊙ 柳家坪村口 日 外

众人送高枫当兵，依依不舍地把高枫送到村口。

柳光泉："高枫，这回可遂了你的愿了，到了部队给人家好好干。"

高枫："好。"

柳光泉："咱年轻不怕。"

高枫："我知道。"

柳光泉给武装部的干部说："高枫这娃，苦得很，从小吃百家饭长大，他爸走得早，到了部队你们对他要求严一点。"

夏大禹："枫枫娃，美得很嘛。"

众人鼓掌欢送。

柳大满："好了好了，我觉得好了，咱再送就送到哪去了，到头了没完了。"

说罢看向高枫。

柳大满："枫枫娃，给你说几句话，你这到了部队，那地方苦，把自己照顾好，每顿饭要吃饱，想吃啥没有了就给我写信。"

赵书和："你说啥呢嘛，高枫，别听你大满叔的，记住了，不要怕吃苦，部队那就是锻炼人的地方，记住了没有？"

高枫点头。

赵书和："好嘛。"

赵雅奇望着高枫:"帅得很!"

高枫望着赵雅奇:"好好学习。"

赵雅奇:"走嘛,走嘛走嘛,快走。"

黄艳丽眼含泪光:"枫娃,婶儿啥也不说了,他们该说的都说了,把自己照顾好,没事给家写信。"

高枫:"好。"

高枫看向柳秋玲。

高枫:"婶儿,那我就走了。"

柳秋玲叮嘱道:"高枫,婶子不是反对你当兵,既然决定了就好好地干,到部队上绝不能丢下学习,不管以后做个啥,都需要文化呢,知道吗?"

高枫点头:"我知道。"

柳秋玲:"好好吃饭,好好睡觉,知道不。"

赵书和上前拉秋玲:"对了对了,他记住了。"

高枫与柳秋玲相抱。

柳秋玲眼泪盈眶:"好好的啊。"

高枫看着众人:"走了。"

说罢含泪敬礼:"都回去吧!"

黄艳丽:"枫娃,记得写信。"

高枫:"好。"

夏大禹:"枫枫,听领导话。"

高枫:"知道!"

⊙ 柳家坪柳春田家院内 日 外

赵细妹和叶小秋与叶英子站在羊圈外。

赵细妹问:"英子,啥时候买了两只羊了?"

叶英子:"母羊。春田这几年在水泥厂上班呢,手里有点钱了给买的。"

赵细妹:"这我看行啊,母羊下了崽,可以让你哥帮你卖呀,小秋虽然没有那么大的本事,但是卖个羊嘛,没问题。"

叶英子:"能行嘛。我再给羊弄点草去。"

赵细妹:"好。"

叶小秋:"你说,一会去你哥那,那事说吗?"

赵细妹："说嘛，肯定得说。"

叶小秋："真说？"

赵细妹："咱不都说好了。"

⊙ 柳家坪赵书和家屋内 日 内

赵书和望着细妹两口子："你们咋来了呢，小秋，坐。"

赵细妹："哥，我嫂子呢？"

赵书和："嫂子带娃上课呢嘛。"

赵细妹："对。"

赵书和："你们吃了吗？"

赵细妹："没吃呢。"

赵书和："我也没吃，你嫂子留了饭了，你去灶房给咱热一下。"

赵细妹："行，我去热一下。"

说罢走了出去。

赵书和："小秋，看电视吗？"

叶小秋："不看了，哥。哥，我有事想跟你说一下。"

赵书和："你说嘛。"

叶小秋："听说你村那金小麦丰收了？"

赵书和喜滋滋地："丰收了。"

叶小秋："我村也想种呢，我村那情况你也知道，种啥啥不活，我想着要是能种点金小麦，大家都能过上点好日子，你觉得咋样？"

赵书和："你当村支书的，带着大家往好日子过是对的，那是这，我把农科所童技术员回头给你介绍一下。"

叶小秋："我听你的。"

赵书和："好嘛，喝水。"

赵细妹端着热好的饭菜进来。

赵细妹："哥，咱先吃饭。"

赵书和："吃饭、吃饭、吃饭。"

赵细妹问叶小秋："事都说完了？"

赵书和："说完了。"

赵细妹："说的咋样？"

赵书和："我这几天就把技术员给你们领过去。"

赵细妹："哥，他还有个事没跟你说呢。"

赵书和："还有啥事嘛？"

叶小秋笑。

赵书和疑惑地："你笑啥嘛？"

叶小秋："不是我……"

赵细妹："这有啥难开口的，来！我说，就是咱那水泥厂用人用得挺好的，小秋是想着让俺石头村那些人去厂里寻个活干。"

赵书和："就是个这？"

赵细妹："那就是个这嘛。"

赵书和："那我回头跟大满说一下嘛。"

赵细妹："你看，有啥事就直接跟咱哥说。"

赵书和："你这娃，咋还说一半留一半呢？"

叶小秋："谢谢哥。"

赵书和："看把你客气的。再没别的事了？"

赵细妹："没事了。"

赵书和："那我吃了啊。"

赵细妹："吃嘛。"

赵书和："好嘛。"

⊙ 柳家坪中心小学教室内 日 内

柳秋玲带着孩子们读课文。

柳秋玲："一天之内不同的花开放的时间是不同的。"

学生们："一天之内不同的花开放的时间是不同的。"

柳秋玲走到一个学生身后，悄悄地将他的玩具收走。

柳秋玲："凌晨四点，牵牛花吹起了紫色的小喇叭。"

学生们："凌晨四点……"

⊙ 山南县第一中学教室 夜 内

赵雅奇和同学们在忙碌而又紧张地复习功课，备战高考。

⊙ 柳家坪村子外农田 日 外

众人在农田里忙碌劳作着。

赵刚子吼唱起秦腔。

夏大禹:"刚子,哎呀!你咋吼得跟母猪难产了一样。"

众人哄笑。

赵刚子:"我胡吼的嘛,我重唱一个。"

⊙ 山南县委国文办公室内 日 内

国文正在办公。

刘刚敲门而入:"国书记。"

国文:"小刘,来来,快,坐、坐。自己倒点水喝。"

刘刚:"我不喝、我不喝。"

国文:"我有好茶呢。"

刘刚:"不喝了、不喝了。国书记,你找我来有啥事?"

国文:"我听说你最近有点新情况?"

刘刚:"啥情况?"

国文:"你咋一直在看法律方面的书呢?你要干啥呢?"

刘刚:"咱们不是水坝这事情没成嘛,我在水利局比较闲一点,刚好司法考试,我说也考一考,万一考上了,我就彻底转行了。"

国文一愣:"你要改行呢?"

刘刚应和。

国文:"这不行小刘,泥河可以改道,你不能改行。你要改行了,咱这水坝工程谁来干呢?这是你的专业特长啊,你前期辛辛苦苦做了那么多的调查、研究,梳理出来这么多数据,你这不前功尽弃了嘛?"

刘刚凝重地:"这么多年你跑东跑西为这水坝,我都看在眼里,各部门都在踢皮球,有些事情不是以个人意志而转移的。国书记,我觉得你太难了。"

国文:"你不要担心我,这就是我的工作,再说了,你干啥事情不难啊?你有困难你要把它克服呢,有时候那难点你把它克服了,它就是亮点。"

小刘感佩地点头。

⊙ 柳家坪村口 日 外

赵山骑着电动三轮车载着一台冰箱和赵元宝返回村里。

赵元宝："叔，放羊呢？"

放羊村民应和："嗯。"

赵元宝："叔，再别放了，水泥厂干活去嘛，赚钱买冰箱嘛。"

放羊村民羡慕地："这么大个冰箱。"

赵山将车子开到了村口，一堆村民上来围观。

赵山："回来了、回来了。买了冰箱。"

赵元宝："到时都来，都来我屋。"

⊙ 柳家坪柳大满家屋内 日 内

柳多金、柳春田各自手里带着礼品来到柳大满家里。

柳多金："满哥，这是给你买的，对，一点心意。"

柳春田："大满哥，这是我的一点心意。"

柳大满瞪起眼睛："你俩来就来嘛，还拿啥东西。"

柳春田："不是嘛，你看，大满哥这么多年给咱村帮了多少忙。"

柳多金："就是。"

柳春田："尤其是给咱俩，你说对不对。我俩从来没有说感谢呀，不会，咱不会弄这些事，刚好借这个机会就把大满哥好好感谢一下。"

柳多金："对着呢嘛，满哥，没有你就没有水泥厂，没有水泥厂我们上哪挣钱去嘛。"

柳春田："挣不着钱，这日子就没有办法过嘛。"

柳多金："就是。"

柳春田："咱现在在家门口就能挣着钱，这是多好的事。"

柳多金："对着呢嘛。你看周围的村哪能比上咱村嘛，对吧？"

柳春田："就是，你看昨天见到那个，那连衣服都……"

柳大满受用地听罢："好了，好了。我没发现你俩个货嘴皮子还油得很，还能说会道得很嘛。"

两人笑。

柳大满："你俩来就是想说多加班、多挣钱？"

柳春田："嗯。"

柳大满:"这是好事嘛,咱开个水泥厂为的就是让咱村的人多挣点钱,对着嘛?这事没问题嘛,交给我了,我回头跟陈厂长说一下,但是这东西我不能收,都拿回去。"

柳多金:"满哥,东西是给你买的,拿回去不合适。"

柳春田:"这是专门给你买的,不好买这个。"

柳多金:"你收下,这就是我的心意。"

柳春田:"对着呢嘛。"

柳大满:"好了好了,好了!这东西留下,这事我就不办了,但是你俩拿走,这事我保证给你俩办。听见没有,拿回去。"

柳春田:"满哥,你说你不收不合适嘛。"

柳多金:"这多不合适,专门给你买下的。"

柳春田:"给你说了,你认了就行了,就靠你了,我走了。"

说罢离去突然绊了一跤。

柳大满:"慢点、慢点。"

两人走出去。

柳大满:"这俩人。"

⊙ 柳家坪村口 日 外

柳满仓、柳满囤两兄弟提着鱼肉回来。

柳满仓:"扫地呢?"

村民女:"买了肉?"

柳满仓:"买了肉。洗衣服呢?好好洗。"

柳满仓:"忙着呢?"

柳满囤:"就是一顿吃不完嘛,看我这酒,排着队吃嘛。"

⊙ 柳家坪赵书和家屋内 日 内

赵书和与大林哥打着电话。

赵书和手握手机:"大林哥,我知道,后天对吗?你看你娃结婚你打几次电话了,你是老了得是,放心吧,我肯定去,对,叫上秋玲,好。"

电话挂断。

柳秋玲:"又是大林哥。"

赵书和:"大林哥娃结婚,咱给准备些啥呢?"

柳秋玲:"我都准备好了,我看新娘子长得好看,我准备了一块料子做新衣服。"

赵书和:"好。秋玲,你看咱村子这越来越好了,该结婚的都结了,你那两个光棍堂兄咋弄呢嘛?"

柳秋玲:"哪两个堂兄?"

赵书和:"满囤、满仓嘛。"

柳秋玲嫌弃地:"两个人你不要提了。"

赵书和:"咱全村就他们俩没有结婚,还单着呢。"

柳秋玲:"那两个家伙又馋又懒游手好闲,谁家的女孩愿意嫁给他。"

赵书和:"以前懒是因为之前没事干嘛,我看他在水泥厂当保安好着呢,回回我路过厂门口还朝我敬礼呢。"

柳秋玲:"我告诉你赵书和,他两个,烂泥扶不上墙。我告诉你不要管,你就是不要管。"

赵书和:"话不能这么说嘛,咋,那人咋还不能有个变化呢?你看,元宝、二梁,那之前傻得很,自打结了婚,让媳妇拿下了,顺顺的。"

柳秋玲:"人跟人是不一样的。赵书和,反正我没有办法,我也不想管,我找不着人。"

赵书和:"我知道你找不着人。你不是认得那媒婆嘛。"

柳秋玲:"哪个媒婆?"

赵书和:"当年给咱俩批八字的那个媒婆嘛,让她张罗一下。"

柳秋玲生气地将衣服扔给赵书和。

赵书和:"咋了?"

柳秋玲:"挂衣服!"

⊙ **柳家坪柳大满家屋内 夜 内**

黄艳丽:"这大电视机,美得很,将来我再看电视剧的时候啊,连眼睫毛都看得清清楚楚的。"

柳大满:"媳妇儿,你不知道,人家赵刚子他屋买的那彩电,都跟咱屋的一样大,也是液晶的。"

黄艳丽:"真的啊。"

柳大满:"咱村这二梁呀,买的都是那双桶的洗衣机,买的啥都有,这日子比以前可真是强得多了。"

黄艳丽："知道了,你跟我说这些,那不都是你的功劳吗。"

柳大满："不不不。"

黄艳丽："你是咱村的大能人嘛。"

柳大满："不敢不敢,咋能是我的功劳,那是水泥厂的功劳嘛,这是大家勤奋劳动的结晶嘛。"

黄艳丽："哎呀,对了吧,那你跟我说这些,不就是让我夸你嘛。"

柳大满："该夸还是得夸一下嘛,我心里也清楚得很,这骄傲使人退步,谦虚使人进步,我还是要进步呢嘛。"

黄艳丽："对了对了,别说那虚的了,你就说,咱这饮水机往哪儿放合适。"

柳大满："你一会儿随便放到哪儿,我跟你商量一下,我晚上就不在屋里吃饭了啊。人家大林子他屋把家里刚装修了一遍,让我去喝酒吃饭呢,和你商量一下。"

黄艳丽："好好好,还商量啥呢,赶紧走吧。"

柳大满："那你自己吃。"

黄艳丽："你别管了,我自己来。"

柳大满："好。"

⊙ 山南县柳三喜油条铺 日 外

柳满囤、柳多金坐在柳三喜对面吃着油条。

柳多金："咋?三喜,你还跟我们牛气上了?我跟你说实话,满哥想着你让我俩喊你回村里水泥厂上班,咋?你城里当老板了,瞧不起咱柳家人了?"

柳三喜："我知道满哥待我好,可我真的不想丢下我这饭铺子嘛。"

柳多金："你听我跟你说嘛,你……"

柳满囤："别说了,爱回不回,你要是不回去呢,人家水泥厂照样干活,人家那烟筒照样冒烟,得是的?反正我俩人是来了,好话都给你说尽了。"

柳三喜："满囤,我给你说,等再过上几年,我挣下大钱了,我开个饭店,我开带包间的大饭店。蓉蓉。"

三喜妻："来了。"

柳三喜："打包。"

三喜妻："早都给你们准备好了。"

柳满囤："谢谢老板啦。"

⊙ 山南县委国文办公室 日 内

屋内堆着几个纸箱子。国文正在忙乱地收拾东西。

赵书和:"国文,你这是?"

国文:"来来来。我实在是抽不出时间到村里面找你们俩了,我今天我也是刚接到的通知,我要调到市里面去工作了。"

赵书和:"调市里?"

柳大满:"调走了?"

赵书和:"你不会是去当市长了吧?"

国文:"副市长!"

赵书和:"你看。"

柳大满:"又升官了!"

赵书和:"好事嘛。"

柳大满兴奋地:"真为你高兴、为你高兴。"

国文:"都是工作嘛,所以,我想着我走之前,咱几个得见个面,咱得聊一下,是吧。"

赵书和:"好嘛、好嘛。"

柳大满:"国文,那水泥厂的事,你是不是还有意见呢?"

国文:"关于水泥厂的问题,反正从目前的形势来看,没大问题,但是,你要说从长远的角度来看,弊大于利。"

柳大满:"现在俺村人都在那上班呢,都按月发着工资呢,日子过得越来越好了,都挣下钱了。"

赵书和:"收入确实高了。"

国文:"说起来,我是真的想给你们两个人道歉呢。"

赵书和:"道啥歉呢?"

国文:"你看,从我来咱山南县一直到县委书记,这些年,柳家坪村没有大的变化,相比其他的县、乡、某些个村子,可能还落后了,但是我想说,咱要相信一点,只要是有党、国家帮扶的政策,早晚有一天咱柳家坪村,一定能富裕起来,我坚信这一点。"

柳大满赵书和一齐点头。

国文:"不管以后我走到哪里,以后任啥职务,柳家坪村在我心里都占据最重要的位置，所以，以后柳家坪村有任何好的变化第一时间告诉我。"

柳大满："对对对，我给你打电话，给你打电话。"

国文："你们两个人是我打小最好的朋友，我现在要求你们，再穷再落后，也要守住底线。"

柳大满一愣："底线？啥底线？"

国文："水要清，天要蓝，山要绿，这就是底线！"

⊙ 省城大学小礼堂 日 内

小礼堂内，一名老师带着学生们在鲜红的党旗下宣誓入党，雅奇也在其中。

老师庄严地："我志愿加入中国共产党，拥护党的纲领，遵守党的章程，履行党员义务，执行党的决定……"

学生们跟着朗声宣誓。

画外音（赵雅奇）：党的十八大胜利召开，会议确定，到2020年实现全面建成小康社会，同时提到，坚持走生态良好的文明发展道路。然而我的家乡柳家坪却还没有跟上时代的脚步。

⊙ 天阳市国文家里 日 内

字幕：2012年冬

国文在客厅看着新闻。

⊙ 柳家坪赵书和家 日 内

赵书和领着高枫回家，柳光泉正在挑烟叶，柳秋玲闻声从屋内出来。

赵书和："爸，枫枫娃回来了。"

高枫："爷。"

柳光泉一愣："高枫！"

柳秋玲："咋才回来呢。"

高枫："婶儿。"

赵书和："从大满那抢回来的。"

柳光泉："高枫，我听说你都复原有一个月了？"

高枫："一个月了。"

柳秋玲有些埋怨地："一个月才回来。"

柳光泉："来，坐坐坐。"

高枫："我实习呢。"

柳秋玲："我给你倒水去啊。"

柳光泉："你还拿啥东西嘛。"

高枫："肯定得拿嘛。"

柳光泉："让爷看一下，就是不一样，到底精神多了。"

赵书和："壮了。"

高枫："也黑了。"

柳光泉："我听说你在部队还得了个啥功？"

高枫："立了个二等功。"

柳光泉："二等功？"

赵书和："救灾抢险，救人了。"

柳光泉："好好好。那……伤到啥地方没有？"

高枫："身体没事，都好着呢。"

赵书和："小时候教了游泳的嘛。"

高枫："就是。"

柳光泉："好好好。"

柳秋玲端着热茶水出来。

柳秋玲："喝水。"

高枫接过茶缸："谢谢姊儿。"

柳秋玲："高枫，实习结束了？"

高枫："结束了。"

柳秋玲："工作分配了吗？"

高枫："分配了，我下个礼拜一就要正式上岗了。"

柳秋玲："啥工作？"

高枫："就在咱县城，商务局，文件都批下了。"

柳光泉："商务局好。"

柳秋玲高兴地："商务局！在县城呢。"

高枫："离你都近了嘛。"

柳秋玲："就是的，好着呢，我给你做好吃的去。"

柳光泉："对对对，下面、下面下面，吃碗面。"

高枫："吃碗面、吃碗面。"

赵书和："枫枫娃留在县城了，看把你婶儿美的，乐开了花了。"

⊙ 柳家坪水泥厂车间 日 内

车间内弥漫着粉尘，一片乌烟瘴气。

一众柳家坪人与其他工人们正在干活。

柳多金咳嗽。

⊙ 柳家坪水泥厂大门 日 外

工人们结伴下班，走出大门。

柳多金有气无力地走出大门，在门口停下，扶墙剧烈咳嗽。

⊙ 柳家坪柳春田家院内 日 外

柳春田坐在家院子门口，路过村民与其打招呼。

村民："春田。"

柳春田："叔，忙去啊。"

村民应和："忙去呢。"

柳春田开始一阵咳嗽。

叶英子端水出来。

叶英子目露担忧："她爸，你这没完没了地咳，越来越严重了，不行咱去县医院看一下。"

柳春田摇头："上啥医院嘛，人家多金哥咳得比我都厉害，人家没说上医院，咱去不是让人家笑话嘛。"

叶英子："笑话啥？看病呢嘛。"

柳春田："你得是钱多得烧的，要去你自己去！"

说罢起身回屋。

叶英子："慢点。"

⊙ 柳家坪村委会屋内 日 内

赵书和看着手里的小麦一脸惊惑地:"这是咋了?"

夏大禹一脸茫然:"不知道嘛。"

赵书和:"咋回事嘛,之前咱这个小麦很少得这种病嘛。对吗?得了也是零零星星的,打几次药就好了。"

夏大禹:"咱村三百亩地,一多半都得了这病了,真是把人能急死,也不知道别的村子今年麦子咋样。"

赵书和用手机拨通了电话:"小秋,我是书和,我问一下,你们石头村今年小麦咋样嘛?"

⊙ 柳家坪赵书和家院子 日 内

柳光泉在浇花。

柳秋玲回到家:"爸,我回来了。"

柳光泉:"回来了。你见着雅奇了没有?"

柳秋玲:"见着了。"

柳光泉:"娃咋样现在?"

柳秋玲:"挺好的,在市委工作。"

柳光泉:"娃胖了没有?"

柳秋玲:"刚去,工作忙得很,咋能胖呢。"

柳光泉:"秋玲,娃肯定是吃不好,这样行不行,你每天把饭做好,也给娃送去。"

柳秋玲:"爸,市上远着呢,咋送呢。她不是个小娃,你不要操心了。"

柳光泉:"咋能不操心呢嘛。娃现在是在市里工作呢,就是远,我就去不了。她要是回来工作,我就恨不得天天陪着她,哄她高兴,也见不得娃受委屈,你知道吗。"

柳秋玲:"爸,等雅奇工作稳定了,接你去城里看看你外孙女。"

柳光泉笑着:"好、好。"

⊙ 天阳市委综合科办公室一屋内 日 内

赵雅奇与同事正在核对工作。

赵雅奇:"这两条要加进去,下午开会要用呢。"

同事:"雅奇,我这边数据你帮我核实一下。"

赵雅奇:"来了。"

同事:"这个。"

赵雅奇："这个数据不对，这个要加进去，十二五规划这块。"

⊙ 柳家坪村委会屋内 日 内

柳光泉困惑地拿着麦叶发黄的麦子看，赵书和站在一旁。

柳光泉随即将手里的麦子扔到桌上："咱村这个品种，那是绝对的优良品种，这个没有问题。要是有问题的话，那现在就是这地的问题了。现在这土也怪得很，你看这，又黑又硬的。"

柳大满进了村委会。

柳大满："书和，光泉叔在呢。"

赵书和问柳光泉："那土还有其他的原因没有？"

柳光泉看看柳大满："那……那是这，你俩谈你们的正事，我抽空再到地里看一下。"

柳大满："没事。那你忙。"

柳光泉走后，柳大满看向赵书和坐下。

柳大满："咋了？"

赵书和："小麦病了。"

柳大满："病了就看病嘛。"

赵书和："这回跟以前的不一样嘛，你看看，你看，你说咋回事嘛？"

柳大满一怔："你问我呢？我感冒都是我媳妇给我看好的，你算是问对人了。"

赵书和："好好好，算我没问。"

柳大满："明天呢我媳妇过生日，我在城里的鸿运饭店摆了一桌，咱一块聚一下。"

赵书和："鸿运饭店？"

柳大满："那陈厂长人家非得要在那吃，还要招待一下城里他的一帮朋友，你人来就行了，千万不要带礼物。"

赵书和："好。"

柳大满："把秋玲叫上。"

赵书和答应。

柳大满："那我走了啊。"

赵书和："走嘛。"

⊙ 中原省医院国正行病房 日 内

国正行透过窗户看着国文在外面跟医生了解病情。

旋即国文推门进来。

国正行："国文。"

国文答应"爸。"

国正行："医生跟你说我的病怎么样了？"

国文安慰道："没什么大事，就让您好好休息休息，您正好借这个机会，就当是来调养调养。"

国正行："好。"

国文："喝点水。"

国正行："你回去吧，我知道你忙。"

国文："那我过个两三天再来看您。"

国正行："好，去吧。"

国文："行，那您好好歇着，有事给我打电话，那我先走了。"

国文出病房。

⊙ 中原省医院一楼大厅内 日 内

国文迎面碰见柳多金夫妻俩。

柳多金咳嗽着。

柳多金："你是国文？"

国文："你是？"

柳多金："我是多金。柳家坪的柳多金。"

多金妻："柳家坪的。"

国文："你们是柳家坪来的啊，这是来医院看病呢？"

柳多金："我吸不上气，肺上有问题了。"

国文一怔："肺上有问题？多长时间了，医生是咋说的？"

柳多金一阵咳嗽后："我来看了几回了，医生说啥也别干了，意思就养着，没啥好办法了。"

国文："那你咋会得个这病呢？"

柳多金："我也不知道。"

多金妻："啥不知道，领导问你就好好说嘛，就是他们上班的那水泥厂，粉尘大得很，都吸到嗓子眼里头了，跟他干活的那几个人，现在都是害这毛病。"

柳多金："你给人家说这干啥嘛，我走了，我走了。"

251

山河锦绣

多金妻:"你跟领导……我没说完呢。"
国文:"你是水泥厂……"
柳多金:"我走了、走了。"
多金妻:"跟领导说一下这情况嘛。"

⊙ 山南县委聂爱林办公室 日 内
聂爱林正在办公。
电话响起。
聂爱林:"我是聂爱林。"
话筒里国文声音:"聂书记。"
聂爱林:"国副市长!"

⊙ 天阳市政府国文办公室 日 内
国文手握话筒:"我给你说,昨天我去了趟省医院看我爸,碰见两个柳家坪的村民都患了肺病,是呼吸道感染,我要说啥呢,咱柳家坪村那个水泥厂到底有没有污染的问题。你赶快跟环保部门联系一下,进行调查,要是有问题我跟你说,不仅是我失职,你问题大了。"
话筒里聂爱林的声音:"好的,领导。你放心,我现在就安排环保局,刚好,它最近是正准备对全县的生产企业进行一次安全和环保的检查,最近正在制定方案着呢。"
国文:"我跟你说爱林,经济发展固然重要,但是环保也很重要,咱不能顾此失彼,不然没办法向后人交代,那咱就成罪人了。"

⊙ 山南县政府聂爱林办公室 日 内
聂爱林手握话筒:"我明白,领导。你放心,我顺便问一下,老人的身体咋样了?"
话筒里国文的声音:"你不管我爸,我爸好着呢,没问题。我跟你说你记住没有,赶快跟环保部门联系一下,尽快调查。"
聂爱林:"领导,放下电话我就联系。"
说罢挂断电话,随后立即给环保部门拨打起电话。
画外音(赵雅奇):引进水泥厂,国文伯伯内心一直很矛盾。希望通过乡镇企业的发展让村里摆脱贫困,但心里很清楚,这是典型的牺牲生态环境换发展的思路。在残酷的现实面前,他痛苦地选择了妥协。柳大满领着村里人进厂当工人,父亲却始终坚守着他的土地。

⊙ 柳家坪村委会屋内 日 内

赵书和在村委会等柳大满，柳大满进来。

柳大满："书和，你找我呢。"

赵书和："大满，来了。"

柳大满："我最近忙得很。"

赵书和："坐下、坐下。"

柳大满："我事情多得很。"

赵书和："我找你还是想说一下咱这个小麦生病的事。"

柳大满不耐烦地："你给我说这我也听不懂嘛。"

赵书和："你听我说完嘛！"

柳大满："好好好，你说、你说。"

赵书和："是这，我咨询了很多人，咱这个小麦得的病叫黄斑病。"

柳大满点头。

赵书和："这么大面积得这个黄斑病，大概就是因为土地出了问题了。那土地为啥出问题呢？很有可能就是污染造成的。我就在想，咱柳家坪这么多年土地都没有问题，自打建了水泥厂……"

柳大满打断道："你别急、你别急。你是说你这麦子得了病了跟水泥厂有关系呢？"

赵书和："你说是不是这个原因？"

柳大满诘问道："咱水泥厂建在你那麦子地里？"

赵书和："我的意思是说，会不会是咱水泥厂它排的这个污水出了问题？"

柳大满："绝对不可能是这的问题嘛。"

赵书和："为啥呢嘛？"

柳大满："你想一下，这水泥厂它建成是要符合国家标准的，如果不符合就建不成，刚开业的时候我专门跟陈厂长就说过这事，我说千万不敢出啥问题。"

赵书和："那他咋说嘛？"

柳大满："人家跟我拍着胸脯说的，说绝对不可能有问题，你放心！"

赵书和："那咱们村到水泥厂打工的，像春田、多金他们那么多人为啥还得了肺病呢？"

柳大满："哪那么多人，不就那几个嘛。咱人人都是吃五谷杂粮长大的，谁不得病？"

赵书和："我说得的是肺病嘛！"

柳大满："得肺病得就那几个嘛。我都不知道给他说了多少回了，那几个天天一根接一根地抽烟，还有水泥厂那么多人，为啥其他人不得病呢？还不是他们自己的问题嘛。对着吗？"

赵书和："那你的意思是说，水泥厂肯定没有问题？"

柳大满："肯定没有问题嘛。"

赵书和："好，那咱这个小麦到底咋回事嘛。我问过其他村，像石头村，小秋他们，人家小麦种的美着呢。那为啥就咱这小麦得病嘛！为啥呢嘛？"

柳大满："书和，你真的以为当年咱两个学习的时候我闭着眼在那睡觉呢？我拿耳朵都听着呢。"

赵书和疑惑。

柳大满："种麦子，得是要化肥呢？对着吗？"

赵书和应和。

柳大满："还有农药，种子也得好，再说了，还有天气原因呢。今年旱了，明年涝了；风大了，雨小了，这各方面的客观原因，你都得排查呀。你不能有啥事你都往水泥厂上连，你这不是给水泥厂泼脏水呢嘛。"

赵书和："我不是这个意思……"

柳大满："水泥厂这些年多好的，大家日子都好起来了。"

赵书和："是。"

柳大满："你这小麦生了病了你着急我能理解，你需要钱我给陈厂长说一声嘛，给咱赞助一些。你回头那麦子的钱那啥钱都有了嘛，你不能这样子干嘛，你这是讹钱呢，你知道吗？"

赵书和不悦地："我是讹钱？"

柳大满："你这在城里知道叫啥吗？"

赵书和："叫啥嘛？"

柳大满："碰瓷儿。"

赵书和："啥？"

柳大满："碰瓷儿！"

赵书和："我的意思不是说肯定就是水泥厂出的问题嘛，对不对。"

柳大满："你这就是碰瓷儿呢。我还有事我先走了。"

赵书和:"我就是要跟你分析一下嘛。夏大禹!夏大禹进来。"

夏大禹:"来了来了。支书,我把院子扫干净。"

赵书和:"不要扫了,你把咱那个种子、小麦,用的农药、化肥,地里的土,还有河里的水都拿去检验,我看一下到底哪出了问题!"

夏大禹:"好,我明天就去。"

赵书和不容置疑:"现在!"

第十三集

⊙ 泥河岸边排污口 日 外

环保局的工作人员在排污口旁取样。

张科长:"怎么样?测一下啊。"

工作人员:"好,稍等一下,张科长。"

张科长:"好。"

⊙ 天阳市环保局监测中心 日 内

赵书和与夏大禹站在技术员面前。

技术员:"根据你们之前送来的样本,经过我们检测,得出的结论是黄斑病,应该是泥河的水质污染了土壤。"

赵书和:"问题是盖水泥厂之前俺们的地好好的。"

夏大禹:"就是的嘛。"

赵书和:"就是盖了水泥厂之后出的事嘛。"

技术员:"这只是你们个人的假设,我们也没有收到任何水泥厂污染物的化验样本。当然了,也不排除这种可能性嘛。"

⊙ 山南县委聂爱林办公室 日 内

聂爱林在给国文打电话。

聂爱林:"领导,我是聂爱林,按照你的指示要求,咱对柳家坪水泥厂的排污处理进行了一次全面的检查。"

话筒里国文的声音："结果咋样嘛？"

聂爱林："从这个检查报告来看，一切正常。"

⊙ 天阳市政府国文办公室 日 内

国文手握话筒："合格的？"

话筒里聂爱林的声音："是！"

国文："我给你说爱林，我建议对柳家坪水泥厂要持续监测，对企业排污的管理万万不能放松，发现问题必须马上解决，你明白吗？"

话筒里聂爱林的声音："我明白，领导，那我就不打扰了。"

⊙ 柳家坪村委会屋内 日 内

赵书和与夏大禹回到村委会，柳大满正在屋内一边打电话一边等赵书和。

柳大满拿着手机："好！我就按你说的办。"

赵书和："大满。"

柳大满："书和，你终于回来了，我等你老半天了。"

赵书和："我正要找你呢。"

柳大满："你先别急说你的事，我先给你看个东西。"

赵书和："啥东西嘛？"

柳大满拿出一份报告书："天阳市环保局检测中心，这是水泥厂全方位的检测报告，刚出来的，水，没问题。"

赵书和："我看一下。"

柳大满："你也看不懂，你先看这，环保局专用公章。"

说着用手指了指报告书最后一页的公章。

赵书和："拿来，让我看看。"

柳大满无奈地将报告书递给赵书和："好好好。你看，你慢慢看。这都是人家专家一个一个检测的，绝对没问题。你以后可不敢再说水泥厂有啥问题了，给我们水泥厂泼脏水。"

赵书和仔细看完报告书与夏大禹对视一眼。

柳大满："看完了。"

赵书和示意夏大禹拿出自己的检测报告。

赵书和:"我也有一份报告,刚拿回来的,你看嘛。你看,咱用的农药、化肥,没有问题,种子,没有问题,再看这,土壤,就是地里土出了问题了,就是泥河的水质污染的。"

柳大满:"泥河水质污染跟水泥厂也没啥关系嘛。"

赵书和:"那都是检测报告,这矛盾的嘛。"

柳大满:"这有啥矛盾的嘛,你那是你那,我这是我这。我现在就认这,这是水泥厂最好最有力的证明,证明水泥厂没问题。书和,你考虑问题要全面、要客观呢。你那泥河的问题你向着上游嘛,肯定是上游的问题嘛,你不能赖到这水泥厂嘛。我得赶紧把这给人家还回去,你以后不敢再说水泥厂有问题了。"

说完带着检测报告书离开。

夏大禹:"支书,你说村长把市里专家检测报告都拿来了,会不会水泥厂就是没问题,有别的原因呢?"

赵书和:"你说啥原因嘛?"

夏大禹:"那就像村主任说的上游的事嘛。"

赵书和:"上游?那就是整条河都污染了。"

夏大禹:"有可能嘛。"

赵书和:"那为啥别的村没有问题,就咱柳家坪出了问题了。"

夏大禹顿时被噎住了:"这事就奇了怪了。"

赵书和:"我就不信了。"

⊙ 柳家坪中心小学教室内 日 内

一位数学老师正在给学生们上数学课。

柳秋玲在窗外观察。

数学老师:"一套呢,是十二本书,每本呢,是六元,那老师问大家,一共需要多少钱呢?"

学生:"十二乘以六。"

数学老师:"对啦,十二乘以六。来,同学们告诉老师,二六?"

学生们:"十二。"

数学老师:"十二,一六?"

学生们:"得六。"

数学老师:"老师写六好不好?"

学生们："错！"

⊙ 柳家坪柳春田家屋内 日 内

赵书和来到柳春田家。

赵书和："春田。睡觉呢？"

柳春田从床上挣扎坐起："书和哥来了。"

叶英子："书和哥。"

赵书和看着不时咳嗽的春田："你没事吧？我听他们说你这病咋了？又严重了？"

柳春田："就是咳嗽，还是那老样子。给哥倒水嘛。"

赵书和："我不喝、我不喝。"

柳春田："咋了哥，寻我有啥事？"

赵书和："我一是来看看你，二是……我有点想不通。"

柳春田："啥事嘛？"

赵书和："咱这……市环保局对咱这个水泥厂检测结果出来了。"

柳春田："咋样嘛？"

赵书和："全都合格。"

柳春田："那这是好事嘛。"

赵书和："所以我想不通嘛。你想嘛，咱柳家坪这么多年了，没有出过啥问题，对吧？这建了水泥厂之后，你看看你，人也生病了，这地也出了问题了。"

柳春田一惊："地出啥问题了？"

赵书和："庄稼全病了嘛，你咋不知道呢？"

柳春田："我这些年在水泥厂上班嘛，我就没有种地嘛。那你说……这人病了能吃药，这地病了，咋弄啊？"

赵书和："所以我想不通，我就在想到底是咋回事嘛？春田，你是第一批进水泥厂的。"

柳春田："嗯。"

赵书和："你想一下，咱这水泥厂有啥不对头的，或是奇怪的地方？有吗？"

柳春田："没有啥不对头的地方嘛。"

赵书和："你想一下嘛。"

叶英子："你好好想一想。"

柳春田思忖片刻："我好好想也没有啥不对头的地方嘛，那就是正常上班下班的事嘛。"

赵书和："没事，你慢慢想，你想起来了，你告诉我，好吗？"

柳春田："行。"

赵书和："我回了。"

柳春田对英子道："那你把哥送一送嘛。"

赵书和："别送，记着吃药啊。"

柳春田："嗯。"

叶英子："书和哥，你等一下。"

说罢看着丈夫："春田，我记着刚开厂的时候有几天你老回来得晚，我问你干啥呢，你说你加班呢，是干啥事嘛？"

柳春田蹙眉："你一年能问十回，那就是铺个管道的事嘛。"

赵书和："管道？管道啥？咋了？"

柳春田："刚建厂的时候，咱再铺个新的排水管道。我还在那想呢，咱不是原来有一个嘛，咋还重新又弄一个，人家说是你不要捣乱，反正给你钱呢。那我这一想，反正能多挣钱，我就干了，再没有啥。"

赵书和："之前有一个，后来又铺了个新的？"

柳春田点头。

赵书和："那新的管道在哪，你还记得吗？"

柳春田："肯定记得嘛，那是我铺的我能不知道，就在河口那儿。"

⊙ **柳家坪柳春田家院内 日 外**

赵书和出门打电话。

赵书和："国文，我是书和。"

⊙ **泥河岸边一排污口 日 外**

赵书和与赵山陪着环保局检测人员来到真口取样检测。

画外音（赵雅奇）：没有环保措施的水泥厂，造成了土地严重板结和重金属超标，使粮食减产甚至停止生产，这让父亲心急如焚。

⊙ **柳家坪水泥厂陈大化办公室 日 内**

水泥厂办公室主任急慌慌跑进陈大化办公室。

办公室主任："厂长、厂长，坏了。"

陈大化："什么事？"

办公室主任："环保局找到真的排污口了。"

陈大化浑身一震，霍地站起："找到真的排污口了？！"

⊙ 柳家坪柳大满家屋内 日 内

赵书和匆匆来到柳大满家找他。

柳大满："书和来了，刚好，艳丽正做饭呢。"

赵书和："我问你，水泥厂有两个排污口，一个是真的，一个假的，你知道这事吗？"

柳大满连连摇头："不可能嘛，陈大化给我拍着胸脯说……"

赵书和严肃地："你少提陈大化，这事不是你在唬我，就是陈大化在唬你。我不管，反正我跟国文已经说了。"

说完扭头便走。

柳大满追出："书和！"

⊙ 天阳市委会议室 日 内

市委孟书记和国文与众常委开会。

国文："前些年我们为了抓经济增长，没有从源头狠抓企业环保，才给像水泥厂这样的企业钻了空子，那付出了多大的代价。没错，水泥厂给当地的经济增长做出了很大贡献，这一点我不否认，但同时，它对土地、对河流造成了严重的污染。"

常委甲不以为然："企业出现了问题，这是客观事实，我们可以帮助水泥厂治理污染，想办法消除不利因素，一关了之，这不是好办法。"

国文："您提出来的这种方式呢，我认为在建厂初期的时候是有效的，可是当时呢恰恰就是因为我们各级政府，环保意识差，才造成了今天这样的现状。那如果你现在开始治理，人力、财力、时间等等，可能最终会得不偿失。"

常委乙："国文同志，是不是再考虑一下其他的方案？你看，这一个企业从引进建成再到产生效益，不是一件容易的事情，立刻关掉我们感情上过不去，当地群众呢，恐怕也很难接受这件事吧。"

国文："是，提出关闭水泥厂的这个想法我也是经过思想斗争的，我们当然要让农民富裕起来，但是绝不应该用环境和生命作为交换的条件，党的十八大明确提出来了，我们要增强生态、环境保护的意识，这也是全面建成小康社会的重要保证。"

说罢将目光投向孟书记："孟书记，您的意思呢？"

孟书记："好，我来说两句，国文同志的发言，言简意赅，也非常到位。大家试想一下，一个村、一个乡、一个县连最基本的生态环境都搞不好，群众的基本健康得不到保证，我们怎么全面建成小康社会呢？当然，我们是需要发展经济，但绝不是带血的 GDP。"

常委甲："孟书记，柳家坪一带那是连片的贫困区，水泥厂关闭了，村民们返贫了怎么办？民生问题我们不能不认真对待。"

国文："民生当然是大问题，但是我们不能忽略了民生的本质，是让老百姓过上幸福甜美的日子。如果我们舍本求末，那就是对老百姓最大的不负责任，即便老百姓今天不骂我们，将来也会骂我们的。而且我想水泥厂不是唯一脱贫的办法，我们可以因地制宜，动动脑子想想其他的办法嘛，总之一句话，我认为曾经的错误，我们不能再重复，我认为水泥厂必须立刻关停。"

⊙ **柳家坪水泥厂陈大化办公室 日 内**

柳大满心神不定地走了进来。

陈大化起身迎上："你可来了，大满。"

柳大满诘问道："陈厂长，你咋能办这事呢？你咋能把污水往那河里、地里排呢？你上回来不是说都好好的没问题嘛。"

陈大化："都是下面的人胡搞乱搞的。我也没有把控好，所以才出了那么大的篓子，这不，请你来亲自出马了。"

柳大满顿时暴躁地："我出马？我咋出马嘛，我又不是神仙，啥事都能办好。"

陈大化："你是不是神仙，但是你一心为了村里老百姓致富，你有一颗菩萨心肠，话又说回来啦，当初我之所以把水泥厂选在你们村子里边，那还不是因为你跟上面的关系好吗？"

柳大满："咱跟领导关系好，也不能添乱啊，咱这犯的是低级错误。你赶紧把那水泥厂污水口弄好，要不然的话，再往地里河里排那就出大事了，知道吗？"

陈大化："你放心、你放心，这件事情我马上去处理好。但是，国市长那里，你还是要亲自去一趟，市里面已经为了这个事情开会了。"

柳大满："那我跟书和一块去。"

陈大化忧虑地："赵支书现在是为了小麦染病的事情咬住了水泥厂不放，你一个人去吧。"

⊙ 天阳市国文家客厅 日 内

柳大满来到国文家。

国文:"大满,你是头一次来我这里啊,我这冰箱翻了半天,啥也没有,找着两个西红柿,来,咱一人一个。"

说罢将西红柿扔给柳大满。

国文:"咱吃面去,走。"

柳大满满腹心事:"我就不吃了,我还着急赶回去呢。"

国文:"咋不吃?咱边吃边聊嘛,就在楼下嘛。"

柳大满:"我两句就给你说完了,我也没想到这水泥厂咋能出这么大一个事,你看能不能罚点钱就完了,他那陈厂长都说了要弄啥……那叫啥……生化池呢,处理污水呢,这水泥厂开一天挣不少钱呢,能不能……让继续开着?罚点钱?行吗?"

国文严肃地:"这不是罚钱的问题,大满,这本来是想着咱边吃边聊呢。就咱这水泥厂,没有任何污水处理设备,完全没有环保意识、法制观念,这性质就非常严重,大满。"

柳大满:"对对对。"

国文:"我咋帮你?"

柳大满:"对,你说的都对,我也都认同。但是你想一下,咱柳家坪才刚富起来,这水泥厂一关,这大家都没有活路了,可就又穷了嘛。你也是咱柳家坪……对柳家坪也有情感的嘛,你于公于私都应该管这事嘛。"

国文劝说道:"大满,你现在的心情我是非常理解,你想让乡亲们过上好日子,多挣钱,我知道,但现在咱是出现问题了,发现错误咱要把它改过来,当然这个错误我们市里面、县里面都有,我们是承认的。那前些年,大家都是这样嘛,狠抓这个经济的增长,没有狠抓这个企业环保,这才让水泥厂这样的企业钻了空子,现在付出多大的代价?咱是要让农民富裕起来,但是不能拿破坏环境作为代价。你现在这个错误是可以改过来的,不然后人是要骂咱的。"

柳大满:"你说得也太严重了嘛,这小厂子有一点污染情况,那就像庄稼长了个小虫子,正常得很嘛。算兄弟我求你了行不行?全村人民求你。"

国文:"大满这不是……"

柳大满:"全村都求你。"

国文:"这不是求不求的问题,大满,这是事关泥河几代人,事关泥河几万人生存的大事情啊,你说这是帮你还是害大家呢?"

柳大满:"这个事是在你手里头管着呢嘛,又不是在别人手里管着,要是别人我去求也求不上人家,对着嘛?你一句话的事,这事就完了嘛。"

国文:"你这是一家水泥厂,咱这市里、县里面,有污染问题的企业多着呢,我帮上你了,其他的咋办?我也帮?咋管?那不乱套了嘛?下午市里开会,坚决要贯彻十八大的精神,践行绿水青山就是金山银山的理念,这不是我个人的决定,大满,这是市里面集体决定的呀。"

柳大满继续恳求地:"陈厂长知道咱俩的关系,从小一块耍大的,所以让我来求你呢,我本来想着要和书和一块来呢,如果我跟书和一块来,这事得是就可以了?"

国文毫不通融:"谁来也不行,这是原则问题!"

⊙ 柳家坪水泥厂大门 日 外

工人们打着横幅围在一起阻止关停水泥厂。

众人叫嚷着:"我们要挣钱,我们要上班。要挣钱……"

赵大柱:"先别喊了、别喊了。书和来了。"

赵书和和柳大满走了过来。

柳大满:"别闹了,咱村的人别带头了,带的是啥头嘛!弄啥呢!"

柳多金:"书和,水泥厂不能关啊,关了咱柳家坪就没好日子了。"

赵大柱:"就是嘛,咱这日子才刚好几年嘛。"

赵元宝:"对着呢嘛,赚钱有用呢嘛。"

柳根:"就是。"

赵书和:"大满,你说几句。"

柳大满:"我不说了,跟你来就不错了,我说啥嘛,你说。"

赵书和环视众人:"是这,我知道、我知道大家靠着这个水泥厂过了几年好日子,你们舍不得,我能理解,我也舍不得,但是咱要算一下,咱算一下这几年咱到底挣了些啥。水,脏了,喝不成了;鱼,死完了,你们好几个人都得了肺病,对吗?那挣的钱还不够治病的。"

柳多金:"那要是真关了,我这病就更没指望了。"

赵书和:"治病的钱咱以后再想办法,但是大家不要忘了,咱半山村让泥石流给毁了,再这样下去得病的人会越来越多,最后咱柳家坪就让咱自己给毁了嘛。市里统一安排关停这个水泥厂，它是有科学依据的，它是为咱，为咱后人负责任的，咱总不能看着自己的娃自己的后人喝着脏水长大嘛。反正我就是这一句话，咱这个水泥厂必须要关，咱这个钱，不能再挣了、不能再挣了！谁要是还想再挣这个钱，我给你们说，谁就不是柳家坪的人！"

众人闻言，一片嘈杂地议论着。

⊙ 柳家坪水泥厂陈大化办公室 夜 内

柳大满坐在陈大化办公室内，愁眉不语。

陈大化："不应该啊。大满兄弟，凭你跟国文市长的这层关系，这点小事情他就不能通融通融吗？你再去一次。"

柳大满面呈难色："我再去一回？我把该说的都跟他说了，我再去了说啥呢？"

陈大化："你这次去呀，什么都不用说。"

柳大满："啥都不说，那我去干啥？"

陈大化拿出一个装钱的牛皮纸信封。

陈大化："什么都不用说，把这个送给国文市长。"

柳大满："这是多少？"

陈大化："十万！"

柳大满："你是看不起我这芝麻官，还是看不起我国文伙计！"

陈大化："我不是那个意思啦，这种事情换任何一个人给国市长他都不可能接受的，你跟国市长的这层关系，他肯定会接受。再去一次。"

柳大满不接受。

陈大化欲擒故纵地："大满兄弟，你不要怪我，我直言不讳地跟你讲，我随便换一个地方照样开厂，照样挣钱，可是到那个时候，你们柳家坪就没有钱可挣了。"

说罢把钱推了过去。

陈大化："去一次啦。"

柳大满一咬牙："好，我去。但我不是为了你，我是为了柳家坪的乡党们。"

说罢起身离去。

⊙ 柳家坪村委会院子门口 日 外

赵书和走出村委会院门，柳大满上前拦住。

柳大满："书和、书和、走走走。"

赵书和："干啥？"

柳大满："陪我去趟市里，去求一下国文嘛。"

赵书和："你疯了？水泥厂你还要开？"

柳大满："咱为了柳家坪，为了柳家坪的乡党们水泥厂不能关啊。"

赵书和："你为了柳家坪，为了柳家坪的乡党们这水泥厂更应该关。"

柳大满："书和，我知道水泥厂之前有很多的问题，我咨询了很多人了，人家说弄了这生化池、除尘系统，它就能没有啥问题了，就又可以开了。"

赵书和："你再弄十个生化池也没用。"

柳大满："你到底去不去嘛。"

赵书和："我不去。"

柳大满愁绪满腹声音哽咽："书和，算我求你了行吗，我求你去，陪我去一趟，水泥厂就是我的娃。你忘了咱俩当时咋求的陈厂长了，我喝酒喝得都快吐血了，这水泥厂盖起来不容易，你陪我去一趟嘛，行吗？咱再去求一下国文嘛，陪我去一下。"

赵书和："我不去，你最好也别去。"

说罢离去。

⊙ 天阳市政府门口 日 外

柳大满在市政府门口与门卫保安交谈。

柳大满："我找国市长，我是山南县柳家坪的村主任，我叫柳大满。我俩是从小一块长大的兄弟，你让我进去找一下嘛。"

保安："这不行，我得打个电话，您稍等一下。"

说罢进了门卫室。

⊙ 天阳市政府国文办公室 日 内

国文正在看文件，李秘书敲门而入。

国文："来。"

李秘书："国市长，山南县柳家坪有位叫柳大满的找您，说是您的好朋友，现在就在门卫那呢，您见不见？"

国文凝重而又坚决："我不见。"

⊙ 天阳市政府大门口 日 外

柳大满站在门外焦急地等候，门卫保安出来。

柳大满急切地："咋样？"

门卫保安："国市长正在开会，没有时间见您，您请回吧。"

柳大满不甘心地："你给他说了我是柳大满，是他的伙计，说了没有？"

门卫保安："我说过了。"

画外音（赵雅奇）：党的十八大提出"大力推进生态文明建设"，国文伯伯痛下狠心做出关闭水泥厂的决定。我父辈对未来的认知毕竟没有国文伯伯看得高远。他的拒绝让他和大满舅之间第一次有了芥蒂。

⊙ 柳家坪村委会屋内 夜 内

赵书和与柳大满在村委会喝酒。

柳大满已是几分醉态，啜泣着满脸是泪，带着哭腔倾诉着："咱三个一块长大的。"

赵书和："大满。"

柳大满："别说话。我一个人在这好着呢，你别管我。"

⊙ 柳家坪水泥厂门口 日 外

厂牌被摘。

⊙ 柳家坪村外田间 日 外

赵书和与夏大禹陪同两位技术人员在采集泥土样本。

技术人员男："来，给我拿个袋子来。"

技术人员女："嗯。"

夏大禹："师傅，这么些天，咱都来回取了四五次样本了，咱村这地到底还有得救吗？"

技术人员男："这个要看污染情况，我们这次采样已经至地下一米五了，还要看这个检测的结果。"

赵书和："那要是严重的话，可以彻底修复吗？"

技术人员女："理论上来说都可以修复。"

赵书和急切地："那有啥好的办法吗？"

技术人员男:"我们一般的建议就是深翻或者用酸性肥料。"

夏大禹:"那需要多长时间嘛?"

技术人员男:"这个还真说不好。"

赵书和:"有没有个大概的时间?"

技术人员女:"这个时间的话,最少也得一年的周期。"

赵书和闻言愁容不展。

⊙ 柳家坪柳大满家屋内 日 内

柳大满生病发烧躺在床上。

黄艳丽在一旁细心照料。

⊙ 天阳市政府国文办公室 日 内

聂爱林一脸凝重与国文相对而坐。

聂爱林:"国市长,我来就想跟你说一下,我已经给市委做了全面深刻的检讨。柳家坪水泥厂的环保问题,我确实是犯了唯经济论的错误,特别是在督导企业进行排污处理上,我工作没有做细致,给泥河流域的土质污染造成了严重的后果。农作物的大面积减产,还有一些工人得了肺病,我愿意接受组织上对我的任何处理。"

国文:"聂书记,这扶贫工作确实是一项非常复杂、非常艰巨的工程。在这个过程当中,可能会让我们付出一些代价,但是这个代价必须是我们能承受的,否则即便是创造了再多的财富,那也是饮鸩止渴,昙花一现,这是对人民不负责任。"

聂爱林:"国市长你说得对,这回的教训确实使我一辈子都忘不了,你放心,我以后在工作当中一定以党的十八大精神做指引,为咱山南县的全面脱贫扎扎实实好好工作。"

国文:"这事确实是给我们带来了深刻的教训,所以,咱们一定想方设法让全县的贫困村,尽快地、真正地、长久地脱贫致富,这才是咱的目的。"

聂爱林:"对。市长,那我先回去了。"

国文:"你回。"

聂爱林起身:"对不起。"

⊙ 柳家坪村口大树下 日 外

柳满仓、柳满囤等一众村民在议论水泥厂关闭。

柳满仓:"我跟你们说呀,水泥厂关停就是他赵书和捣的鬼,现在好了,大家都闲着了,上不了班了,我跟满囤也当不了保安了,工资也没有了。"

柳满囤:"看,这是啥?"

说罢折出一个小纸人来。

柳满仓:"这是啥?"

大林哥:"这啥嘛?"

柳满囤:"赵书和。"

柳满仓:"这赵书和?"

柳满囤:"赵书和把咱的水泥厂关了,说啥土地污染了,污啥染了?就是不污染,不污染那粮食能卖几个钱嘛,对不对?"

柳满仓:"对着呢。"

柳满囤越说越气愤:"还说啥得肺病呢,你得肺病了嘛,还是你得肺病了?"

柳满仓对大林道:"对,你得肺病了?没有嘛。"

柳满囤猛地将小纸人扔到地下。

柳满囤叫嚷着:"来来来,赵书和就是个小人。来,我踩!"

说罢,不停地使劲踩着地上的小纸人。

柳满仓也跟着踩:"对着呢,我踩。"

赵山和赵元宝走了过来。

赵山:"你俩在这胡喊叫、耍啥怪呢?"

柳满囤:"骂赵书和。他是小人!"

赵元宝:"骂人家书和哥干啥嘛?书和哥为了咱村心都快操碎了,你两个还在这……我看你俩个才是小人。"

柳满囤:"他断了全村的财路,他不是小人是啥人?"

赵山:"书和只是个村支书,关水泥厂那是县领导、市领导的决定,跟人家书和有啥关系呢嘛?"

柳满囤:"跟你又有个啥关系嘛?你知道啥嘛?你知道书和跟上面是穿一条裤子的,你赶紧走、赶紧走。"

柳满仓:"对着呢,赵书和是不是说过,跟那个市长国文是好兄弟。"

柳满囤:"对。"

柳满仓:"好伙计帮咱村说一句好话没有?"

柳满囤:"没有。"

柳满仓："就得咒他，我踩！"

赵山："书和这么多年，就没有做过对不起咱村人的事。"

众人："就是。"

赵山："你两个做人不能昧了良心。"

说罢和赵元宝离去。

柳满囤："我咋不咒别人我非要咒他呢？"

柳满仓："谁昧良心？"

柳满囤："他就是柳家坪的小人、坏人、恶人。"

赵元宝站住扭头："不是，你两个有完没完？我看柳家坪村最大的恶人就是你们两个。"

柳满仓："赵元宝，你咋说话呢？"

柳满仓："要不是我打不过你，早打你了。踩踩踩。踩赵家的。"

柳满囤使劲踩着地上的小纸人："踩！赵家的！赵家的！"

⊙ 柳家坪赵书和家院内 日 内

赵书和一家三口在吃饭。

柳光泉："这两天满仓、满囤在村子里骂大街，咋回事嘛？"

赵书和："爸，你才听见。"

柳秋玲："水泥厂，水泥厂关了，都赖到书和头上了。"

柳光泉："那水泥厂是污染源啊，上头让关了，这是对的。"

柳秋玲："是的。"

赵书和："他们就是因为没钱挣了，能理解。"

柳光泉："这些人啊，他只关心他那脚尖一点利益。"

柳秋玲："爸，这就叫井底之蛙。"

说罢疼怜地给赵书和碗里夹菜："你这个支书干的，你把心掏出来给人家，人家放在脚底下踩。"

赵书和："他们爱说啥说啥，我想的就是咋才能把咱的地弄好，地好了啥就都好了，对吗？"

柳光泉："别往心里去，时间一长，地好了，他们看到利益了，那脸就变过来了。"

赵书和："就是嘛，咋不吃呢？"

柳秋玲："我吃饱了。"

柳光泉:"吃吃吃,别管她、别管她。"

⊙ 柳家坪柳春田家院子 日 外

字幕:2013年。

柳春田坐在院内忙农活,柳多金到来。

柳多金:"春田。"

柳春田:"多金哥,你咋来了?"

说着,咳嗽不止。

柳多金:"你都咳成这样子了,你还干这呢?"

柳春田:"没人干嘛,走,进屋。"

柳多金:"我不进了、不进了。你吃的那药感觉咋样嘛?"

柳春田:"还是那老样子嘛,你咋样嘛?"

柳多金:"我给你说,我今天来呢,我吃这个药,就是有点喘,但是不咋咳了,我来呢,就是想你试一下。"

说罢,将一小药瓶递给柳春田。

柳春田接过:"那这药多钱嘛?"

柳多金:"你不管多少钱,你先试一下,没剩几片了。"

柳春田:"走,进屋。"

柳多金:"我不进了,不进了。"

柳春田:"走嘛。"

柳多金:"你试下,我走了、我走了。"

说罢离去。

柳春田望着多金的背影,目露感动。

⊙ 柳家坪村口大树下 日 外

柳大满拿着手机蹲在地上打电话。

柳大满:"安总你好。"

电话里安总的声音:"谁啊?"

柳大满:"我是柳家坪的柳大满,不是之前说好我们工程队要到你那干活呢嘛,这事情咋样了?"

电话里安总的声音:"是这,我跟你说下情况啊,你们那个工程队普遍年龄太大了……最近也没有什么活儿。"

柳满仓、柳满囤走了过来。

柳满仓:"柳大满打电话呢。"

柳满囤:"在联系活呢。"

柳满仓:"对对对。"

柳大满起身对着手机哀求:"安总,我这个工程队啊,现在……"

电话被对方挂断。

柳大满:"这咋?"

柳满囤上前:"满哥回来了。"

柳满仓:"满哥,联系业务呢?"

柳满囤:"辛苦了。"

柳满仓:"就是,又要带着咱挣钱去了。"

柳满囤:"哥,你辛苦了、辛苦了。"

柳满仓:"这回我想干一个不累的。"

柳满囤:"不脏的。"

柳满仓:"管吃管住的。"

柳满囤:"钱挣得多的。"

柳满仓:"实在不行,跟以前一样当保安。"

柳满囤:"得行?"

柳大满怒其不争地看着俩兄弟:"水泥厂都关了这么长时间了,你咋还穿着这保安服呢?"

柳满仓:"巡逻呢嘛。"

柳大满:"这在村里有啥好巡逻的嘛。"

柳满仓:"防贼呢嘛。"

柳大满:"防贼呢?你偷,你防。"

柳满囤:"满哥,不敢胡说呢,我俩的意思是啥呢,你要有了新的活把我俩叫上。"

柳满仓:"对着呢、对着呢。"

柳大满:"身体好着呢?"

柳满囤:"好着呢。"

柳满仓："好着呢。"

柳大满："年龄也不小了，你俩再这样下去咋弄呢？你想一下，有胳膊有腿的，你俩不能啥事都想着让别人帮你，你自己该弄啥要弄啥呢嘛，你就等着人家把饭喂到你嘴里呢？得是的？"

柳满仓嬉皮笑脸："大满哥，你是村主任嘛，我就得靠着你嘛。"

柳满囤："你是咱柳家的大哥呢，那不靠你靠谁嘛。"

柳大满苦笑："拿你俩真是一点办法都没有的，是这，我今天先给你俩安排个活。"

柳满囤："好好好。"

柳满仓："干啥？"

柳大满："把我那摩托车给我骑到我屋去。"

柳满仓："我不会骑嘛。"

柳大满："推嘛。"

柳满囤："推推推、推推、推。"

柳满仓："推推推。来来来。沉得很嘛，慢、慢、慢、慢点！"

第十四集

⊙ **柳家坪赵书和家院子 日 外**

赵书和在家一边听着收音机里的新闻，一边修自行车。

赵二梁等人前来。

收音机里的声音："好，一起来关注一下交通出行天气，进入五月份以来，可以说南方已经经历了四轮强降雨过程了，强降雨的频频来袭，是致使各地道路垮滑坡等灾害……"

赵书和抬头："你几个咋来了。"

赵二梁："闲的没事嘛，寻你聊一下。"

赵大柱："闲的转呢嘛。"

赵刚子："咋，你咋还学着修自行车呢？"

赵书和："拾掇一下。喝水不？"

赵刚子："那你给咱弄点好茶叶嘛？便宜的茶叶我可不喝。"

赵书和："好好好。"

赵大柱："别倒了、别倒了。我屋水喝不完，上你屋喝水呢。来来来，坐下聊一下。"

赵二梁："聊一下。"

赵书和："好嘛好嘛。咋了？不斗地主了？"

赵二梁："哪还有心情斗地主呢。"

赵大柱："书和，你给咱想个办法。寻个啥事干嘛？年轻人进城打工去了，咱一把年纪打工也没人要嘛，地，地又种不成。这以后咋弄嘛？"

赵书和:"咱这个地呀,我咨询专家了。"

赵大柱:"咋说?"

赵书和:"说让再等一下。"

赵二梁:"等一下,是等多长时间?我等不起呀。"

赵书和:"我不知道嘛,专家都说不好嘛,我咋说?"

赵刚子:"那你这意思这地还种不成了?那咱不能闲下嘛。"

赵书和:"我不是也闲着呢嘛,对吗?"

赵刚子:"那能一样嘛?你有工资呢,秋玲也有工资,我呢?一分钱收入没有嘛,那以前水泥厂虽然说是不好,但是每个月工资一发,我腰硬着呢,我回去把那钱往桌子上给媳妇一放,我叫她笑几声,她笑几声。"

赵二梁:"我媳妇儿天天在家跟我叨叨叨、叨叨叨,我是在咱村转了一圈又一圈,还是寻不着事嘛。"

赵书和:"我想想办法吧。我想办法,好吗?你们先回嘛。"

赵刚子:"光说想办法,那你要想呢嘛。"

⊙ 天阳市国文家客厅 夜 内

聂爱林来到国文家。

国文热情地:"来来来,爱林,来来来,进来进来,拖鞋在这呢啊。"

聂爱林:"对对对。"

国文:"你是第一次来我这。"

聂爱林:"第一回。"

国文:"大满之前来过。"

聂爱林:"领导屋……"

国文:"你换鞋、你换鞋。"

聂爱林:"对对,我换。干净得很。"

国文:"这一个人住好收拾嘛,来来你包给我。"

聂爱林:"不不不,我来。"

国文:"你给我。"

聂爱林:"领导,叫我来,叫我来。"

国文:"你……"

国文将饭端上桌子。

国文:"来来来,我今天提前准备了小菜。"

聂爱林:"谢谢领导。"

国文:"你党校学习完了啊今天?"

聂爱林:"学完了,我明天早上回去。"

国文:"明天回去,今天晚上刚好有时间,正好到我这来,我请你吃个饭,咱聊一下。"

聂爱林:"谢谢领导。"

国文:"喝点啥?"

聂爱林:"辣的。"

国文:"辣的那就白的嘛。"

聂爱林:"对。"

国文:"三个菜。"

聂爱林笑。

国文:"你这,你这笑的呀,你紧张啥呢你,你看?你在我自己家里嘛,你放松一点。你肯定有量呢。"

聂爱林:"领导,你说这,我这确实是二十多年了,头一回跟领导坐到一个桌子上喝酒,这心呐,激动得不行。我就想起来,就是那一回,嗯,半山村遭灾那一回。就是你在会上提出来两村合并,你不知道你一提出来,我坐了那一圈的人,那心都跳得突突突的。因为两个村子的矛盾几十年了,打打闹闹的,谁敢提合这个事嘛?你是第一个提出来的。没想到这一合,两个村的矛盾没有了,你看两个村的发展还越来越好。"

国文:"你现在不敢再说两个村了,是一个村是柳家坪。"

聂爱林:"对,一个村。"

国文:"是不是。"

聂爱林:"就是就是。自从那一回事情以后,我就看出我说这领导太有魄力了。敢提出来两村合并。我说我在工作当中,我一定要向领导学习,干工作的这一种精神,这一种魄力,动作要快、速度要猛,步子要大。"

国文笑着:"你看,你、你这酒还没有下肚,你开始吹捧起我来了。"

聂爱林:"我说的实话。"

国文:"你啥时候工作也都是大家一起干的啊。"

聂爱林:"我敬领导一杯酒。"

国文:"你干了呀。"

聂爱林:"领导你还记得,就是咱俩第一回认识。"

国文:"那都二十年前的事情了。"

聂爱林:"我记着呢,就是柳家坪打谷场嘛。"

国文:"打谷场咋?"

聂爱林:"你那会在那正拾掇帐篷呢,结果我走过去把你当成我乡上的干部,我把你给训了一顿,后来我知道你是县长以后,那紧张得都睡不着觉。几回我都想跟你解释这个事情,一直找不下机会。你后来有回开会,我跟你提起这事,你说你给忘了。今个在你屋吃饭,我就是想问一领导,那你是……真忘了嘛还是假忘了?"

国文:"有这事啊?"

聂爱林:"有嘛。"

国文:"我可能是真忘了。"

两人笑。

国文:"这事你记得干啥嘛?你说。"

聂爱林:"那我一辈子都忘不了,你不管搁下谁,你把人家领导骂了一顿,能叫你有好日子过?不给你穿小鞋都是好的了,我一点啥都没受影响,我还从乡上一步一步,还干到县里。我特别感谢领导,都是你的宽宏大量,要不然我哪能走到今天,所以,这第二杯酒我是敬领导一杯感谢的酒。"

国文:"你看你看,你又来、你又来了你。你也是自己努力嘛,是吧?你做这个工作,那群众是看得见的嘛,是吧?群众信任你,是老百姓让你干到今天,那老百姓要说你干得不好,你能干还?是不是?"

聂爱林:"领导你说的对。"

国文:"来来来。"

聂爱林:"领导,我给你再添一点。"

国文:"好好,你又干了呀。"

聂爱林:"我想给领导汇报个事情。"

国文:"你说。"

聂爱林:"咱省农科院里,土壤改良专家说,柳家坪的土壤由于污染程度严重,需要一到两年的时间才能改良好。但除了柳家坪以外,咱泥河流域的其他村子,受污染的程度都在可控范围之内。所以,我想这也属于不幸中的万幸,但也是因为我在任期间引来个水泥厂,一下弄了这么大个事情,我心里一直难过得很。"

国文:"你得是一直心里面有个包袱。"

聂爱林应和点头。

国文:"我今天让你来呢,意思是想让你,放下这包袱,是吧。再说这事不是你一个人造成的嘛,我也有责任,建水泥厂时,那时候我在县里当书记嘛。是吧,你当时这个事情我也没有站起来坚决反对,我是当时保留意见,等于是默许了嘛。你不要把所有错误都压在你自己身上。现在党的十八大提出,加大生态环保建设的力度,是吧?你知道我想啥?"

聂爱林:"想啥?"

国文:"水坝工程啊。咱泥河上游那个水坝工程提到日程上来,要加大推动的力度。"

聂爱林:"太好了。"

国文:"这才能向贫困宣战,这才能拔断穷根,是不是。"

聂爱林:"对。"

国文:"来,林,咱这第三杯酒啊,咱说好了啊。放下包袱、轻松前进、面向未来,跟往事干杯。"

⊙ 柳家坪中心小学校长办公室 日 内

柳秋玲坐在办公桌前,手握话筒:"对对对。哎呀,孙主任其实是这样啊,我们现在这个学校里呀,特别缺乏优质的师资力量。比方说,在电脑方面啊、英语方面啊,就是比较突出的这样的教师,我们太缺了。我心里急死了,现在我们自己这个很多东西不会,没法儿教学生啊,我现在也在组织我们的教师,包括我自己在内,我们也去学习。支教老师啊,支教老师我们也欢迎啊,我们一直都非常欢迎支教老师。太好了,好着呢,好着呢,孙主任,谢谢、谢谢,行,那我们等着,好好好,对对对。"

⊙ 天阳市政府会议室内 日 内

国文与一众干部开会。

国文:"在泥河流域啊修建这个大水坝是我二十年前的愿望,这也是山南县,尤其是泥河流域贫困百姓的意愿。这些年呢,由于种种原因和各种各样的困难没有修成。这在我心里呢,也是一道无形的大坝,让我寝食难安。这座大坝一旦修成了,它就能彻底地改善泥河流域连片贫困村生态环境,发展农业、发展绿色产业。这受惠的其实不仅仅是山南县泥河乡，还有流域下游方圆上百公里。我今天在会上再次提出，要全力加快、推动泥河上游修建大水坝的进程。"

市委书记："国文同志阐述得已经很清楚了，那咱们大家有什么意见啊、建议呢，畅所欲言。"

潘副市长："修水坝和进行小流域的综合治理，那可不是一笔小钱的事啊。那投资巨大，而且在短时间内它没有效益。所以，项目纲要的可实施性，还必须请专家认真地论证好啊。"

国文："是，你看今天咱请的这几位专家啊，不仅是咱市，也是咱省里非常权威的专家，有的还参加过大禹工程这样的项目呢啊，请你们帮我们好好地论证一下咱这泥河小流域综合治理纲要的可行性。"

专家："国市长太客气了，这是我们分内的事情。谢谢市委，市政府对我们的信任，我们一定会认真把这项工作做好的。"

国文："来那咱把这，这个综合治理纲要发下去，大家认真审阅一下，好好研究一下。"

⊙ **柳家坪村委会 日 内**

柳大满在满屋子找东西。

赵书和进了村委会。

赵书和："大满，来了，干啥呢？"

柳大满："寻个东西。"

赵书和："我帮你嘛。"

柳大满："我寻我的东西，你能帮上忙吗？寻见了。"

赵书和："好。"

柳大满："我忙去了。"

赵书和："干啥去嘛？"

柳大满："我有事呢嘛，干啥去？"

赵书和："我也有事嘛，我想跟你聊一下。"

柳大满："聊啥呢？"

赵书和："你先坐嘛，坐一下嘛。是这啊，自打咱这个水泥厂关了之后呢，我发现咱这个村子没有个村子样了，人也没有个人样了，人心都散了。"

柳大满冷淡地："人心能不散吗？你看看这自从水泥厂关了以后，乡党们日子过成啥了？人家不跟你闹事就不错了，你还想咋呢？"

赵书和："对，你看是这行吗？咱俩，把大家组织一下，开个大会，把人心聚拢一下，把积极性调动一下。行吗？"

柳大满不咸不淡："好事嘛，你弄嘛。"

赵书和不悦地："我说咱俩一块弄嘛。"

柳大满苦着脸："我现在在村里，根本就没有人理会我，说啥都没人听。是这，你把人都聚好了，开会了你跟我提前说一声，我还忙着呢。"

说罢，大步离去。

⊙ 柳家坪村委会屋内 日 内

赵书和打开桌上的麦克风，顿时喇叭传出赵书和的声音。

赵书和："喂喂，我是赵书和。咱这个喇叭，有段时间没有响了。我呢，想跟大家说点心里话，说啥呢？咱这个水泥厂倒了，日子不好过了，但是，咱心可不能倒，对吗？咱是谁？咱是农民。咱有地呢，对吗？有地咱饭碗就端得牢，地是咱的根。关于这个地的事啊，我向大家汇报一下啊，我咨询过专家了。这个专家说咱这个……喂？嗯？嗯？喂、喂。"

赵书和发现喇叭有问题了，焦急地喊着："夏大禹！赵亮！"

没有一个人回音。

⊙ 中原省水利厅厅长办公室 日 内

周处长已升为厅长。

周厅长正在办公，国文敲门。

周厅长："请进。"

国文："周厅长！"

周厅长看看国文："哎哟，国副市长，来来来，请坐、请坐、请坐。这一晃都多少年了啊。"

国文："五六年了。"

周厅长："五六年了、五六年了。"

国文："你现在还是负责水利这一块真是太好了。"

周厅长："组织上信任那咱就接着干。"

国文："对嘛对嘛，大家都一样，都是为人民服务，是吧。你看，我现在呢还是想跟你说一下，这个泥河水坝工程的事情，但是现在呢它不一样了，那之前呢建这个水坝是为了这个避免洪灾，包括解决这个种田缺水的问题，这现在是啥呢，现在是泥河小流域的综合治理问题啊。"

周厅长："你们的这个项目我们厅上上下下都知道，也都很支持。你看你为了这个项目前前后后辛辛苦苦跑了多少趟了。"

国文苦笑："是。"

周厅长："但是咱们省用于水利建设方面的专项资金还是很有限的，所以，咱们还要讲一个先来后到，你们还得排队。"

国文："是，这不一直排着呢，这都排了一年多了。"

周厅长："不能这样子说，人家排了三年、五年的都有，所以，你们还得要有耐心。"
国文沉默。

周厅长："我知道，国副市长你是有耐心的，对不对。"

国文："是，耐心是有嘛，但是，它还是要有一个时间的期限，它不能无止境地这样耗下去嘛。"

周厅长："咋可能无止境呢嘛，肯定有期限对不对。但是，咱还得要按人家的这个顺序来安排，对不对，要不然还排队干啥呢？"

国文："你看这样行吗周厅长，咱也是老朋友了啊，你说这事，你现在职务也不一样了，说话的力度也不一样，你帮我催一下。"

周厅长："这是应该的，咱是老朋友了嘛对不对？"

国文："就是嘛。"

周厅长："我帮你催一下。"

国文："谢谢、谢谢。"

说罢，周厅长拨起电话："哎，小刘，我是老周，嗯，我问一下啊，咱们山南县泥河水坝工程的这个专项资金你们安排在什么时候了？对对对，你要按那个顺序你安排到啥，噢，是这个情况啊，那你看有没有可能往前安排一下呢？人家排了都一年多了嘛。好好好，是这样子呀，有困难，嗯，那行，那我知道了，你们尽量解决，尽量安排，好吧。那，对对对，人家也排很长时间了，这个。"

国文听着神情黯然复杂。

⊙ 柳家坪村村道 日 外
柳大满拿着手机站在半人高的土墙上打电话。

柳大满："喂，是我是我，大满，咱上回说好的那事情，啥？不行？为啥不行嘛？咱不是之前就说好了嘛，我给你说，我这回全是年轻娃、壮劳力，有经验得很，你看你给帮帮忙嘛，可以得是？那好那好那好，那我马上就组织啊，好好好，那过两天见见啊，再见再见，谢谢啊。哎呀，美！"

说罢，兴奋地跳下土墙。

柳明和有庆路过。

柳明："大满叔，你这身手好得很嘛。"

柳大满："你俩拿个棒子干啥呢？得是打架去呢？"

赵有庆："打啥架嘛打架，不打架。"

柳明："打谁嘛。"

柳大满："刚好碰见你俩了，走，跟我到城里打工走。挣钱，去不去？"

柳明："城里……"

赵有庆："我俩就不去了。"

柳大满瞪大了眼睛："为啥嘛？闲在村里弄啥呢嘛？这到城里见世面呢嘛！"

柳明："大满叔，我爸的病更严重了，我妈一个人照顾我爸，她照顾不过来。"

赵有庆："对着呢。"

柳明："我也放心不下。"

柳大满看看有庆："那他不去，有庆你跟我走嘛。"

赵有庆推辞："我也不去了，我俩在村里有正事呢。"

柳大满不屑地："你两个年轻娃能有啥正事嘛？不就是偷鸡摸狗。"

赵有庆："哎呀，叔你放心吧，我肯定不偷鸡摸狗。"

柳明："走了叔。"

赵有庆："我不干坏事，放心吧。"

柳大满望着二人离去的背影嘴里嘟囔着："现在这年轻娃，这心里到底想的啥嘛？"

⊙ 柳家坪村街—废墟处 日 内

柳明与赵有庆抱着木头进入搭好的塑料大棚里。

柳明："行了吧，我觉得够了。"

赵有庆："我觉得也差不多了。整！"

柳明："整！那咱第一步是？"

赵有庆:"挑木头。我觉得木头得挑这种短的。"

柳明:"不行,我就觉得就要挑这种长的扁的,你看电视上那都是这样。"

赵有庆:"不是吧,我咋看有短的呢?"

柳明:"那你挑短的,我挑长的。"

两人开始挑木头。

柳明:"你那个木耳的菌种买了没?"

赵有庆:"哎呦,对。"

柳明:"你还捏的严的。"

赵有庆递了一包菌种过去。

柳明一愣:"这……咋就一包呢?"

赵有庆:"我这个月也没啥钱了。再说了,你看这棚子不都是我,我花钱搭的嘛,一包就够了。"

柳明:"够了够了够了,咱星星之火可以燎原的嘛。"

赵有庆:"对着呢,这一包还是我磨出来的。咱这孔是打多大的?"

柳明:"也是打大的嘛。"

赵有庆:"打大的会不会菌种用得多呀?"

柳明:"你打大的,大的散的多,它长得就多,到时候产量大了。"

赵有庆:"好!对!"

柳明:"你打那么小,种出来木耳就那么一点点儿。"

赵有庆:"对对对。大的、大的。"

⊙ **柳家坪小卖部外 日 外**

赵山与元宝在小卖部窗口买烟。

赵山接过一包烟:"谢谢嫂子啊。"

说罢扭头看见柳大满。

赵山:"主任,忙着呢。"

柳大满:"刚好要寻你俩呢。"

赵山:"咋?"

柳大满:"你俩这身体好,能干活,我刚给人家城里那老板打完电话,说这工程队的事啊,马上就又要干了,等联系好了,咱一块去啊。"

赵元宝:"我俩不想进城了。"

柳大满一怔。

赵山:"这岁数大了,干不了这种体力活了,再说,这岁数出去给人家打工,看人家脸色,心里不舒服嘛。"

赵元宝:"还有他家里头娃呀,媳妇儿呀,都在呢,没男人不行嘛。"

柳大满不悦:"那你俩就打算在这村里留着?"

赵山:"这不是之前沾你的光,水泥厂挣点钱嘛。我俩就想着一块弄点啥嘞。人生要想富,总该迈出个第一步呢嘛,对着吗?"

柳大满:"那你俩说打算弄啥呀嘛?"

赵元宝:"这正商量呢,还没商量好呢。"

赵山:"主任,我看你这最近这脸色也不好,多休息,走。"

赵元宝:"走了。"

柳大满苦笑摇头。

⊙ 省医院国正行病房 日 内

国文推门进来探望父亲国正行。

国文:"爸。"

国正行:"哎。"

国文:"我来看你了。恢复得咋样?感觉咋样?"

国正行:"还好。"

国文看见茶几上放着一个陶瓷罐子,疑惑地:"爸,这是谁给你带的一坛子泡菜这是。"

国正行:"那不是装泡菜的。那罐子,将来装我的骨灰。"

国文一震:"爸,你这是弄啥嘛。爸,你在这啊,再休息几天,养好了咱就回家了。你这……你这是想的啥嘛这。"

国正行:"国文,这没有什么可忌讳的,生老病死呢它自然规律。"

国文沉默片刻:"爸,那要真有这么一天,组织上会有安排的,这都不用您操心。"

国正行:"我呢,是趁我现在还没糊涂的时候,今天呢,我正式向你交代我的后事安排。儿啊,你得记着,我走后,不许开追悼会,一切从简,我见过很多人那些后事,就这么一个骨灰盒好几千还上万,在我这,坚决不允许。另外呢,我的骨灰啊,就将来就撒在泥河那土地上,因为那土地上躺着我很多牺牲的战友。"

国文凝重地:"我明白。"

国正行："还有就是，在银行我还有些钱，虽然不多，全部都捐给泥河的乡亲们，儿啊，爸说的这些你得记着。"

国文："好，我记住了，记住了。"

国正行："多少年了、多少年了。泥河的那些乡亲们还是这么穷、这么苦。我每每想到这些我就睡不着觉。"

国文："爸。爸。"

国正行眼眶湿润："我心里就很不好受。"

国文："爸，你不多想、不多想。"

国正行哽咽地："我真不想，哪一天我见到我那些牺牲的战友和首长，他指着我的鼻子说，国正行呀，你多活这么多年、你多活这么多年，你为泥河的百姓做了些啥？我都不知道怎么跟他们回答。"

说罢潸然泪下。

国文："爸、爸，我都记在心里，泥河上游这个大坝，迟早我一定会把它修起来。"

国正行："嗯嗯。"

国文："把咱老百姓这穷根拔了，让老百姓过上好日子，您放心，交给我。您好好养着，好好歇着。"

国正行欣慰地："这我就放心了。"

⊙ 柳家坪村口 日 外

一辆中巴车停在村口，柳大满带着一帮村里的青壮年进城打工。

村里老人和孩子前来送行。

夏大禹："村长，村里的事情你就放心，有支书和我呢。"

赵刚子："又领上人挣钱去呀。"

柳大满："好嘛，把你腰看好。"

赵刚子："我腰好着呢，你别管我。"

柳大满："来来，娃们赶紧上车，来。"

年轻人依次上车。

柳大满最后上了车，站在车门口对送别的乡亲们说道："就送到这了啊，都回吧。回！"

赵书和在不远处的大树下默然看着。

柳大满："别抹眼泪了，我领娃是出去挣钱呢，见世面呢啊，你们放心啊，这现在跟以前不一样了，有电话呢，有啥事就给我打电话哦，你都放心，都放心往回走，回回回。"

赵刚子："主任，不敢再跟人打架了啊。"

柳大满："没事，娃们都乖。"

柳根叮嘱儿子："好好听话啊。"

夏大禹："主任，保重啊主任。"

柳大满："没问题、没问题。好了，回回回。好好，小心手，走了、走了，快回。再见。"

画外音（赵雅奇）：那些年，农村剩余劳动力进城打工成为常态，这在一定程度上加快了贫困地区农村的脱贫步伐，也支援了发达地区的经济建设。但我父亲对土地的执着依旧没有改变。

⊙ 柳家坪中心小学操场上 日 外

一辆小面包车驶进停下。

三个年轻的支教老师依次走下车。

小学生们在列队高呼着："热烈欢迎，欢迎欢迎，热烈欢迎，欢迎欢迎，热烈欢迎。"

柳秋玲上前热情地："小江老师是吧？"

江老师："您好您好。"

柳秋玲："小李、王老师是吧，您好。好了好了同学们来来来，介绍一下咱们这次新来的支教老师。江老师、李老师、王老师、同学们。"

学生们朗声地："老师好。"

老师们："同学们好。"

柳秋玲："好，那个，咱们上课了，回教室、各自回教室啊，回教室回教室，你们帮着拿下行李，来，进屋。路上开了好久吧？"

江老师："对对对。"

柳秋玲："辛苦了啊，来来进屋喝点水。"

⊙ 中原省水利厅厅长办公室 日 内

国文与周厅长交谈。

周厅长："国文，现在有一个新情况，前一段时间我们把全省的水利工程做了一个统筹安排。"

　　国文："那统筹安排这是好事情嘛。"

　　周厅长："但是你们的这个项目没有入围。"

　　国文一怔："啥叫入围。啥我们还入围是啥意思。"

　　周厅长："这个事情说起来有一点复杂。"

　　国文："那你给我简单说一下行吗？你也挺忙的，你给我简单说我听一下。"

　　周厅长："国文你也是一个聪明人，这复杂的事情你咋用简单的话说呢，简单的话你咋能说明白复杂的事情呢嘛。"

　　国文："周厅长，那到底是简单还是复杂呀，你咋不能说？"

　　周厅长："你看你这人真是的，话都说这你还不明白吗？"

　　国文："你啥也没有说我咋明白嘛？周厅长，今天我必须把这事情给弄明白了。"

　　两人一阵交流。

　　只有音乐没有人声。

　　画外音（赵雅奇）：虽然国文伯伯不断努力，但水坝建设因当年省里经济实力所限一直没能实现，直到他担任市长后依然在为资金而奔波。

⊙ 柳家坪柳满仓家院子内 日 外

柳满仓的媳妇叶红跑了，众人前来劝解。

柳满仓恼羞成怒地叫嚷着："这日子没法过了。"

柳满仓往外扔东西。

柳满囤："不敢、不敢。"

柳满仓："跑了不要回来嘛，你永远不要回来了。"

大柱媳妇："满仓、满仓。"

柳满仓："我早就看出……你走开，我早就看出你不是个过日子的，你跑了就不要回来。"

柳满囤："人家都不回来了嘛。"

大柱媳妇："你少说两句。"

柳满仓："你别劝我了。"

大柱媳妇："不能砸东西了、不能砸了知道吗？"

夏大禹喝止："柳满仓，别闹了，支书来了。"

赵书和推开人群走到满仓面前："好了好了、好了好了。你在院里闹啥呢嘛？走走走，回屋说去。"

柳满仓："回屋说啥回屋，没有人了。"

赵书和："人呢？叶红啥时候跑的嘛？"

柳满仓一脸沮丧："我不知道嘛，我前天晚上打了一晚上牌，早上一来没有人了，真是的。"

赵书和："是不回娘家了嘛？"

柳满仓："我今天早上去她娘家看了，没有嘛，娘家现在还问我要人呢，哎呀。"

赵书和："那这屋里少了啥没有？"

柳满仓哀叹："啥值钱的都没有了。"

赵二梁讥讽地："你屋能有啥值钱的嘛。"

赵书和："那得报警嘛。"

夏大禹："对着呢对着呢。"

柳满囤："自己去、自己去。"

柳满仓："赵书和，干啥呢？"

赵书和："咋了？"

柳满仓："你要报警？你嫌我丢人丢得不够是不是？"

赵书和："咱要解决问题的嘛！"

柳满仓："你得赔，水泥厂关了，我媳妇跑了。"

赵书和："你不能说啥事都扯到水泥厂身上。"

大柱媳妇："就是嘛。"

柳满仓："就是水泥厂关了……"

赵书和："那我问你，你跟你媳妇儿是不是吵架了？"

柳满囤："天天吵。"

柳满仓："天天吵也没有跑过。我跟你说，就是水泥厂关了，我挣不了钱了，她看不上我，她就跑了，你，你得赔。"

赵书和："你这不胡搅蛮缠呢嘛。"

柳满仓："咋胡搅蛮缠？"

赵书和："你自己想一下，你媳妇为啥跑？你看看你这个日子过的，你看这些年你有啥变化没有，除了喝酒就是打牌。对，水泥厂是关了，那你想一下，别人家的媳妇咋不跑呢？就你家媳妇跑，你好好想清楚。你呀就是一个字，懒！"

众人："一身的坏毛病。"

多金媳妇："这不能怪别人，这事情还是你。"

柳满仓顿时暴躁，端起地上一盆水朝赵书和身上泼去。

众人哗然。

赵书和："干啥呢你。"

正巧，柳秋玲来了。

柳秋玲："书和、书和。"

大柱媳妇指责满仓："你咋能这嘛你咋能？"

柳根："秋玲来了？"

柳秋玲："咋了？"

说罢看见浑身湿漉漉的丈夫惊问："你咋了？"

赵书和："没事嘛，走走走，回屋了、回屋了。"

柳秋玲："谁泼的？"

赵书和："没事，没人泼嘛。"

柳秋玲："柳满囤，柳满囤！"

柳满囤："不是、不是我。"

夏大禹："满仓、满仓。"

赵书和："走了、走了。回屋了。"

柳秋玲瞪视着柳满仓："柳满仓！你疯了！你为啥泼人呢？"

赵书和阻止秋玲："好了好了、好了。"

柳秋玲一把推开赵书和。

柳秋玲："你松开，我不打他！"

柳秋玲喝问柳满仓："你凭啥泼人？"

柳满仓："我媳妇跑了。"

柳秋玲："你媳妇跑了，是你没本事，关书和啥事？"

柳满仓无赖地："他关了水泥厂，我媳妇才跑了。"

柳秋玲："关水泥厂，他就是个村支书，他有多大的权力啊？他说关就能关，那是上级决定的。再说了，水泥厂不该关。你看看咱们村的地，还能种出粮食来吗？这些年多少人得了肺病，那不都是水泥厂污染造成的呀？要我说，这水泥厂早就该关。"

柳满囤："秋玲、秋玲，赵书和把水泥厂一关，咱村的钱财路给断了，你说……"

柳秋玲："你闭嘴。"

大柱媳妇踢了一脚柳满囤："你走开，少说话。"

柳秋玲怒声："柳满仓，我告诉你。你不要在这耍无赖。赵书和吃你这一套，我不吃。我知道，水泥厂关了好多人对书和有意见，但是这么多年了，你们摸着良心想一下，这些年赵书和村支书干得咋样？"

众人："好着呢。"

柳秋玲："你们谁家有事不是赵书和第一个跳出来帮你们解决问题的？"

众人："就是的。就是嘛。"

柳秋玲："你们有好日子的时候谁想过他？现在水泥厂关了，就全赖在他一个人头上，不行。柳满仓，我告诉你，你不要欺负人，你媳妇儿跑了，你该寻谁寻谁去，你不要全赖在书和头上。"

柳满仓嚷道："赵书和是村支书，我就寻他！"

柳秋玲："村支书，要是这样的村支书，我们不干了。"

夏大禹："嫂子，不敢说气话了。"

柳秋玲："我没说气话，我说的不是气话。你们不是嫌赵书和干得不好吗？你们再选，找别人来干，我们不干了。"

赵书和："好了。咱回屋说去。"

柳秋玲："干啥回屋说，就在这说清楚。趁着大家都在，村支书谁爱干谁干，赵书和不干了！"

赵书和责问妻子吼道："柳秋玲，你干啥呢？村支书是大家选出来的。上头决定的，你说不干就不干了。你是谁嘛？走走走，回屋去。走了！"

众人："书和，别生气了，别生气。"

柳秋玲看着赵书和半晌无语，然后一脸委屈地离去。

众人："秋玲、秋玲。"

夏大禹责骂道："柳满仓！你一个人媳妇跑了，你弄得全村不安生。"

大柱媳妇："就是。"

众人："人人喊打呢！"

赵书和："柳满仓！走！"

柳满仓："去干啥？"

赵书和："派出所！"

柳满仓："赵书和，我不就泼你点水嘛？把我抓派出所？"

赵书和："你不寻你媳妇了，啊？"

大柱媳妇："就是。想啥呢？"

柳满仓："那……去派出所太丢人嘛。"

大柱媳妇："你现在还嫌丢人呢？"

赵书和："就是人丢了才去寻嘛。"

众人："再别犟嘴了。"

大柱媳妇："去去去。"

夏大禹："走走走，咋？你还让支书把你背上呀？"

赵书和："走走走走。"

赵山："都散了、散了。"

夏大禹驱散众人："回去都回去，快快，该做饭做饭，该看娃看娃。回回回。"

⊙ 柳家坪赵书和家屋内 日 内

赵书和进屋。

赵书和："秋玲啊。哎，爸，秋玲呢？"

柳光泉："来书和，你先坐下，你听爸给你说。"

赵书和："秋玲呢？"

柳光泉："秋玲到市里看雅奇去了。"

赵书和一怔："走了？"

柳光泉："走了嘛。"

赵书和："呀，你、你咋不拦着呢？"

柳光泉："他说是要看雅奇呢，而且在气头上，你说我咋拦啊？你俩到底是咋了？你给爸说咋回事嘛？吵架了？"

赵书和："忙活半天，我媳妇儿跑了。"

柳光泉："书和，你给爸说，你俩是咋回事嘛？有事你跟我说，我去说说她好不好？"

赵书和："我一下说不清楚。"

说罢走出屋子打电话。

赵书和拿着手机："哎，雅奇，你妈去市上寻你去了，她到了你给我说一下，啊没事，好嘛。"

⊙ 天阳市赵雅奇出租房内 日 内

赵雅奇正在收拾东西，柳秋玲敲门进屋。

赵雅奇："妈，你咋来了？来，快进、快进。"

柳秋玲："我来看看。"

赵雅奇："你自己啊？"

柳秋玲："嗯。"

赵雅奇："我爸和我外爷呢？"

柳秋玲："说普通话。"

赵雅奇："和我爸吵架啦？"

柳秋玲："你不要提他，我一提他心里就堵得慌，难受得很。"

赵雅奇："好。不提他，我外爷嘞，不管啦？"

柳秋玲："你外爷身体好得很，不要你操心。"

赵雅奇："妈，带那么多衣服，准备待多久啊？"

柳秋玲："我住下了，不走了。"

赵雅奇："妈，你这是和我爸吵了多大的架呀？"

柳秋玲："我不是跟你说了，不要提他，不要提他。"

赵雅奇："好好好，不提他。我带你去外面吃好吃的？"

柳秋玲："干啥去外头吃。"

赵雅奇："你来了嘛。"

柳秋玲："我来了，咱就在家吃。以后每天都在家里吃。"

第十五集

⊙ 天阳市里某街道路边 日 外

柳家坪进城打工的青壮年散坐在路边抱怨。

一青壮劳力："大满叔，你这骗人呢，你把人弄进城里来，啥活都没有，把人闲的。"

柳大满："我正在寻着呢嘛。"

一老板来。

柳大满："老板、老板。你看，我村这都是年轻娃，有劲得很。"

老板："我再看看、我再看看。"

一青壮劳力："大满叔，你看这中午了，肚子都饿了，你看咋办？"

另一个青壮劳力："叔，我们这来几天了，啥活都没弄上嘛。"

柳大满安慰道："咱这不是寻着嘛，别急嘛。"

⊙ 中原省水利厅厅长办公室 日 内

周厅长拎着公文包推门准备出去。

国文正巧进来。

国文："周厅长，我这一来你咋就要出门呢，你这是？"

周厅长："你来了我当然就不出门了嘛，你看你咋还是这么冲动，这么风风火火的。这么长时间了，为了泥河这个水利项目你还在奔波，国市长真是执着呀。"

国文："我光执着有啥用嘛，这事到现在没有办成呢还，你得帮我这个忙。"

周厅长："来来来，请坐、请坐、你坐坐。"

两人落座。

周厅长给国文倒水。

周厅长:"国文,你知道我是属啥的吗?"

国文:"你属啥的呀?"

周厅长:"我是属蛇的。"

周厅长:"那你知道今年是啥年?今年是蛇年,我六十了,该退了。"

国文:"你六十了?那你,厅长,你这话说的啥意思嘛,你这手续可没有办呢,你不能走啊,你还在这个位子上呢,这事你还得给我、给我办完呢啊。"

周厅长:"我手续已经办完了,现在已经不管事情了,爱莫能助。"

国文:"周厅长这不行嘛,你要是走了那我这事找谁去呀,我这项目从头到尾你是最了解最清楚的嘛。你,我不让你退,你不能退。"

周厅长苦笑:"国市长、国市长。"

国文:"你把我这事情办完你才能走,你不能走啊。"

周厅长:"我虽然退了,但是他有人还得要坐这个位置对不对,他总有人坐这个位要给你办事情,我退了工作不能退嘛,你放心。"

国文:"周厅长,这事我可是一直指望你呢,是吧,这么些年了,这事你是最了解、最清楚的呀。我一直等着这大笔一挥把这钱给我批下来呢,你咋能走了呢你……"

周厅长:"国文,你放心,我虽然退了,但是我一定把这件事情跟下一任移交好,让他把这事情给你办得好好的,漂漂亮亮的,行不行?"

国文无奈。

⊙ 中原省水利厅办公楼门口 日 外

国文与周厅长走出大门,握手。

周厅长:"好,国市长,那我不送你了。"

国文:"好吧,好吧。"

周厅长满脸歉意:"没有帮上忙,对不起。"

国文:"理解、理解。好嘛,再见。"

周厅长:"再见。"

说罢,望着国文离去的背影,神情复杂。

⊙ 天阳市雅奇出租房客厅 日 内

赵雅奇正在吃饭，柳秋玲在洗手。

赵雅奇："妈，吃饭。"

柳秋玲："来了。"

赵雅奇："先吃饭嘛。"

赵雅奇递给柳秋玲餐巾纸。

柳秋玲："不要，浪费呢。"

赵雅奇："不浪费。"

柳秋玲："好了好了，够了。"

赵雅奇："我吃好了。"

说罢起身："我上班去了。"

柳秋玲："吃饱了吗？"

赵雅奇："吃饱了。"

柳秋玲："雅奇啊，你外爷有没有给你打电话呀？"

赵雅奇："没有啊。"

柳秋玲："这家里头也不知道咋样了。"

赵雅奇："妈，你是担心家里头，还是担心我爸呀？"

柳秋玲言不由衷："我不担心他，我担心他干啥？"

赵雅奇："你要不担心他就别老看手机，踏踏实实在这住，等我晚上下班了，带你出去转转夜市。"

柳秋玲："好。"

赵雅奇："走了啊。"

柳秋玲："你慢点啊。"

赵雅奇："啊，走了。"

⊙ 天阳市政府国文办公室 日 内

国文坐在办公桌前打着电话："杨副市长，你到我这来一下。"

话筒里杨副市长的声音："好。"

敲门声。

国文："请进！"

杨副市长进门。

国文起身倒水:"来来,喝水。"

杨副市长赶紧上前:"来来来,我给你倒,来,我来倒、我来倒。"

国文叹气。

杨副市长:"这么快就从省上回来了?资金的事怎么样?"

国文:"哎呀,一言难尽啊。最近中央在河北阜平,实地调研扶贫的工作呢,所以,看来今年啊咱工作的重点就是扶贫。"

杨副市长:"这个新闻我也看了,你的意思是……"

国文:"泥河水坝这个项目不能再拖了,我这一路上就想这事,哎呀想来想去呢,咱市里现在是有一笔资金,对吧,我想把这笔钱呢,先放到建水坝这个工程上来。"

杨副市长:"国市长,您说的不会是金天阳地标广场这个钱吧?"

国文:"就是这笔钱。你说在咱市你现在建一个广场,用处不大,但建水坝可不一样了,这个建水坝关乎多少人脱贫的问题呢,我想着把这笔钱先放到建水坝这个工程上来作为启动资金,以后这个建设资金咱再想办法。"

杨副市长目露担忧:"这件事恐怕不太好办。"

国文:"嗯,咋不好办呢?"

杨副市长:"这个项目是人大、政协提案进行的重点工作,已经向省发改委进行了备案,再说了,潘副市长也为这件事费了不少的心血。"

国文:"是,我都知道啊,为啥要跟你说这事呢,你跟潘副市长共事的时间长,关系也不错嘛,要不你先跟他做做工作,你看好不好?"

杨副市长:"我和老潘啊关系是不错,不过这事……"

⊙ 天阳市雅奇出租屋内 日 内

柳秋玲呆坐在沙发上,心神不定,不时拿着手机看看,等待着赵书和的电话。

⊙ 天阳市政府国文办公室 日 内

潘副市长敲门进来。

国文:"哎,老潘。"

潘副市长:"国市长,听老杨说你想动用金天阳广场那笔钱?"

国文:"哎,就是。"

潘副市长:"那可不行啊。"

国文："咋不行呢这事？"

潘副市长叹了口气。

国文："老潘啊，你想想，咱锅里的肉就是这么些嘛，我现在就是要暂缓地标工程这个项目，把这个资金啊向泥河水坝这个工程倾斜一下嘛。"

潘副市长："国市长，为了筹集这笔资金款，我到省里那可是跑了不知道多少趟，求爷爷告奶奶好不容易终于现在可以开工了，这笔钱不能动用啊。"

国文："老潘，你别急，别急啊，你喝口水，我知道你辛苦，你的心情我理解，我也非常理解，来，来你喝口水。是这，现在呢，你说咱市里建这样一个广场，说真的，我觉得没有这个必要。"

潘副市长："咱们天阳市虽然是个穷市，可是也有几百万人口啊，居然连一个像样的广场都没有，太寒酸了。我们现在急需要这样一个项目，一呢是可以改变城市的环境，二呢对于招商引资也可以起到积极的推动作用。"

国文："你说这些我都知道，我明白啊，老潘，那我问你啊，你说在咱市建一个地标工程，和几万泥河的贫困人口的脱贫问题相比，孰重孰轻？"

潘副市长一时语塞："这……"

国文："据我所知啊，这个金天阳广场是包含在天阳地产的范畴之内对吧，他们这个房地产公司建商品房挣钱，咱政府部门呢帮着他们建广场配套，这事我已经想好了啊，老潘，必须把这笔钱放在水坝这个工程上来。"

潘副市长："国市长，我就不说什么发改委已经备了案、立了项。这无故变更的责任谁来担，还有我们都给企业说好了，这言而无信出尔反尔，这个事该怎么办呢？"

国文："啥咋办呢，就是这么办，咱政府部门就是要对这样不该建的项目及时纠偏，该翻的就要翻嘛！"

潘副市长："国市长，我的意见已经表达完了，我不同意动用这笔钱。"

说完就走了出去。

⊙ **天阳市雅奇出租屋内 日 内**

柳秋玲买菜回家进门，手机响了。

雅奇打来电话。

柳秋玲："喂，雅奇啊。"

电话里赵雅奇的声音："妈，中午我不回来了，你自己好好吃饭。"

柳秋玲："嗯。"

电话里赵雅奇的声音："我挂了啊。"

柳秋玲："啊喂喂喂喂，雅奇。"

电话里赵雅奇的声音："嗯。"

柳秋玲："你打电话就是这个事？"

电话里赵雅奇的声音："对啊，你想让我说啥？"

柳秋玲："嗯，没事没事。"

电话里赵雅奇的声音："行，我忙去了啊。"

柳秋玲："好，你吃饭啊。"

电话里赵雅奇的声音："好。"

柳秋玲挂断电话，呆呆看着手机："哼！赵书和，我出来这么长时间了，你连个电话都不打。有本事你一辈子不要跟我打电话，一辈子不要来见我。"

敲门声。

柳秋玲："谁啊？"

说罢上前开门，见是赵书和赶紧关门。

赵书和："哎呀呀呀。"

柳秋玲故作冷淡："你干啥？"

赵书和："我来寻你。"

柳秋玲："我不要你寻，你走。"

赵书和："你……那寻我女子还不行吗？真是的。"

柳秋玲："雅奇不在家。"

说罢转身进屋。

赵书和走了进来："要换鞋呢嘛。哦，在人家城里要记着关门。"

说着扭身关门换鞋。

赵书和："我这一路上啊，水都没喝一口。"

柳秋玲倒水，自己喝完。

赵书和尴尬地："你这，你是成心的啊。好了。"

柳秋玲："你干啥？"

赵书和："别生气了。"

柳秋玲："你不要跟我说话，我不想看见你。"

说罢走进厨房。

赵书和追上去。

柳秋玲猛地将厨房门关上。

赵书和："秋玲啊，你咋……你要给人个机会嘛。"

柳秋玲瞪视着丈夫："赵书和，我不想看见你，我看见你心里堵得慌，我难受得很，你走。"

柳秋玲做好饭，端着饭从厨房走出来："我跟你说，我就做了我一个人的饭，自己的饭自己做。哎？"

说罢不由一愣。

不知什么时候，赵书和已经走了。

柳秋玲呆在了原地。

⊙ 天阳市政府办公室走廊过道 日 内

国文与杨副市长在过道相遇。

杨副市长："哎，国市长，老潘找你去了吧？"

国文："是。"

杨副市长："我做他的工作也没有做通，他这事。"

国文打断："哎，没事，反正这个事呢最后还要上政府的办公会嘛，我不相信每一个同志在建筑这个地标工程这个项目上都会同意的，我不信。"

杨副市长："国市长，您可能不知道，咱们很多同志啊为了这个金天阳地标广场付出了很大的心血，你可别想那么简单，闹不好一旦上会这个项目很可能会顺利通过。"

国文："不怕，我接下来呢就是想找每一个同志好好地谈一下，把我的想法跟他说一下，我就问问大伙，你说在咱们这个贫穷的市里面，是建一个地标工程重要，还是说你给老百姓在扶贫的事业上做实事重要，你想还想不明嘛？"

杨副市长："是。"

国文："没问题。"

⊙ 天阳市赵雅奇出租屋内 日 内

餐桌旁，赵雅奇在等赵书和回来一起吃饭。

柳秋玲拿起筷子对女儿道："望着干啥？吃饭呢。"

赵雅奇："再等一下，我爸咱们仨一块儿吃。"

柳秋玲："不等了，凉了。"

赵雅奇："人家那么老远追你过来，你就别生气了。"

柳秋玲："大人的事你少管。"

赵雅奇："大人的事。"

敲门声。

门外赵书和的声音："回来了。"

赵雅奇："回来了，来了。"

说着起身给赵书和开门。

赵书和进来。

赵雅奇："爸。"

赵书和："回来了。"

赵雅奇："你怎么才回来呀？都饿死我了，妈非得让等你一块吃饭。"

赵书和："我走丢了嘛。"

赵雅奇："什么情况？"

赵书和："你让我坐那个公交车，几路倒几路，我去的时候还记得呢，这回来给我倒乱了嘛。"

赵雅奇："那你咋不给我打电话呀？"

赵书和："没事，这不是寻回来了嘛。"

赵雅奇："以后遇到这种事情一定要给我打电话。"

赵书和："啊啊，好嘛好嘛。"

赵雅奇："吃饭。"

赵书和："吃饭吃饭。不能吃，没洗手呢，对吧，我洗手去，啊。"

赵雅奇回到餐桌边看看柳秋玲："别老绷着个脸，你乐一乐。"

柳秋玲："咋了。"

赵雅奇："你不一直等他打电话吗？"

柳秋玲："谁？"

赵雅奇："我爸都来找你了，你咋还这样？"

柳秋玲："你闭嘴，吃饭。"

赵雅奇："回头把他给气走了。"

赵书和来到餐桌边："等半天了吧，啊。"

赵雅奇给赵书和递纸："擦手。"

赵书和："浪费得很啊。等半天了吧。"

赵雅奇："爸，你今天和农学院的王教授见面了吗？"

赵书和兴奋地："见着了，你介绍这个农学院的王教授啊就是不一样。我刚把土拿出来，人家就知道是咋回事，啥原因造成的，咋治理，呀，说得明明白白的。"

赵雅奇："那缩短土地治疗时间，他解决了吗？"

赵书和："缩短不了。王教授说的和咱之前招的技术员说的都是差不多。咱这个地，只能是慢慢来，慢慢治理，没别的办法了。"

赵雅奇："你别着急啊，爸，我再给你问问别的专家，咱们也多了解了解。"

赵书和："嗯，好嘛好嘛好嘛。其实这次也是怪我。"

赵雅奇："这不怪你呀，爸。"

赵书和："你想嘛，我要是像人家王教授，懂得那么多，啥都知道。咱村地，不可能出现这种情况嘛。你妈，也不可能生这么大的气，跟着我受这么大的委屈。"

赵雅奇："爸，这不能怪你嘛，别自责。"

赵书和："嗯，我现在就是老了，不然的话呀，那真的是想去学校好好学一下。"

赵雅奇："嗯，爸，现在也不晚。我可以请王教授把相关的资料都寄给你，你先看一看，如果有不明白的地方，你可以咨询王教授。"

赵书和："得行？"

赵雅奇："王教授那么热情，没问题。"

赵书和："哦，好嘛。"

赵雅奇："嗯。"

父女俩一直说话，被晾在一边的柳秋玲面露愠色，起身走。

赵书和："你吃完了？啊？"

赵雅奇："妈？"

赵书和："哎，秋玲，你不吃了？"

赵雅奇："咋办嘛？"

赵书和："吃饭吃饭吃饭。"

第二天一早。

赵雅奇起床，发现柳秋玲不在。

赵雅奇："妈？妈？爸、爸。"

睡在沙发上的赵书和被叫醒："嗯？咋了？"

赵雅奇："妈不见了。"

赵书和霍地起身："嗯？"

赵雅奇："我一起来她就不见了。"

⊙ 天阳市政府会议室 日 内

市委书记和国文以及杨副市长还有负责城建的潘副市长会同几名相关职能部门的领导在开会。

国文："这刚才呢，咱讨论了几个项目啊大家都没啥意见，一致通过了。那接下来，咱再商议一下是否把金天阳广场这个工程款投放在泥河水坝的建设上来，大家发表一下自己的意见。咱是言者无忌啊，但说无妨嘛。"

市委书记："泥河水坝这个立项已经两年了，拖得不短了，今天咱们这个会啊是干还是不干，就要确定下来。"

其他人不语，一片沉默。

国文："到底是金天阳广场还是泥河水坝工程，今天必须定下来，但我个人的想法是要把这笔资金投放在泥河水坝的建设上来。"

依然一片沉默。

国文笑着："大家不说话那就是没有意见，那这事情就定下来了啊。孟书记，那这个事是不是就可以通过了？"

潘副市长开口道："国市长，大家不说话并不代表没有意见，你总不能专权搞一言堂吧，我提议大家举手表决，少数服从多数。"

国文："好嘛，没问题呀，那咱就按潘副市长这个提议来嘛，少数服从多数，咱举手投票，那现在同意把这笔钱放在泥河水坝工程上的举手。"

说罢，自己率先举手。

大家跟着举手。

发改委王主任思忖着："孟书记，国市长，我去方便一下，马上回来。"

说罢，起身走出会议室。

国文："好，那咱今天参会的一共是十五个人，同意的是一，二，三，四，五，六，七……孙局长，你这手是咋举啊，你是同意是不同意呢？"

孙局长目露尴尬，不太情愿地把半举着的手举了起来："同意。"

国文环视众人："那算上上厕所的王主任，就算是他不同意，那咱是八票，啊，少数服从多数，那这事就通过了。暂缓金天阳广场这个工程，把这个资金用于泥河水坝的启动资金上来，鼓掌通过。"

众人鼓掌。

⊙ 天阳市政府潘副市长办公室 日 外

潘副市长愤然进门气呼呼地在办公桌前坐下。

电话铃声响起。

潘副市长接起电话："是我，项目暂时下马！这都已经是事实了，我能有什么办法呢，先就这样吧。"

说罢挂上电话。

⊙ 柳家坪赵书和家屋内 夜 内

柳秋玲坐在桌前吃饭。

赵书和进屋。

赵书和："秋玲、秋玲。你咋自己回来了呢啊？你这也不等着我，也不跟我说一声。你吃饭呢。我也饿了。"

说罢坐下。

柳秋玲："你回来干啥？"

赵书和："你都回来了，我肯定要回来嘛。"

柳秋玲："你不是弄你的土去了吗？"

赵书和："我是寻你去，顺带弄土嘛。"

柳秋玲："你不要哄我，你明明就是弄土去了。"

赵书和："我真的是寻你去了。你看嘛，咱屋没有你，咋过呢对吗，天都塌了。人呢……你干啥呢嘛？再没完没了了。秋玲，我跟你说。"

柳秋玲："啥？说！"

赵书和："我就是想说，我错了。"

柳秋玲："赵书和，我看明白了，你这辈子啊，就是劳碌的命。从今以后，你这个村支书，不管在外头受多大的委屈、吃多少苦，不要让我知道。省得我心里难受。"

说罢潸然泪下。

赵书和目露感动："秋玲。"

柳秋玲："吃饭。"

赵书和："好。"

⊙ 天阳市街头某路边 日 外

柳大满带着一帮青壮劳力在路边坐着吃饭。

青壮劳力甲埋怨着："还想着来城里能吃点好的，还是这馍。"

青壮劳力乙："行了，事多得很，有的吃就不错了，赶紧吃。"

青壮劳力丙满脸愁绪："来几天啥活都没干上，你还想吃啥嘛。"

柳大满："话都少点啊，好吗？好好吃饭，干活好好干就行了。"

青壮："好。好。"

青壮劳力乙："大满叔，还是没活嘛。"

青壮劳力丙："先吃饭，先吃饭，自己动手。"

⊙ 柳家坪柳春田家屋内 日 内

柳春田坐在床上不停地咳嗽。

叶英子望着药瓶子："这药，我看就快吃完了，要不改天我再去城里医院给你开点？"

柳春田："花多那么钱干啥呀，我看我好得多了，不用开了。"

说罢又是一阵咳嗽。

叶英子："好多了，好啥嘛，你看你咳的。你别心疼钱，那有病咱就看嘛。"

柳春田呼吸困难地："我的身体是我知道嘛是你知道，赶紧去，娃快回来了，给娃做饭去。"

叶英子："你先把今天的药吃了。"

柳春田："我说我不吃！走。"

叶英子："好了好了。有啥过不去的坎嘛，要是有，我也要跟你一块扛过去。"

⊙ 柳家坪村路拐角 日 外

赵山一个人在磨盘旁转悠嘴里念叨着："银行还有个八千，然后柜子里头还有个六千五。这加起来是一万四千五。"

赵元宝走了过来。

赵元宝："山哥啊，又没粮食，你在这胡转啥呢？"

赵山："等你半天了，赶紧。"

赵元宝:"等我?"

赵山:"找你商量事呢。"

赵元宝:"咋了?"

赵山:"商量营生的事呢嘛。"

赵元宝:"啥事,你说。"

赵山:"咱从这个水泥厂出来以后,总得想点事情干嘛。"

赵元宝:"嗯。"

赵山:"你想一下这水泥厂当时干啥比较轻松?"

赵元宝:"干啥……会计嘛,站着发钱的活。"

赵山皱着眉头:"那活是你干得了还是我干得了?你觉得人家运水泥那司机咋样?"

赵元宝:"那也好着呢嘛,哎,你别说,咱当时一天到晚搬水泥还咳嗽累得啥一样,人家那坐着就把钱给挣了。"

赵山:"人家往那一坐。手一摇,脚一踩,钱就来了。"

赵元宝:"那是啊。"

赵山:"我现在就有个想法,买个车搞运输,你有兴趣吗?"

赵元宝一怔:"咱俩搞运输?那谁会开车嘛?"

赵山:"当时在水泥厂,我就给人家好茶好烟供着,让人家教,最后人家还真教我了,摸了几次,现在能上路了,这两天我都打算考个驾照呢。"

赵元宝:"哎呀,把你能的,那车上哪弄去嘛?"

赵山:"车吧,就是我钱不够,所以想让你一块儿。咱俩合着买个车,咱一块干吧。"

赵元宝迟疑着:"花钱买车啊。花钱啊。"

赵山鼓动着:"元宝,你想一下,咱俩要干了运输,你白天在县城挣着钱,晚上就能回来吃你媳妇做的热饭,这不就是你想要的生活吗?美得跟啥一样。"

赵元宝:"话倒是对着呢。那我回去问一下吧。"

赵山:"这是大事,你跟你媳妇好好商量。"

赵元宝:"啊,那我现在就去吧。"

赵山:"对。"

赵元宝:"好,对,没问题。嗯……你会开车?"

赵山:"马上,我这两天就考驾照呀。"

赵元宝:"对、对。"

赵山："跟你媳妇好好商量啊。"

赵元宝："对，知道、知道了啊。"

⊙ 天阳市政府国文办公室 日 内

国文在伏案办公。

刘刚敲门兴冲冲地进来。

国文："哎，来来来，小刘。"

刘刚："国市长。"

国文："哎呀，你看你这么高兴，这肯定在咱这水坝工程的招标工作非常顺利啊。"

刘刚："顺利、顺利啊。所有的程序啊，公开、公正、透明。"

国文："哎呀，咱这工程。哎呀，指日可待的啊。"

刘刚："我就是来给你说这个好消息来了。"

国文兴奋地："哎呀，太好了，太好了啊，小刘，你是工程负责人之一啊。你要严把工程质量，咱要把这承载着泥河流域成千上万人脱贫致富梦想的大坝，建成一座百年的工程。"

刘刚："国市长，我向你保证严格把控质量关。"

国文："哎，你看咋样。当年你还要改行呢，你要改行，你说这，弄不成了。"

刘刚："对着呢，对着呢。国市长，开工前还有很多事情我要处理，如果你没有别的吩咐。我就先走了。"

国文："哎好，你忙你忙。"

刘刚："国市长，那我走了啊。"

国文："好好好。"

电话声响起。

国文拿起电话："哎。"

话筒里声音："国市长您好，麻烦您来一下302会议室。"

国文一愣："哦，啥事情？"

话筒里声音："省委组织部有两个人想跟您见一下面。"

国文："我知道了。"

画外音（赵雅奇）：为彻底根除泥河水患，国文伯伯坚持将有限的资金用于泥河水坝建设，而对此不理解的风言风语却一时四起，这也影响到他即将调入省城工作时要通过的组织考核。

⊙ 天阳市政府小会议室 日 内

会议室空空荡荡。

省委组织部一名处长坐在桌后，另一名女干部负责记录。

宋处长神情严肃："国文同志，我们受省委组织部委托，对你在天阳市的岗位职责上，是否违规行使职权，进行考核，我们有些事情想要跟你核实、沟通一下。"

国文看了一眼记录员，点头。

国文："嗯好，没问题，来吧。"

宋处长："我们希望你本着认真负责和坦诚的态度，把城建款挪用到泥河水坝这个项目上的问题说明一下。"

国文："嗯，泥河水坝的经费是我们市委常委会上决定的。党的十八大以来呢，中央到地方都非常重视扶贫工作，这个水坝的修建可以说对咱们整个的山南县扶贫工作来讲是至关重要的，这也是我们市工作的重中之重，所以呢不管是在政策上还是资金上倾斜是合情合理的。"

宋处长："嗯，但原本这个款项城建部门是不是就是用来建设广场和修建城市亮丽工程的？"

国文："嗯对。"

宋处长："那您个人在这件事情上有没有使用市长专权，推翻这个已经立了项的项目，或者是说你用自己的特权去影响常委会。"

国文："绝对没有，这一点你们可以去调查一下。我们所有的决定那都是民主的，举手表决通过的。"

宋处长："我还听说，你在泥河生活了很长时间？"

国文："是，我和我爸都在泥河生活过一段时间，我的童年、少年都是在泥河度过的。"

宋处长："那修建泥河水坝这件事情，有没有一些个人的感情因素在里面。"

国文："当然是有了！我从泥河出来的，那你说每一个人都会对自己的家乡有感情吧，修建这个水坝也是我多年的一个心愿，因为它对泥河的百姓来讲是至关重要的。这么说吧，泥河上游这个大型的水坝修好以后，它就等于斩断了泥河流域穷困老百姓的穷根，为此我和我的同志们努力了二十多年！"

画外音（赵雅奇）：国文伯伯的这段工作经历，我也是长大之后听父亲说起的。

他的这种坚持像极了党和国家扶贫脱贫咬定青山不放松的初心与坚守。

⊙ 天阳市国文家客厅 日 内

国文神情疲惫进了家,接到妻子电话。

国文:"哎,老婆。"

话筒里小华的声音:"你现在说话方便吗?"

国文:"方便,我这刚回家。"

话筒里小华的声音:"我给你说,满世界都在传你的事。"

国文苦笑:"你都知道了,这事传得够快的。"

话筒里小华的声音:"都在传要把你调到省政府,为什么偏偏赶在这个时候,那对你会有影响吗?"

国文凝重地:"哎,我也不知道。"

第十六集

⊙ 天阳市里某街边一下水井盖 日 外

柳大满带的几个青壮劳力正在掏下水道。

柳大满送水过来。

青壮劳力甲："哥,你干活慢一点嘛。"

青壮劳力丙："臭死了,这也太臭了。"

柳大满脸色一沉："一点苦都吃不了,给给给,盖子拿上。"

青壮劳力甲："大满叔。"

柳大满："喝水、喝水。"

青壮劳力甲："好好好。喝水。"

二虎："谢谢叔。"

柳大满："赶紧时间干啊。"

众人："好好好。"

青壮劳力乙："对,赶紧弄、赶紧弄。"

手机铃声响了。

柳大满接电话："李总,正干着呢,啥?"

说着,笑容僵住了："不是说好的干三天吗?这咋就干了一天?正干着呢嘛你……哦哦哦,行哦哦。"

⊙ 省医院国正行病房内 日 内

国正行给国文倒水。

国正行:"喝点水。"

国文:"哎,好,爸。"

国正行:"国文啊,我在电视里看见了,泥河大坝正式动工了。"

国文:"是、是。"

国正行:"你干得不错,没白干。我还知道,你现在正接受组织上调查……"

国文一愣:"这事你咋知道呀?我没事,没事、没事。"

国正行劝慰道:"人正不怕影子斜,你得相信自己,你只要一心一意为老百姓做事,早晚会得到承认的。多想一些为了咱们新中国牺牲的你那些叔叔啊、伯伯啊,自己受那点委屈就不算个啥。"

国文:"是,不委屈、不委屈。你放心爸,我能挺得住。考核嘛咱不怕。"

国正行:"对,你还记着咱们这个国姓这个字是怎么来的吗?"

国文:"那当然记得了,你是部队养大的孤儿嘛,这个国字姓是组织起的。"

国正行:"对对对。这不能忘了,还有一个就是将来泥河脱贫了、富裕了,你让书和秋玲他们怎么得到我那去说一说,让我和我那些牺牲的战友们高兴高兴。"

国文凝重地:"好。"

国正行:"你为泥河百姓做的这些,为了这座大坝,付出的那么多,老百姓会记在心上的。"

⊙ 天阳市国文家客厅 日 内

国文在家,接到陈医生电话。

国文:"哎,哪位?"

电话里陈医生的声音:"国市长吗?"

国文:"啊。"

电话里陈医生的声音:"我是陈医生,你父亲的情况不太好,病情开始恶化,你有空来趟医院吧。"

国文:"好,我知道了,好,谢谢啊。"

⊙ 柳家坪村口大树下 日 外

柳满仓、柳满囤在村口大树下百无聊赖,赵元宝和赵山开着一辆旧货车回来。

柳满囤看着驶来的货车:"谁拉货来了。那是谁嘛?"

柳满仓:"我看开车的是赵山。"

柳满囤:"哎?那得是元宝?"

一旁的村妇:"就是元宝。"

柳满仓:"你干啥去?"

大林哥:"赵山,这车是你买的?"

赵山一脸骄傲:"我跟元宝一块买的。"

柳满囤:"这得是元宝?就是元宝。"

柳满仓:"就是嘛。"

柳满囤:"就是元宝。"

二人上前。

柳满仓:"赵山你还会开车,你真是,有驾照啊,"

柳满囤讥讽地:"哎,你两个这是咋?发家致富呢?哎,这擦个车能挣多钱嘛?"

赵元宝:"咋?眼馋呢,眼馋你来干嘛。"

柳满囤:"我来我来,给我嘛,来嘛。"

柳满仓:"哎,这谁的车?柳大满买的?"

柳满囤:"赵书和吧?"

赵元宝:"哎呦,再别猜了,就你两个猪脑袋知道啥嘛?这车是我跟山哥一起买的。"

柳满囤愕然地:"呀呀呀呀呀呀呀,这柳家坪出人才呢啊。"

柳满仓:"我现在宣布一下啊,你们俩,是咱们柳家坪这个致富标兵,是我们学习的榜样。"

柳满囤妒忌地:"这连个座位都没有,这拉人,哎,这要是拉个老汉到了城里不散伙了。"

赵山:"你俩就皮干得很,我俩买个车,跟你俩有啥关系?看清楚,这是送货的车,不是拉人的啊。"

柳满仓:"哎呀,开玩笑嘛,我能不知道这是个拉货车。"

柳满囤:"对嘛。"

柳满仓:"不是,你买车为啥不买个新车嘛?这就是个旧车,这是个报废车吧?"

柳满囤:"哎,这底下已经散伙了。"

赵元宝跳下车。

赵山："你干啥呢？"

赵元宝不满地："不是，他说车是报废的嘛。"

柳满仓："哎呀，你就是报废车便宜嘛，又不丢人。真是的，还不让说了。"

柳满囤拉了一把满仓："走走走走。"

大林哥："赵山，我这拉下苞谷了，你给咱帮个忙嘛。"

赵山："没问题，有啥事你就说。"

大林哥："好好好。"

⊙ **柳家坪村委会 日 内**

赵书和接着电话："嗯？喂，国文，啊，我在呢，咋了？哦，哦，好嘛，好。"

⊙ **泥河河滩 日 外**

赵书和骑着自行车来到国文的小轿车前。

赵书和："国文、国文。"

国文下车。

赵书和："呀，你都来了，咋不回村里呢啊？还把我叫到了河边。干啥呢嘛啊？有啥事吗？嗯？"

国文眼含泪光："我爸走了。"

赵书和顿时惊呆："你爸走了？啥时候走的？"

国文："上个星期。"

说罢从车内拿出骨灰盒。

国文："我爸不想惊动乡亲们，不叫搞得太复杂了，一切从简。他愿意回到这山山水水里，我爸说，当年他的好些战友就牺牲在咱这里，尸骨都没寻见，他是想陪着他们。"

两人走到河边，将骨灰撒下。

国文："来。"

赵书和："晚上还回去不？"

国文："不给你添麻烦，我回去。"

赵书和："有啥麻烦的，大满也在家呢。"

⊙ 柳家坪柳大满家屋内 夜 内

国文、书和来到柳大满家吃饭。

国文:"谢谢艳丽。"

黄艳丽:"看你还客气的。国文、书和,你看,你三个都多长时间没在一块了,是这,你先好好聊,我给咱做饭去。"

赵书和:"好嘛、好嘛。"

黄艳丽走到柳大满身边。

黄艳丽:"坐在这干啥,看你个怂样子。"

国文:"大满,你这一个人坐在那,你啥意思你?"

赵书和:"跟你说话呢。"

国文:"你这是不欢迎我和书和来你们家?"

柳大满神情复杂:"你俩咋又弄到一块去了。"

赵书和:"我今天陪着国文去了趟河边,又去趟山上。"

柳大满心生醋意:"哎呀,现在还有闲情逸致,游山玩水呢,闹得好。"

国文:"是这,大满。今天我来呢。是让书和陪着我一起,把我爸的骨灰,撒在这泥河里头。"

柳大满如雷轰顶:"啥?"

赵书和哀伤地:"国伯伯,上个星期走的。"

柳大满:"这事咋不跟我说呢?太突然了,你这咋回事?"

国文放下茶杯叹气。

柳大满安慰道:"国文,你也不要太难受了,这事,咱每个人都得经过,你节哀啊。"

国文:"好,没事,我扛得住,啊,大满。哎呀,咋说呢,一来呢,本身我爸这事啊,不想惊动乡亲们,这也是我爸的意思。再有呢,这水泥厂关停这事,你心里面对我对书和是有意见的,我知道。上次你去市里面找我,我也没有见你。你心里不高兴,我知道。"

柳大满:"这事是这事嘛,那事是那事,我没有那么小心眼儿,你看你。"

国文:"好好好,你没有小心眼儿,大满心眼儿大着呢嘛,大满,心眼儿也大。哎呀,借这个机会吧,咱三个人呢,坐在一起好好聊一下啊。这水泥厂关停之后好长时间了啊,咱三个兄弟没有坐在一起好好地聊一聊。你看咱村子里面,现在这治病的、返贫的、这地里撂荒的,这些个问题,那你们两个,一个是村主任的一个书记，你们得想想办法，一个一个把这问题解决了。共同富裕嘛，是咱国家体制优越的体现。"

柳大满满腹愁绪："这我能有啥办法嘛？这现在城里打工都不好弄了，全都回来了。"

赵书和："所以，还是要种地呢。"

国文："大满。"

柳大满："我就是着急呢，我，我想让村里人赶紧挣点钱嘛。"

赵书和："你着急我不着急？国文不着急？再说，咱村那地污染之后，还需要时间恢复呢？"

柳大满："地地地，你就知道种地，那种地，挣钱慢嘛。哎哎，国文，你那大水坝得是要开始修了？需要人吗？咱村这壮劳力都让去挣点钱嘛，行不行？"

赵书和："你能不能不提水坝了呀？"

柳大满一怔："为啥不能提水坝？"

国文："哎呀，为啥？这要等到考核以后出了结论才知道嘛？但是大满，你这一心为了乡亲们这份心，我是高兴的。"

柳大满："你赶紧给我说一下，到底咋回事嘛？"

国文："就是我把市里这个资金挪出来放在建水坝工程上了，那你最后咋样？那要调查嘛，是吧？有了结论以后，你看领导咋说，要说我有责任，我就承担责任、承担后果嘛。"

赵书和愤愤地："你承担啥责任？我就想不通了，你把钱挪哪了？还不是修水坝了，你还不是为了这泥河流域的乡党们早点脱贫呢嘛，对吗？没事没事，我相信组织肯定不会冤枉像你这样的好干部。"

柳大满瞪着赵书和："你相信、你相信有啥用嘛。你一个村支书，你能管的人家省里的那事？"

赵书和："咋？我说的不对吗？"

柳大满："你还刚才说没事。"

赵书和："我说的组织上相信。"

国文："行了、行了。你们两个人不要再提这事了，啊，艳丽，那饭好了没有啊？"

赵书和："做饭慢着呢。"

柳大满："不是想着你俩来，给你多弄点好吃的嘛。"

⊙ 省委钟书记办公室 日 内

钟书记:"徐主任的退休手续办完了吗?"

秘书长:"正在办。"

钟书记:"嗯,对国文的调查结束了没有?"

秘书长:"基本结束了。"

钟书记:"到底什么情况?"

秘书长:"国文主导了市长办公会议,推翻了去年制定的工作方案。以扶贫的名义把建设地标工程的经费啊,暂时改做水坝启动资金。"

钟书记:"那从程序上来看,这是不违规的。不管是从财政转移支付资金,还是中央预算内投资,水坝项目都是需要启动资金的,后面的资金,它就能慢慢地跟进。国文呐,就冲着他心里能装着老百姓的这股子干劲,所以,我就说这个人呢,我们没看错。"

⊙ 天阳市国文家客厅 日 内

国文望着墙上的一幅名为《父亲》的油画,神情凝重,突然,接到省委组织部的电话。

国文拿着手机:"哎,哪位?"

电话里组织部干部的声音:"您好,国市长吗?"

国文:"啊,是我。"

电话里组织部干部的声音:"我是省委组织部的,请您明天下午两点到省委组织部来一趟。"

⊙ 省委钟书记办公室 日 内

钟书记与国文交谈,副省长在一旁作陪。

钟书记:"哎,国文,坐坐坐。"

国文落座:"谢谢钟书记。"

钟书记:"听说最近还去了趟南方?"

国文:"啊。"

钟书记:"看来心情还不错。"

国文:"钟书记,我是想着去南方嘛,学习参观一下人家的乡村建设。确实是启发很大。我想着说回来,结合咱泥河水坝的建成,对泥河流域进行小流域的综合治理。"

钟书记点头，对一旁的副省长说："很好啊，这就等于给他自己的新岗位，打了个前站吧。"

副省长："是。"

国文："新的岗位？"

钟书记："你在天阳市任市长期间，为了治理山南县泥河流域生态所做的工作，我们省委这都看在眼里了，所以啊，决定这次把你从市长的这个位置上，调整到省扶贫办主任的岗位。省委看重的就是你踏实肯干的一贯作风。"

副省长："国文同志，钟书记把你的档案从组织部门调过来查阅，对你进行了特别的考察。这次把全省扶贫工作的担子压在你的肩上，是对你的高度信任，你可不要辜负省委重托和信任啊。"

国文："赵副省长，我明白。但是，挺突然的这事，钟书记。好，那我尽快去了解咱扶贫办的工作，我一定努力。"

钟书记语重心长叮嘱："国文，一定要做好，要让中原省贫困地区的人民群众尽快脱贫，都过上幸福美好的生活，所以啊，担子重了。"

国文："是。"

⊙ 柳家坪—废墟处 日 内

赵有庆正在给木耳喷水，柳明拿着书进来。

赵有庆："咋了？"

柳明："咋样了？"

赵有庆："差不多了。"

柳明："别干了、别干了、别干了、别干了！"

赵有庆："咋！"

柳明："有好东西嘛。"

赵有庆："啥呀？"

柳明："《星火计划》专门是教人咋种菌类的，你翻到203、203。"

赵有庆："这是哪来的？"

柳明："我在县城那个旧书摊上淘的。"

赵有庆："203 页。"

柳明："到了、到了。从这以后，全是讲种木耳的。"

赵有庆高兴地："这是个好东西。相当于没花钱，我们就寻了个老师。"

柳明:"咋没花钱呢?我花了六毛钱呢。"

赵有庆:"咋不早拿来呢。"

柳明:"我给你说,我在路上都看完了,它上面说有些步骤啊,咱做的根本就是多余的、不对的,那浪费了好多时间。你说比如啊,这个孔啊,它就不能转转大了,它就得是小小……"

赵有庆:"我早就说不能转大了,你非要说转大。"

柳明:"那我还不是想让那个木耳长大一点嘛。"

赵有庆埋怨地:"我就没法说你,六毛钱的书你就心疼,我花钱买的这个菌种你就不心疼。"

柳明:"那六毛钱也是钱么,一边学习去。我们现在有老师了,我们迟早肯定能种出木耳。"

赵有庆:"早拿来好了嘛,我就说花多少钱。"

柳明:"你看你的书堵不上你的嘴。"

赵有庆:"钱不就白花了嘛。"

柳明:"本来就没多少,你看是你扣还是我扣。"

赵有庆:"六毛你都扣。"

⊙ **中原省扶贫办会议室内 日 内**

国文与省扶贫办一众干部坐在会议室。

省委组织部副部长:"同志们,为深入贯彻党的十八大关于扶贫行动的指示精神,按中央有关规定,为创新'四化两型'年轻干部考核选拔机制,为中原省扶贫工作提供人才支撑,经组织部考核,报省委、省政府研究决定,任命国文同志担任新一届中原省扶贫办党组书记和主任职位,原正厅职级不变。"

众人鼓掌。

省委组织部副部长:"国文同志担任天阳市市长期间,党性强,原则性强,政绩突出,对扶贫工作是真抓实干,富有前瞻性和超前意识,得到了群众和上级认可,并且他所做的《泥河连片贫困区生态扶贫规划》一文,得到了中央政策研究室的推荐。下面请国文同志做表态发言。"

二次鼓掌。

⊙ 柳家坪村委会内 日 内

柳明、赵有庆坐在赵书和面前。

赵书和:"我看他们都跟着你大满叔进城打工呢,你俩咋不去呢?"

柳明:"我不想去城里,我听说去城里打工也挣不了多少钱。"

赵书和:"不试一下,你咋知道呢?对吗?咋不试一下。"

柳明:"叔,我倒是想去可我去不了,我,我爸病成那样子你也看见,根本就离不开人嘛。"

赵书和:"对对对。"

说罢望着赵有庆:"哎,那你爸呢?你爸现在还躲着呢?"

赵有庆:"我爸一天到晚的唉声叹气,要账的能把我屋的门槛子都要踏破了,我屋根本就待不住人。"

赵书和:"我看你俩既然不想进城,那也不能整天闲着呀,对吗?干脆跟你叔种地去,咋样?"

柳明:"叔,咱村那地不是坏了吗?"

赵有庆:"对啊。"

赵书和:"坏了在治呢嘛。我在城里找了土壤专家了,弄着呢。"

柳明:"那治好了再说嘛,没啥事,我们就先回了。"

赵有庆:"我们就先走了。"

赵书和:"呀呀呀,没没没说完呢,坐下、坐下,坐下嘛,着啥急呢嘛,这地它得它要一块一块地治,对吗?我看咱村东头的地差不多了,种一些先试一下,咋样啊?"

柳明推辞着:"叔,我们实在是没有空,忙着呢。"

赵有庆:"我们有事呢。"

赵书和:"忙啥呢?忙着掏鸟窝呢啊。"

赵有庆:"掏啥鸟窝,我们忙着搞实验呢。"

赵书和:"啥?"

赵有庆:"搞实验!"

赵书和疑惑地:"啥实验?"

柳明:"叔,我们之前在电视上看了人家种的木耳,卖到城里卖了好些钱了,都致富了。"

赵有庆:"对,发财了都。"

柳明:"我们也想种,我们就在那破屋后面盖了个小棚,里边堆的木头,我们想做实验,种木耳。"

赵有庆:"正搞着呢。"

赵书和:"种木耳呢?还弄个棚棚?"

柳明:"嗯。"

赵书和:"呀,你俩你俩这捏得严的啊,我都不知道啊,哎,咋样嘛?"

柳明:"还在实验阶段。"

赵书和:"对,实验阶段。"

赵书和:"哦,实验阶段。好事、好事。"

柳明:"行,好事,我们就忙去了。"

赵有庆:"我们就先忙去了。"

赵书和起身:"哎哎哎,我跟你们去看一下嘛。"

柳明:"叔,你再别看了,那没啥东西,就一个小棚子,几根烂木头,有啥可看的嘛。"

赵有庆:"对嘛。"

赵书和:"不是,我看一下咋弄的嘛。"

赵有庆:"叔,你种地,是正事、是大事。你先忙着,我们呢就先走了。"

柳明:"我们先走了,你忙着啊。"

赵有庆:"你忙着。"

柳明:"给秋玲老师问好。"

赵有庆:"对,我们走了。"

赵书和:"那要是实验不成功就回来跟着我种地啊。"

⊙ 省扶贫工作总指挥部 日 内

国文与一众干部在办公。

处长严爱国:"国主任,我刚接到省政府转来的文件啊,国家扶贫办调研组正在对西部六省进行啊扶贫工作的调研。最后一站呢,定在了咱们中原省省政府啊,给的咱们这个意见啊,就是让咱们自己设定这个调研路线,最迟下个星期,上报到国扶办。"

国文:"好,今天啊,正好大家都在,咱把这事给落实一下。哎,小杜,你记录一下啊。"

杜江:"好的。"

丁哲学:"主任,这次调研组在我省的调研路线呢。我建议选择富县和秦南等地区,这样能更好地展示我省这两年扶贫工作所取得的成绩呀。"

孙副主任:"丁副主任,你刚才说的这两个地区呢,都是咱省扶贫工作做得好的地方。国主任,我有个小建议啊。"

国文:"你说。"

丁副主任:"就是叫人家调研组既能看见咱不好的地方,也能看见咱好的地方。省的人家以后……"

丁哲学:"太差的地方会不会让调研组觉得咱们扶贫工作做的不到位,有些不好的印象?"

国文:"这次调研组来咱这儿进行扶贫调研,我看呢,可以把它看成是一次对我们下一步扶贫工作的激励。所以说呢,既要看到以往的成就、以往的成效,也要看到咱目前不足和难点。现在是在计划当中,就是富县和秦南地区。我看啊,可以把这泥河连片的贫困区作为最后一站,你比如说可以看一下柳家坪嘛。"

丁哲学:"国主任,泥河连片贫困区那可是你主政多年的地方,你这贫困的帽子没摘掉呢,这咱们自亮家丑,这会不会……"

国文:"我看啊,没问题。我相信啊,这调研组呢,会给出一个客观公正的判断的。他会综合地评估出一个咱扶贫的成果的。那咱也不能说哪一块有问题,咱就给捂着,不让人家看,那这就不是实事求是了嘛。"

孙副主任:"对着呢,就是。"

国文:"我看,可以把这个柳家坪看一下。你们看看大家有啥想法没有。"

孙副主任:"好,我同意。"

众人:"没有意见。"

国文:"要是大家都没有意见,那就除了富县和秦南地区之外,就把柳家坪作为最后一站。"

严爱国:"好!我马上报上去。"

⊙ 柳家坪附近公路上 日 外

乡党委书记刘达成:"聂书记,这中央调研组到这搞调研不让搞欢迎仪式,可咱这弄的,这这不像样子嘛这。"

聂爱林:"老刘,这事你不用管,这是上面给咱的通知,咱俩就在这等着调研组就行了。"

⊙ 柳家坪村村委会内 日 内

赵书和坐在办公桌上。

夏大禹满头大汗在拖地。

赵书和："夏大禹同志，你不要再拖这个地了，你都拖了五遍了。"

夏大禹："哎，支书，六遍了。"

电话响起。

赵书和接电话："喂。"

电话里聂爱林的声音："书和。"

赵书和："哎，聂书记。哦。"

一旁的柳大满："免提、免提。"

赵书和按下免提键："你等一下啊，免提一下。哎，你说。"

⊙ 柳家坪附近公路上 日 外

聂爱林手握手机站在路边："我跟你乡上刘书记在村口等着调研组，你跟大满准备的咋样了嘛？"

赵书和："就等着领导来呢嘛。"

柳大满上前对着电话说道："聂书记，咱柳家坪头一回接待这么大的领导，这柳家坪，这个、这个，现在这情况你说不会影响了国文吧？国文不是管扶贫的嘛，咱不会给他抹黑吧？"

电话里聂爱林的声音："哎呀，你们都不知道情况。这回这个路线就是国文主任亲自定下的，就是为了让中央领导看到真的。当然了，咱也不能故意给自己抹黑嘛，当了这么多年村干部了，我说话的意思都明白就行了，就这啊。"

电话挂断。

柳大满："书和，我还是有点担心。"

赵书和："担心啥呢嘛？"

柳大满："咱没有准备嘛，担心啥呢？"

赵书和："你看这地拖的，哎呀，玻璃擦的，准备挺好的嘛。"

柳大满："我说的不是这意思，我说的如果人家那大领导，万一跑到满仓满囤他屋一看，这这这不就出事了吗这？"

赵山:"倒是啊,早知道让满仓满囤回县上他姨屋里住去。"

夏大禹:"他俩走顶啥用呢嘛,咱村有几个省油的灯?"

赵书和:"国文为啥要选择咱这个柳家坪呢?他就是相信咱们,他要的就是真实情况,对吗?不要弄虚作假,你让满囤满仓回亲戚家,完了、完了你再让谁谁谁去亲戚家?人都走了,村子空了,空村。"

⊙ 通往柳家坪的公路上 日 外

一辆面包车行驶在公路上。

车内,中央扶贫办调研组张组长:"国主任,我们今天的目的地是泥河乡的柳家坪村是吧?"

国文:"是,这是咱们中原省的最后一站。柳家坪呢,是泥河流域贫困村里面比较有代表性的一个村。"

张组长:"这个村子是你选的?"

国文:"嗯,我选的。"

张组长:"这次我们连续调研了西部六个省,有一些调研路线和调研点也是事先安排好的,这就存在有选择地给我们提供调研样本,把光鲜的一面亮给我们,让我们看不到基层真实的状况。"

国文:"张组长,这一点请您放心。柳家坪村呢,是我们经过考虑选择出来的调研点,它会反映出真实的情况的。"

张组长略一思忖:"今天我们就来一个,随机抽查怎么样?"

说着拿出定位仪:"这儿显示离这不远,大概三公里多吧,就有个村子。"

国文:"哦,哎,马师傅,说是前面有个啥村子?"

司机:"石头村。"

国文:"哦,好。张组长,前面是石头村。"

张组长:"石头村,哎,这个石头村和柳家坪相比,状况是好一点,还是差一点呢?"

国文:"我觉着,嗯,这两个村子的特点和基本情况其实差不多,那柳家坪村呢,是当年洪灾之后啊,两个村子合并形成的,它的特点就是面积大一些,人口也多一些,相对复杂一点。"

张组长:"那我们今天就改变路线,去石头村看看。"

国文:"好,马师傅,咱就去前面的石头村啊,到路口停一下啊。"

司机:"好。"

⊙ 柳家坪附近公路 日 外

聂爱林与刘达成在路边等着。

电话响起。

聂爱林:"哎,领导,啊?不来柳家坪了?啊,行行行。"

刘达成疑惑地:"咋?不来柳家坪了?咋回事嘛?"

聂爱林:"往石头村去了。"

刘达成:"啊!石头村?"

聂爱林:"老刘,赶紧上车,往石头村走。"

刘达成:"这咋整。"

聂爱林:"老刘,马上给小秋打电话。"

刘达成:"对对对。"

聂爱林:"就说领导到他那去了。"

刘达成:"赶快、赶快。"

⊙ 石头村叶鳖娃家院内 日 外

叶小秋在院子里修鸡圈。

细妹拿着手机出来。

赵细妹:"小秋、小秋。"

叶小秋:"咋了?"

赵细妹:"电话,寻你的。"

叶小秋接上电话。

叶小秋:"谁啊?"

电话里刘达成的声音:"小秋,中央调研组临时到石头村了,你赶快到村口去接待。"

叶小秋一怔:"啥?中央调查组来俺村视察?俺村?不是这啥都没准备查啥呢嘛?"

电话里刘达成的声音:"别啰唆了,赶快到村口去候着,人说话就到了。"

叶小秋:"好行行行,我知道、我知道了。"

赵细妹:"咋回事?"

叶小秋:"说是、说是北京来的领导来我村视察来了。咋回事,我去看一下啊。"

说罢匆匆出了院子。

⊙ 柳家坪村委会屋内 日 内

赵书和接着电话。

电话里聂爱林的声音："书和，你跟大满原地待命。"

赵书和："哦，好嘛。"

柳大满："待命？这么大的领导咋能一下就拐到石头村去了。"

赵山："就是，跑到石头村弄啥去呀？"

赵亮："那还来不来咱村嘛？"

赵书和："你几个是在问我呢？"

夏大禹一拍桌子。

夏大禹："不敢到时候给咱来个突然袭击？那咱就被动了嘛！"

柳大满瞪着夏大禹："你这下才是突然袭击呢，把人吓的。"

赵山："一惊一乍的。"

柳大满："哎呀，还真说不定是突然袭击。是这，你三个先到村口给咱看着，看有啥情况随时给我汇报，快去快去快去。"

赵山："好好好。"

夏大禹："走走走，快走。"

赵书和："你干啥呢嘛？"

柳大满："待命呢嘛。"

⊙ 石头村附近公路 日 外

车子在村子外停下。

众人下车。

国文："张组长，各位领导，要是去石头村啊，只能走下去了，就这一条路。"

张组长："这石头村平时没有车辆进出？"

国文："啊进不去，这路不行嘛。"

张组长望着坑洼不平的泥路："像是被遗忘的角落。好啊，我倒想看看这石头村是个什么样的？"